青春余梦

孙犁散文精选集

孙 犁 | 著

QINGCHUNYUMENG

SUNLI SANWEN JINGXUANJI

新华出版社

图书在版编目（CIP）数据

青春余梦：孙犁散文精选集 / 孙犁著.

－－北京：新华出版社，2016.11

ISBN 978-7-5166-2900-0

Ⅰ.①青… Ⅱ.①孙… Ⅲ.①散文集–中国–当代
Ⅳ.①I267

中国版本图书馆CIP数据核字（2016）第263117号

青春余梦：孙犁散文精选集

作　者：孙　犁

责任编辑：李　成　　　　　　　责任印制：廖成华
封面设计：臻美书装

出版发行：新华出版社
地　址：北京石景山区京原路8号　邮　编：100040
网　址：http://www.xinhuapub.com　http://press.xinhuanet.com
经　销：新华书店
购书热线：010－63077122　　　**中国新闻书店购书热线：010－63072012**

照　排：臻美书装
印　刷：永清县晔盛亚胶印有限公司

成品尺寸：133mm×215mm
印　张：11　　　　　　　字　数：250千字
版　次：2016年11月第一版　印　次：2021年1月第二次印刷
书　号：ISBN　978-7-5166-2900-0
定　价：38.00元

图书如有印装问题请与出版社联系调换：010-63077101

目 录
CONTENTS

第一辑　平原的觉醒

第二辑 乡里旧闻

第三辑 青春余梦

青春余梦　孙犁散文精选集

第一辑

平原的觉醒

识字班

鲜姜台的识字班开学了。

鲜姜台是个小村子，三姓，十几家人家，差不多都是佃户，原本是个"庄子"。

房子在北山坡下盖起来，高低不平的。村前是条小河，水长年地流着。河那边是一带东西高山，正午前后，太阳总是像在那山头上，自东向西地滚动着。

冬天到来了。

一个机关住在这村里，住得很好，分不出你我来啦。过阳历年，机关杀了个猪，请村里的男人坐席，吃了一顿，又叫小鬼们端着菜，托着饼，挨门挨户送给女人和小孩子去吃。

而村里呢，买了一只山羊，送到机关的厨房。到旧历腊八日，村里又送了一大筐红枣，给他们熬腊八粥。

鲜姜台的小孩子们，从过了新年，就都学会了唱《卖梨膏糖》，是跟着机关里那个红红的圆圆脸的女同志学会的。

他们放着山羊，在雪地里，或是在山坡上，喊叫着：

> 鲜姜台老乡吃了我的梨膏糖呵，
> 五谷丰登打满场，
> 黑枣长的肥又大呵，
> 红枣打的晒满房呵。

自卫队员吃了我的梨膏糖呵，
帮助军队去打仗，
自己打仗保家乡呵，
日本人不敢再来烧房呵。

妇救会员吃了我的梨膏糖呵，
大鞋做得硬梆梆，
当兵的穿了去打仗呵，
赶走日本回东洋呵。

而唱到下面一节的时候，就更得意洋洋了。如果是在放着羊，总是把鞭子高高举起：

儿童团员吃了我的梨膏糖呵，
拿起红缨枪去站岗，
捉住汉奸往村里送呵，
他要逃跑就给他一枪呵。

接着是"得得呛"，又接着是向身边的一只山羊一鞭打去，那头倒霉的羊便咩的一声跑开了。

大家住在一起，住在一个院里，什么也谈，过去的事，现在的事，以至未来的事。吃饭的时候，小孩子们总是拿着块红薯，走进同志们的房子："你们吃吧！"

同志们也就接过来，再给他些干饭；站在院里观望的妈妈也就笑了。

"这孩子几岁了？"

"七岁了呢。"

"认识字吧？"

"哪里去识字呢！"

接着，边区又在提倡着冬学运动，鲜姜台也就为这件事忙起来。自卫队的班长，妇救会的班长，儿童团的班长，都忙起来了。

怎么都是班长呢？有的读者要问啦！那因为这是个小村庄，是一个"编村"，所以都叫班。

打扫了一间房子，找了一块黑板，——那是临时把一块箱盖涂上烟子的。又找了几支粉笔。订了个功课表：识字，讲报，唱歌。

全村的人都参加学习。

分成了两个班：自卫队——青抗先一班，这算第一班；妇女——儿童团一班，这算第二班。

每天吃过午饭，要是轮到第二班上课了，那位长脚板的班长，便挨户去告诉了：

"大青他妈，吃了饭上学去呵！"

"等我刷了碗吧！"

"不要去晚了。"

当机关的"先生"同志走到屋里，人们就都坐在那里了。小孩子闹得很厉害，总是咧着嘴笑。有一回一个小孩子小声说：

"三槐，你奶奶那么老了，还来干什么呢？"

这叫那老太太听见了，便大声喊起来，第一句是："你们小王八羔子！"第二句是："人老心不老！"

还是"先生"调停了事。

第二班的"先生"，原先是女同志来担任，可是有一回，一个女同志病了，叫一个男"先生"去代课，一进门，女人们便叫起来：

"呵！不行！我们不叫他上！"

有的便立起来掉过脸去，有的便要走出去，差一点没散了台，还是儿童团的班长说话了：

"有什么关系呢？你们这些顽固！"

虽然还是报复了几声"王八羔子"，可也终于听下去了。

这一回，弄得这个男"先生"也不好意思，他整整两点钟，把身子退到墙角去，说话小心翼翼的。

等到下课的时候，小孩子都是兴头很高的，互相问：

"你学会了几个字？"

"五个。"

可有一天，有两个女人这样谈论着：

"念什么书呢，快过年了，孩子们还没新鞋。"

"念老鼠！我心里总惦记着孩子会睡醒！"

"坐在板凳上，不舒服，不如坐在家里的炕上！"

"明天，我们带鞋底子去吧，偷着纳两针。"

第二天，果然"先生"看见有一个女人，坐在角落里偷偷地做活计。先生指了出来，大家哄堂大笑，那女人红了脸。

其实，这都是头几天的事。后来这些女人们都变样了。一轮到她们上学，她们总是提前把饭做好，赶紧吃完，刷了锅，把孩子一把送到丈夫手里说：

"你看着他，我去上学了！"

并且有的着了急，她们想："什么时候，才能自己看报呵！"

对不起鲜姜台的自卫队、青抗先同志们，这里很少提到他们。可是，在这里，我向你们报告吧：他们进步是顶快的，因为他们都觉到了这两点：

第一，要不是这个年头，我们能念书？别做梦了！活了半辈子，谁认得一个大字呢！

第二，只有这年头，念书、认字，才重要，查个路条，看个公事，看个报，不认字，不只是别扭，有时还会误事呢！

觉到了这两点，他们用不着人督促，学习便很努力了。

末了，我向读者报告一个"场面"作为结尾吧。

晚上，房子里并没有点灯，只有火盆里的火，闪着光亮。

鲜姜台的妇女班长，和她的丈夫，儿子们坐在炕上，围着火盆。她丈夫是自卫队，大儿子是青抗先，小孩子还小，正躺在妈妈怀里吃奶。

这个女班长开腔了：

"你们第一班，今天上的什么课？"

"讲报说是日本又换了……"当自卫队的父亲记不起来了。

妻子想笑话他，然而儿子接下去：

"换一个内阁！"

"当爹的还不如儿子，不害羞！"当妻的终于笑了。

当丈夫的有些不服气，紧接着：

"你说日本又想换什么花样？"

这个问题，不但叫当妻的一怔，就是和爹在一班的孩子也怔了。他虽然和爹是一班，应该站在一条战线上，可是他不同意他爹拿这个难题来故意难别人，他说：

"什么时候讲过这个呢？这个不是说明天才讲吗？"

当爹的便没话说了，可是当妻子的并没有示弱，她说，

"不用看还没讲，可是，我知道这个。不管日本换什么花样，只要我们有那三个坚持，他换什么花样，也不要紧，我们总能打胜它！"

接着，她又转向丈夫，笑着问：

"又得问住你：你说三个坚持，是坚持些什么？"

这回丈夫只说出了一个，那是"坚持抗战"。

儿子又添了一个，是"坚持团结"。

最后，还是丈夫的妻、儿子的娘、这位女班长告诉了他们这全的："坚持抗战，坚持团结，坚持进步。"

当盆里的火要熄下去，而外面又飘起雪来的时候，儿子提议父、母、子三个人合唱了一个新学会的歌，便铺上炕睡觉了。

躺在妈妈怀里的小孩子，不知什么时候撒了一大泡尿，已经湿透妈妈的棉裤。

1940 年 1 月 19 日于阜平鲜姜台

投　宿

　　春天，天晚了，我来到一个村庄，到一个熟人家去住宿。走进院里，看见北窗前那棵梨树，和东北墙角石台上几只瓦花盆里的迎春，番石榴、月季花的叶子越发新鲜了。

　　我正在院里张望，主人出来招呼我，还是那个宽脸庞黑胡须，满脸红光充满希望的老人。我向他说明来意，并且说：

　　"我还是住那间南房吧！"

　　"不要住它了，"老人笑着说，"那里已经堆放了家具和柴草，这一次，让你住间好房吧！"

　　他从腰间掏出了钥匙，开了西房的门。这间房我也熟悉，门框上的红对联"白玉种蓝田百年和好"，还看得清楚。

　　我问：

　　"媳妇呢，住娘家去了？"

　　"不，去学习了，我那孩子去年升了连长，家来一次，接了她出去。孩子们愿意向上，我是不好阻挡的。"老人大声地骄傲地说。

　　我向他恭喜。他照料着我安置好东西，问过我晚饭吃过没有。我告诉他：一切用不着费心；他就告辞出去了。

　　我点着那留在桌子上的半截红蜡烛，屋子里更是耀眼。墙上的粉纸白的发光，两只红油箱叠放在一起，箱上装饰着年轻夫妇的热烈爱情的白蛇盗灵芝草的故事，墙上挂着麒麟送子的中堂和撒金的对联，红漆门橱上是高大的立镜，镜上遮着垂缨络的蓝花布巾。

我躺在炕上吸着烟，让奔跑一整天的身体恢复精力。想到原是冬天的夜晚，两个爱慕的娇憨的少年人走进屋里来；第二年秋季，侵略者来了，少年的丈夫推开身边的一个走了，没有回顾。

二年前，我住在这里，也曾见过那个少妇。是年岁小的缘故还是生的矮小一些，但身体发育的很匀称，微微黑色的脸，低垂着眼睛。除去做饭或是洗衣服，她不常出来，对我尤其生疏，从跟前走过，脚步紧迈着，斜转着脸，用右手抚摸着那长长的柔软的头发。

那时候，虽是丈夫去打仗了，我看她对针线还是有兴趣的，有时候女孩子们来找她出去，她常常拿出一两件绣花的样子给她们看。

然而她现在出去了，扔下那些绣花布……她的生活该是怎样地变化着呢？

1941 年

白洋淀边一次小斗争

有一天，我送一封信到同口镇去。把信揣在怀里，脱了鞋，卷起裤腿，在那漫天漫地的芦苇里穿过。芦苇正好一人多高，还没有秀穗，我用两手拨开一条小道，脚下的水也有半尺深。

走了半天，才到了淀边，拨开芦苇向水淀里一望，太阳照在水面上，白茫茫一片，一个船影儿也没有。我吹起暗号，吹过之后，西边芦苇里就哗啦啦响着，钻出一只游击小艇来，撑船的还是那个爱说爱笑的老头儿。他一见是我，忙把船靠拢了岸。我跳上去，他说：

"今天早啊。"

我说："道远。"

他使竹篙用力一顶，小艇箭出弦一般，窜到淀里。四外没有一只船，只有我们这只小艇，像大海上飘着一片竹叶，目标很小。就又拉起闲话来。

老头儿爱交朋友，干抗日的活儿很有瘾，充满胜利情绪，他好打比方，证明我们一定胜利，他常说：

"别看那些大事，就只是看这些小事，前几年是怎样，这二年又是怎么样啊！"

过去，他是放鱼鹰捉鱼的，他只养了两只鹰，和他那个干瘦得像柴禾棍一样的儿子，每天从早到晚在淀里捉鱼。刚一听这个职业，好像很有趣味，叫他一说却是很苦的事。那风吹雨洒不用说了，每天从早到晚在那船上号叫，敲打鱼鹰下船就是一种苦事。而且父子两个是全凭那两只鹰来养活的，那是心爱的东西，可是为了多打鱼多卖钱，就得用一种东西紧紧地卡住鱼鹰的嗓子，使它吞不下它费劲捉到的鱼去，这更是使人心酸可又没有办法的事。老头儿是最心疼那两只鹰的，他说，别人就是拿二十只也换不了去；他又说：

"那一对鹰才合作哩，只要一个在水里一露头，叫一声，在船上的一个，立刻就跳进水里，帮它一手，两个抬出一条大鱼来。"

老头儿说，这两只鹰，每年要给他抬上一千斤。鬼子第一次进攻水淀，在淀里抢走了他那两只鱼鹰，带到端村，放在火堆上烧吃了。于是，儿子去参加了水上游击队，老头儿把小艇修理好，做交道员。

老头儿乐观，好说话，可是总好扯到他那两只鹰上，这在老年人，也难怪他。这一天，又扯到这上面，他说：

"要是这二年就好了，要在这个时候，我那两只水鹰一定钻到水里逃走了，不会叫他们捉活的去。"

可是这一回他一扯就又扯到鸡上去，他说：

"你知道前几年，鬼子进村，常常在半夜里，人也不知道起床，鸡也不知道撒窠，叫鬼子捉了去杀了吃了。这二年就不同了，人不在家里睡觉，鸡也不在窠里宿。有一天，在我们镇上，鬼子一清早就进村了，一个人也不见，一只鸡也不见，鬼子和伪军们在街上，东走走西走走，一点食也找不到。后来有一个鬼子在一株槐树上发现一只大红公鸡，他高兴极了，就举枪瞄准。公鸡见他一举枪，就哇的一声飞起来，跳墙过院，一直飞到那村外。那鬼子不死心，一直跟着追，一直追到苇垛场里，那只鸡就钻进了一个大苇垛里。"

没到过水淀的人，不知道那苇垛有多么大，有多么高。

一到秋后霜降，几百顷的芦苇收割了，捆成捆，用船运到码头旁边的大场上，垛起来，就像有多少高大的楼房一样，白茫茫一片。这些芦苇在以前运到南方北方，全国的凉棚上的，炕上的，包裹货物的席子，都是这里出产的。

老头儿说："那公鸡一跳进苇垛里，那鬼子也跟上去，攀登上去。他忽然跳下来，大声叫着，笑着，往村里跑。一时他的伙伴们从街上跑过来，问他什么事，他叫着，笑着，说他追鸡，追到一个苇垛里，上去一看，里面藏着一个女的，长的很美丽，衣服是红色的。——这样鬼子们就高兴了，他们想这个好欺侮，一下就到手了。五六个鬼子饿了半夜找不到个人，找不到东西吃，早就气坏了，他们正要撒撒气，现在又找到了这样一个好欺侮的对象，他们向前跃进，又嚷又笑，跑到那个苇垛跟前。追鸡的那个鬼子先爬了上去，刚爬到苇垛顶上，刚要直起身来喊叫，那姑娘一伸手就把他推下来。鬼子仰面朝天从三丈高的苇垛上摔下来，别的鬼子还以为他失了脚，上前去救护他。这个时候，那姑娘从苇垛里钻出来，咬紧牙向下面投了一个头号手榴弹，火光起处，炸死了三个鬼子。人们看见那姑娘直直地立在苇垛上，她才十六七岁，穿一件褪色的红布褂，长头发上挂着很多芦花。"

我问：

"那个追鸡的鬼子炸死了没有？"

老头儿说，

"手榴弹就摔在他的头顶上，他还不死？剩下来没有死的两三个鬼子爬起来就往回跑，街上的鬼子全开来了，他们冲着苇垛架起了机关枪，扫射，扫射，苇垛着了火，一个连一个，漫天的浓烟，漫天的大火，烧起来了。火从早晨一直烧到天黑，照得远近十几里地方都像白天一般。"

从水面上远远望过去，同口镇的码头就在前面，广场上已经看不见一堆苇垛，风在那里吹起来，卷着柴灰，凄凉得很。我想，这样大火，那姑娘一定牺牲了。

老头儿又扯到那只鸡上，他说：

"你看怪不怪，那样大火，那只大公鸡一看势头不好，它从苇子里钻出来，三飞两飞就飞到远处的苇地里去了。"

我追问：

"那么那个姑娘呢，她死了吗？"

老人说：

"她更没事。她们有三个女人躲在苇垛里，三个鬼子往回跑的时候，她们就从上面跳下来，穿过苇垛向淀里去了。到同口，你愿意认识认识她，我可以给你介绍，她会说的更仔细，我老了，舌头不灵了。"

最后老头说：

"同志，咱这里的人不能叫人欺侮，尤其是女人家，那是情愿死了也不让人的。可是以前没有经验，前几年有多少年轻女人忍着痛投井上吊？这二年就不同了啊！要不我说，假如是在这二年，我那两只水鹰也不会叫鬼崽子们捉了活的去！"

1945 年

相　片

　　正月里我常替抗属写信。那些青年妇女们总是在口袋里带来一个信封两张信纸。如果她们是有孩子的，就拿在孩子的手里。信封信纸使起来并不方便，多半是她们剪鞋样或是糊窗户剩下来的纸，亲手折叠成的。可是她们看的非常珍贵，非叫我使这个写不可。

　　这是因为觉得只有这样，才真正完全地表达了她们的心意。

　　那天，一个远房嫂子来叫我写信给她的丈夫。信封信纸以外，还有一个小小的相片。

　　这是她的照片，可是一张旧的，残破了的照片。照片上的光线那么暗，在一旁还有半个"验讫"字样的戳记。我看了看照片，又望了望她，为什么这样一个活泼好笑的人，照出相来，竟这么呆板阴沉！我说：

　　"这相片照的不像！"

　　她斜坐在炕沿上笑着说：

　　"比我年轻？那是我二十一岁上照的！"

　　"不是年轻，是比你现在还老！"

　　"你是说哭丧着脸？"她嘻嘻地笑了，"那是敌人在的时候照的，心里害怕的不行，哪里还顾的笑！那时候，几千几万的人都照了相，在那些相片里拣不出一个有笑模样的来！"

　　她这是从敌人的"良民证"上撕下来的相片。敌人败退了，老百姓焚毁了代表一个艰难时代的良民证，为了忌讳，撕下了自己的照片。

"可是，"我好奇地问，"你不会另照一个给他寄去吗？"

"就给他寄这个去！"她郑重地说，"叫他看一看，有敌人在，我们在家里受的什么苦楚，是什么容影！你看这里！"

她过来指着相片角上的一点白光："这是敌人的刺刀，我们哆哩哆嗦在那里照相，他们站在后面拿枪刺逼着哩！"

"叫他看看这个！"她退回去，又抬高声音说，"叫他坚决勇敢地打仗，保护着老百姓，打退蒋介石的进攻，那样受苦受难的日子，再也不要来了！现在自由幸福的生活，永远过下去吧！"

这就是一个青年妇女，在新年正月，给她那在前方炮火里打仗的丈夫的信的主要内容。如果人类的德性能够比较，我觉得只有这种崇高的心意，才能和那为人民的战士的英雄气概相当。

1947 年 2 月

织席记

　　真是一方水土养一方人。我从南几县走过来，在蠡县、高阳，到处是纺线、织布。每逢集日，寒冷的早晨，大街上还冷冷清清的时候，那线子市里已经挤满了妇女。她们怀抱着一集纺好的线子，从家里赶来，霜雪粘在她们的头发上。她们挤在那里，急急卖出自己的线子，买回棉花；赚下的钱，再买些吃食零用，就又匆匆忙忙回家去了。回家路上的太阳才融化了她们头上的霜雪。

　　到端村，集日那天，我先到了席市上。这和高、蠡一带的线子市，真是异曲同工。妇女们从家里把席一捆捆背来，并排放下。她们对于卖出成品，也是那么急迫，甚至有很多老太太，在乞求似的招唤着席贩子："看我这个来呀，你过来呀！"

　　她们是急于卖出席，再到苇市去买苇。这样，今天她们就可解好苇，甚至轧出眉子，好赶织下集的席。时间就是衣食，劳动是紧张的，她们的热情的希望永远在劳动里旋转着。

　　在集市里充满热情的叫喊、争论。而解苇、轧眉子，则多在清晨和月夜进行。在这里，几乎每个妇女都参加了劳动。那些女孩子们，相貌端庄地坐在门前，从事劳作。

　　这里的房子这样低、挤、残破。但从里面走出来的妇女、孩子们却生的那么俊，穿的也很干净。普遍的终日的劳作，是这里妇女可亲爱的特点。她们穿的那么讲究，在门前推送着沉重的石砘子。她们的花鞋残破，因为她们要经常在苇子上来回践踏，要在泥水里走路。

她们，本质上是贫苦的人。也许她们劳动是希望着一件花布褂，但她们是这样辛勤的劳动人民的后代。

在一片烧毁了的典当铺的广场上，围坐着十几个女孩子，她们坐在席上，垫着一小块棉褥。她们晒着太阳，编着歌儿唱着。她们只十二三岁，每人每天可以织一领丈席。劳动原来就是集体的，集体劳动才有乐趣，才有效率，女孩子们纺线愿意在一起，织席也愿意在一起。问到她们的生活，她们说现在是享福的日子。

生活史上的大创伤是敌人在炮楼"戳"着的时候，提起来，她们就黯然失色，连说不能提了，不能提了。那个时候，是"掘地梨"的时候，是端村街上一天就要饿死十几条人命的时候。

敌人决堤放了水，两年没收成，抓夫杀人，男人也求生不得。敌人统制了苇席，低价强收，站在家里等着，织成就抢去，不管你死活。

一个女孩子说："织成一个席，还不能点火做饭！"还要在冰凌里，用两只手去挖地梨。

她们说："敌人如果再呆一年，端村街上就没有人了！"那天，一个放鸭子的也对我说："敌人如果再呆一年，白洋淀就没有鸭子了！"

她们是绝处逢生，对敌人的仇恨长在。对民主政府扶植苇席业，也分外感激。公家商店高价收买席子，并代她们开辟销路，她们的收获很大。

生活上的最大变化，还是去年分得了苇田。过去，端村街上，只有几家地主有苇。他们可以高价卖苇，贱价收席，践踏着人民的劳动。每逢春天，穷人流血流汗帮地主去上泥，因此他家的苇子才长的那么高。可是到了年关，穷人过不去，二百户人，到地主家哀告，过了好半天，才看见在钱板上端出短短的两戳铜子来。她们常常提说这件事！她们对地主的剥削的仇恨长在。这样，对于今天的光景，就特别珍重。

1947 年 3 月

采蒲台的苇

我到了白洋淀，第一个印象，是水养活了苇草，人们依靠苇生活。这里到处是苇，人和苇结合的是那么紧。人好像寄生在苇里的鸟儿，整天不停地在苇里穿来穿去。

我渐渐知道，苇也因为性质的软硬、坚固和脆弱，各有各的用途。其中，大白皮和大头栽因为色白、高大，多用来织小花边的炕席；正草因为有骨性，则多用来铺房、填房碱；白毛子只有漂亮的外形，却只能当柴烧；假皮织篮捉鱼用。

我来的早，淀里的凌还没有完全融化。苇子的根还埋在冰冷的泥里，看不见大苇形成的海。我走在淀边上，想象假如是五月，那会是苇的世界。

在村里是一垛垛打下来的苇，它们柔顺地在妇女们的手里翻动。远处的炮声还不断传来，人民的创伤并没有完全平复。关于苇塘，就不只是一种风景，它充满火药的气息，和无数英雄的血液的记忆。如果单纯是苇，如果单纯是好看，那就不成为冀中的名胜。

这里的英雄事迹很多，不能一一记述。每一片苇塘，都有英雄的传说。敌人的炮火，曾经摧残它们，它们无数次被火烧光，人民的血液保持了它们的清白。

最好的苇出在采蒲台。一次，在采蒲台，十几个干部和全村男女被敌人包围。那是冬天，人们被围在冰上，面对着等待收割的大苇塘。

敌人要搜。干部们有的带着枪，认为是最后战斗流血的时候到来了。妇女们却偷偷地把怀里的孩子递过去，告诉他们把枪支插在孩子的裤裆里。搜查的时候，干部又顺手把孩子递给女人……十二个女人不约而同地这样做了。仇恨是一个，爱是一个，智慧是一个。

枪掩护过去了，闯过了一关。这时，一个四十多岁的人，从苇塘打苇回来，被敌人捉住。敌人问他："你是八路？""不是！""你村里有干部？""没有！"敌人砍断他半边脖子，又问："你的八路？"他歪着头，血流在胸膛上，说："不是！""你村的八路大大的！""没有！"

妇女们忍不住，她们一齐沙着嗓子喊："没有！没有！"

敌人杀死他，他倒在冰上。血冻结了，血是坚定的，死是刚强！

"没有！没有！"

这声音将永远响在苇塘附近，永远响在白洋淀人民的耳朵旁边，甚至应该一代代传给我们的子孙。永远记住这两句简短有力的话吧！

1947 年 3 月

一别十年同口镇

十年前，我曾在安新同口当了一年小学教员，就是那年，伟大的人民抗日战争开始了，同口是组织抗日力量的烽火台之一，在抗日历史上永远不会湮没。

这次到白洋淀，一别十年的旧游之地，给我很多兴奋，很多感触。想到十年战争时间不算不长，可是一个村镇这样的兑蜕变化，却是千百年所不遇。

我清晨从高阳出发，越过一条堤，便觉到天地和风云都起了变化，堤东地势低下，是大洼的边沿，云雾很低，风声很急，和堤西的高爽，正成一个对照。

顺堤走到同口村边，已经是水乡本色，凌皮已经有些地方解冻，水色清澈的发黑。有很多拖床正在绕道行走。村边村里房上地下，都是大大小小的苇垛，真是山堆海积。

水的边沿正有很多农民和儿童，掏掘残存的苇子和地边的硬埂，准备播种；船工正在替船家修理船只，斧凿叮咚。

街里，还到处是苇皮，芦花，鸭子，泥泞，低矮紧挤的房屋，狭窄的夹道，和家家迎风摆动的破门帘。

这些景象，在我的印象里淡淡冲过，一个强烈的声音，在我心里叩问：人民哩，他们的生活怎样了？

我利用过去的关系，访问了几个家庭。我在这里教书时，那些穷苦的孩子们，那些衣衫破烂羞于见老师的孩子们，很多还在火线上。他们的父母，很久才认出是我，热情真挚地和我诉说了这十年的同口镇的经历，并说明他们的孩子，都是二十几岁的人了，当着营长或教导员。他们忠厚地感激我是他们的先生，曾经教育了他们。我说：我能教给他们什么呢，是他们教育了自己。是贫苦教育了他们。他们的父兄，代替了那些绅士地主，负责了村里的工作，虽然因为复杂，工作上有很多难题，可是具备无限的勇气和热心，这也是贫苦的一生教育了他们。

那些过去的军阀、地主、豪绅，则有的困死平津，有的仍纵欲南京上海，有的已被清算。他们那些深宅大院，则多半为敌人在时拆毁，敌人在有名的"二班"家的游息花园修筑了炮楼，利用了宅内可用的一切，甚至那里埋藏着的七副柏树棺木。村民没有动用他们的一砖一瓦，许多贫民还住在那低矮的小屋。

过去，我虽然是本村高级小学的教员，但也没有身份去到陈调元大军阀的公馆观光，只在黄昏野外散步的时候，看着那青砖红墙，使我想起了北平的景山前街。那是一座皇宫，至少是一座王爷府。他竟从远远的地方，引来电流，使全宅院通宵火亮，对于那在低暗的小屋子里生活的人民是一种威胁，一种镇压。

谁能知道一个村庄出产这样一个人物在同村的男女中间引起什么心理上的影响？但知道，在那个时候虽然是这样的势派气焰，农民却很少提起陈调元，农民知道把自己同这些人划分开。

土地改革后，没有房住的贫苦军属，进住了陈调元的住宅，我觉得这时可以进去看看了。我进了大门，那些穷人们都一家家的住在陈宅的厢房里、下房里，宽敞的五截正房都空着。我问那些农民，为什么不住正房，他们说住不惯那么大的房子，那住起来太空也太冷。这些房子原来设备的电灯、木器、床帐，都被日本毁坏了。穷人们把自家带来的破布门帘挂在那样华贵的门框上，用柴草堵上窗子。院里堆着苇子，在方砖和洋灰铺成的院子里，晒着太阳织席。他们按着他们多年的劳动生活的习惯，安置了他们的房间，利用了这个院子。

他们都分得了地种，从这村一家地主，就清算出几十顷苇田。我也到了几家过去的地主家里，他们接待我，显然还是习惯的冷漠，但他们也向我抱怨了村干部，哭了穷。但据我实际了解，他们这被清算了的，比那些分得果实的人，生活还好得多。从这一切的地方可以看出，从房舍内，他们的墙上，还有那些鲜艳的美女画片，炕上的被褥还是红红绿绿，那些青年妇女，脸上还擦着脂粉，在人面前走过，不以为羞。我从南几县走过来，我很少看见擦脂抹粉的人了。

这些脂粉，可以说是残余的东西，如同她们脚下那些缎"花鞋"。但证明，农民并没有清算得她们过分。土地改革了，但在风雪的淀里咚咚打冰的，在泥泞的街上，坐着织席的，还是那些原来就贫穷的人，和他们的孩子们。而这些地主们的儿子，则还有好些长袍大褂，游游荡荡在大街之上和那些声气相投的妇女勾勾搭搭。我觉得这和过去我所习见的地主子弟，并没有分别，应该转变学习劳动，又向谁诉的什么苦！

进步了的富农，则在尽力转变着生活方式，陈乔同志的父亲母亲妹妹在昼夜不息地卷着纸烟，还自己成立了一个烟社，有了牌号，我吸了几支，的确不错。他家没有劳动力，卖出了一些地，干起这个营生，生活很是富裕。我想这种家庭生活的进步，很可告慰我那在远方工作的友人。

1947 年 5 月于端村

访　旧

　　十几年的军事性质的生活，四海为家。现在，每当安静下来，许多房东大娘的影子，就像走马灯一样，在我的记忆里转动起来。我很想念她们，可是再见面的机会，是很难得的。

　　去年，我下乡到安国县，所住的村子是在城北，我想起离这里不远的大西章村来。这个村庄属博野县，五年以前我在那里做土地复查工作，有一位房东大娘，是很应该去探望一下的。

　　我顺着安国通往保定的公路走，过了罗家营，就是大西章，一共十五里路。昨天夜里下了雪，今天天晴了，公路上是胶泥，又粘又滑。我走得很慢，回忆很多。

　　那年到大西章做复查的是一个工作团，我们一个小组四个人，住在这位大娘的家里。大娘守寡，大儿子去参军了，现在她守着一个女儿和一个小儿子过日子，女儿叫小红，小儿子叫小金。她的日子过得是艰难的，房子和地都很少，她把一条堆积杂乱东西的炕给我们扫出来。

　　大儿子自从参军以后，已经有六七年了，从没有来过一封信。大娘整个的心情都悬在这一件事上，我们住下以后，她知道我在报社工作，叫我在报纸上登个打听儿子的启事，我立时答应下来，并且办理了。

　　大娘待我就如同一家人，甚至比待她的女儿和小儿子还要好。每逢我开完会，她就悄悄把我叫到她那间屋里，打开一个手巾包，里面是热腾腾的白面饼，裹着一堆炒鸡蛋。

我们从麦收一直住到秋收，天热的时候，我们就到房顶上去睡。大娘铺一领席子，和孩子们在院里睡。在房顶上睡的时候，天空都是很晴朗的，小组的同志们从区上来，好说些笑话，猜些谜语，我仰面听着，满天星星像要落在我的身上。我一翻身，可以看见，院里的两个孩子都香甜地睡着了，大娘还在席上坐着。

"你看看明天有雨没有？"大娘对我说。

"一点点云彩也没有。"我说。

"往正南看看，是大瓶灌小瓶，还是小瓶灌大瓶？"她说。

那是远处的两个并排的星星，一大一小。因为离得很远，又为别的星星闪耀，我简直分辨不出，究竟是哪一个在灌哪一个。

"地里很旱了。"大娘说。

那时根据地周围不断作战，炮声在夜晚听得很真，大娘一听到炮声，就要爬到房上来，一直坐在房沿上，静静地听着。

"你听听，是咱们的炮，还是敌人的炮？"大娘问我。

"两边的炮都有。"我说。

"仔细听听，哪边的厉害。"大娘又说。

"我们的厉害。"我说。

还有别的人，能像一个子弟兵的母亲，那样关心我们战争的胜败吗？

工作完了，我要离开的时候，大娘没见到我。她煮好十个鸡蛋，叫小金抱着追到村边上，硬给我装到车子兜里。同年冬天，她叫小红给我做了一双棉鞋，她亲自送到报社里，可惜我已经调到别处去了。

不知大娘现在怎样，她的儿子到底有了音讯没有？

我走到大西章村边，人们正在修理那座大石桥，我道路很熟，穿过菜园的畦径，沿着那个大水坑的边缘，到了大娘的家里。

院里很安静，还像五年前一样，阳光照满这小小的庭院。靠近北窗，还是栽着一架细腰葫芦，在架下面，一个十八九岁的女孩子在纳鞋底儿。院里的鸡一叫唤，她抬头看见了我，惊喜地站起来了。

这是小红，她已经长大成人，发育出脱得很好，她的脸上安静又幸福。只有刚刚订了婚并决定了娶的日子，女孩子们的脸上，才流露这种感情。她把鞋底儿一扔，就跑着叫大娘去了。

大娘把我当做天上掉下来的人，不知道抓什么好。

大娘还很健康。

她说大儿子早就来信了，现在新疆。不管多远吧，有信她就放心了。儿子在外边已经娶了媳妇，她摘下墙上的相片给我看。

她打开柜，抱出几个大包袱，解开说：

"这是我给小红制的陪送，一进腊月，就该娶了。你看看行不行。"

"行了，这衣服多好啊！"我说。

大娘又找出小红的未婚夫的相片，问我长得怎样。这时小红已经上了机子，这架用手顿的织布机，是那年复查的时候分到的。小红上到机子上，那只手顿的可有力量。大娘说：

"我叫她在出聘前，赶出十个布来，虽说洋布好买了，可是挂个门帘，做个被褥什么的，还是自己织的布结实。你知道，小红又会织花布。"

　　吃晌午饭的时候，小金从地里回来，小金也长大了，参加了互助组。现在，大娘是省心多了。

1953 年 8 月 27 日记

某村旧事

　　一九四五年八月，日寇投降，我从延安出发，十月到浑源，休息一些日子，到了张家口。那时已经是冬季，我穿着一身很不合体的毛蓝粗布棉衣，见到在张家口工作的一些老战友，他们竟是有些"城市化"了。做财贸工作的老邓，原是我们在晋察冀工作时的一位诗人和歌手，他见到我，当天夜晚把我带到他的住处，烧了一池热水，叫我洗了一个澡，又送我一些钱，叫我明天到早市买件衬衣。当年同志们那种同甘共苦的热情，真是值得怀念。

　　第二天清晨，我按照老邓的嘱咐到了摊贩市场。那里热闹得很，我买了一件和我的棉衣很不相称的"绸料"衬衣，还买了一条日本的丝巾围在脖子上，另外又买了一顶口外的狸皮冬帽戴在头上。路经宣化，又从老王的床铺上扯了一条粗毛毯，一件日本军用黄呢斗篷，就回到冀中平原上来了。

　　这真是胜利归来，扬扬洒洒，连续步行十四日，到了家乡。在家里住了四天，然后，在一个大雾弥漫的早晨，到蠡县县城去。

　　冬天，走在茫茫大雾里，像潜在又深又冷的浑水里一样。但等到太阳出来，就看见村庄、树木上，满是霜雪，那也真是一种奇景。那些年，我是多么喜欢走路行军！走在农村的、安静的、平坦的道路上，人的思想就会像清晨的阳光，猛然投射到披满银花的万物上，那样闪耀和清澈。

傍晚，我到了县城。县委机关设在城里原是一家钱庄的大宅院里，老梁住在东屋。

梁同志朴实而厚重。我们最初认识是一九三八年春季，我到这县组织人民武装自卫会，那时老梁在县里领导着一个剧社。但熟起来是在一九四二年，我从山地回到平原，帮忙编辑《冀中一日》的时候。

一九四三年，敌人在晋察冀持续了三个月的大"扫荡"。在繁峙境，我曾在战争空隙，翻越几个山头，去看望他一次。那时他正跟随西北战地服务团行军，有任务要到太原去。

我们分别很久了。当天晚上，他就给我安排好了下乡的地点，他叫我到一个村庄去。我在他那里，见到一个身材不高管理文件的女同志，老梁告诉我，她叫银花，就是那个村庄的人。她有一个妹妹叫锡花，在村里工作。

到了村里，我先到锡花家去。这是一家中农。锡花是一个非常热情、爽快、很懂事理的姑娘。她高高的个儿，颜面和头发上，都还带着明显的稚气，看来也不过十七、八岁。中午，她给我预备了一顿非常可口的家乡饭：煮红薯、炒花生、玉茭饼子、杂面汤。

她没有母亲，父亲有四十来岁，服饰不像一个农民，很像一个从城市回家的商人，脸上带着酒气，不好说话，在人面前，好像做了什么错事似的。在县城，我听说他不务正业，当时我想，也许是中年鳏居的缘故吧。她的祖父却很活跃，不像一个七十来岁的老人，黑干而健康的脸上，笑容不断，给我的印象，很像是一个牲口经纪或赌场过来人。他好唱昆曲，在我们吃罢饭休息的时候，他拍着桌沿，给我唱了一段《藏舟》。这里的老一辈人，差不多都会唱几口昆曲。

我住在这一村庄的几个月里，锡花常到我住的地方看我，有时给我带些吃食去。她担任村里党支部的委员，有时也征求我一些对村里工作的意见。有时，我到她家去坐坐，见她总是那样勤快活泼。后来，我到了河间，还给她写过几回信，她每次回信，都谈到她的学习。我进了城市，音问就断绝了。

这几年，我有时会想起她来，曾向梁同志打听过她的消息。老梁说，在一九四八年农村整风的时候，好像她家有些问题，被当作"石头"搬了一下。农民称她家为"官铺"，并编有歌谣。锡花仓促之间，和一个极普通的农民结了婚，好像也很不如意。详细情形，不得而知。乍听之下，为之默然。

我在那里居住的时候，接近的群众并不多，对于干部，也只是从表面获得印象，很少追问他们的底细。现在想起来，虽然当时已经从村里一些主要干部身上，感觉到一种专横独断的作风，也只认为是农村工作不易避免的缺点。在锡花身上，连这一点也没有感到。所以，我还是想：这些民愤，也许是她的家庭别的成员引起的，不一定是她的过错。至于结婚如意不如意，也恐怕只是局外人一时的看法。感情的变化，是复杂曲折的，当初不如意，今天也许如意。很多人当时如意，后来不是竟不如意了吗？但是，这一切都太主观，近于打板摇卦了。我在这个村庄，写了《钟》、《藏》、《碑》三篇小说。在《藏》里，女主人公借用了锡花这个名字。

我住在村北头姓郑的一家三合房大宅院里，这原是一家地主，房东是干部，不在家，房东太太也出去看望她的女儿了。陪我做伴的，是他家一个老佣人。这是一个在农村被认为缺个魂儿、少个心眼儿、其实是非常质朴的贫苦农民。他的一只眼睛不好，眼泪不停止地流下来，他不断用一块破布去擦抹。他是给房东看家的，因而也帮我做饭。没事的时候，也坐在椅子上陪我说说话儿。

有时，我在宽广的庭院里散步，老人静静地坐在台阶上；夜晚，我在屋里地下点一些秫秸取暖，他也蹲在一边取火抽烟。他的形象，在我心里，总是引起一种极其沉重的感觉。他孤身一人，年近衰老，尚无一瓦之栖，一垄之地。无论在生活和思想上，在他那里，还没有在其他农民身上早已看到的新的标志。一九四八年平分土地以后，不知他的生活变得怎样了，祝他晚境安适。

　　在我的对门，是妇救会主任家。我忘记她家姓什么，只记得主任叫志扬，这很像是一个男人的名字。丈夫在外面做生意，家里只有她和婆母。婆母外表黑胖，颇有心计，这是我一眼就看出来的。我初到郑家，因为村干部很是照顾，她以为来了什么重要的上级，亲自来看过我一次，显得很亲近，一定约我到她家去坐坐。第二天我去了，是在平常人家吃罢早饭的时候。她正在院里打扫，这个庭院显得整齐富裕，门窗油饰还很新鲜，她叫我到儿媳屋里去，儿媳也在屋里招呼了。我走进西间里，看见妇救会主任还没有起床，盖着耀眼的红绫大被，两只白皙丰满的膀子露在被头外面，就像陈列在红绒衬布上的象牙雕刻一般。我被封建意识所拘束，急忙却步转身。她的婆母却在外间吃吃笑了起来，这给我的印象颇为不佳，以后也就再没到她家去过。

　　有时在街上遇到她婆母，她对我好像也非常冷淡下来了。我想，主要因为，她看透我是一个穷光蛋，既不是骑马的干部，也不是骑车子的干部，而是一个穿着租布棉衣，挟着小包东游西晃溜溜达达的干部。进村以来，既没有主持会议，也没有登台讲演，这种干部，叫她看来，当然没有什么作为，也主不了村中的大计，得罪了也没关系，更何必巴结钻营？

　　后来听老梁说，这家人家在一九四八年冬季被斗争了。

　　　　　　　　　青春余梦　孙犁散文精选集

这一消息，没有引起我任何惊异之感，她们当时之所以工作，明显地带有投机性质。

在这村，我遇到了一位老战友。他的名字，我起先忘记了，我的爱人是"给事中"，她告诉我这个人叫松年。那时他只有二十五、六岁，瘦小个儿，聪明外露，很会说话，我爱人只见过他一两次，竟能在十五、六年以后，把他的名字冲口说出，足见他给人印象之深。

松年也是郑家支派。他十几岁就参加了抗日工作，原在冀中区的印刷厂，后调阜平《晋察冀日报》印刷厂工作。我俩人工作经历相仿，过去虽未见面，谈起来非常亲切。他已经脱离工作四五年了。他父亲多病，娶了一房年轻的继母，这位继母足智多谋，一定要儿子回家，这也许是为了儿子的安全着想，也许是为家庭的生产生活着想。最初，松年不答应，声言以抗日为重。继母遂即给他说好一门亲事，娶了过来，枕边私语，重于诏书。新媳妇的说服动员工作很见功效，松年在新婚之后，就没有回山地去，这在当时被叫做"脱鞋"——"妥协"或开小差。

时过境迁，松年和我谈起这些来，已经没有惭作不安之情，同时，他也许有了什么人生观的依据和现实生活的体会吧，他对我的抗日战士的贫苦奔波的生活，竟时露嘲笑的神色。那时候，我既然服装不整，夜晚睡在炕上，铺的盖的也只是破毡败絮。（因为房东不在家，把被面都搁藏起来，只是炕上扔着一些破被套，我就利用它们取暖。）而我还要自己去要米，自己烧饭，在他看来，岂不近于游僧的敛化，饥民的就食！在这种情况下面，我的好言相劝，他自然就听不进去，每当谈到"归队"，他就借故推托，扬长而去。

有一天，他带我到他家里去。那也是一处地主规模的大宅院，但有些破落的景象。他把我带到他的洞房，我也看到了他那按年岁来说显得过于肥胖了一些的新妇。新妇看见我，从炕上溜下来出去了。因为曾经是老战友，我也不客气，就靠在那折叠得很整齐的新被垒上休息了一会。

房间裱糊得如同雪洞一般，阳光照在新糊的洒过桐油的窗纸上，明亮如同玻璃。一张张用红纸剪贴的各色花朵，都给人一种温柔之感。房间的陈设，没有一样不带新婚美满的气氛，更有一种脂粉的气味，在屋里弥漫……

柳宗元有言，流徙之人，不可在过于冷清之处久居，现在是，革命战士不可在温柔之乡久处。我忽然不安起来了。当然，这里没有冰天雪地，没有烈日当空，没有跋涉，没有饥饿，没有枪林弹雨，更没有人死出生。但是，它在消磨且已经消磨尽了一位青年人的斗志。我告辞出来，一个人又回到那冷屋子冷炕上去。

生活啊，你在朝着什么方向前进？你进行得坚定而又有充分的信心吗？

"有的。"好像有什么声音在回答我，我睡熟了。

在这个村庄里，我另外认识了一位文建会的负责人，他有些地方，很像我在《风云初记》里写到的变吉哥。

以上所记，都是十五六年前的旧事。一别此村，从未再去。有些老年人，恐怕已经安息在土壤里了吧，他们一生的得失，欢乐和痛苦，只能留在乡里的口碑上。一些青年人，恐怕早已生儿育女，生活大有变化，愿他们都很幸福。

1962 年 8 月 13 日夜记

平原的觉醒

一九三七年冬季，冀中平原是动荡不安的。秋季，滹沱河发了一场洪水，接着，就传来日本人已攻到保定的消息。每天，有很多逃难的人，扶老携幼，从北面涉水而来，和站在堤上的人们，简单交谈几句，就又慌慌张张往南走了。

"就要亡国了吗？"农民们站在堤上，望着茫茫大水，唉声叹气地说。

国民党的军队放下河南岸的防御工事，往南逃，县政府也雇了许多辆大车往南逃。有一天，郎仁渡口，有一个国民党官员过河，在船上打着一柄洋伞，敌机当成军事目标，滥加轰炸扫射。敌机走后，人们拾到很多像蔓菁粗的子弹头和更粗一些的空弹壳。日本人真的把战争强加在我们的头上来了。

我原来在外地的小学校教书，"七七"事变，我就没有去。这一年的冬季，我穿着灰色棉袍，经常往返于我的村庄和安平县城之间。由吕正操同志领导的人民自卫军司令部，就驻在县城里，我有几个过去的同事，在政治部工作。抗日人人有份，当时我虽然还没有穿上军衣，他们也分配我一些抗日宣传方面的工作。

我记得第一次是在家里编写了一本名叫《民族革命战争与戏剧》的小册子，政治部作为一个文件油印发行了。经过这些年的大动荡，居然保存下来一个复制本子。内容为：前奏。上篇：一、民族解放战争与艺术武器。二、戏剧的特殊性。三、中国劳动民众接近的戏剧。四、我们的口号。下篇：一、怎样组织剧团。二、怎样产生剧本。三、怎样演出。

接着，我还编了一本中外革命诗人的诗集，名叫《海燕之歌》，在县城铅印出版。厚厚的一本，紫红色的封面。因为印刷技术，留下一个螺丝钉头的花纹，意外地给阎素同志的封面设计，增加了一种有力的质感。

阎素同志是宣传部的干事，他从一个县城内的印字店找到一架小型简单的铅印机，还有一些零零散散大大小小的铅字。又找来几个从事过印刷行业的工人，就先印了这本，其实并非当务之急的书。经过"五一"大"扫荡"，我再没有发现过这本书。

与此同时，路一同志主编了《红星》杂志，在第一期上，发表了我的一篇论文，题为《现实主义文学论》。这谈不上是我的著作，可以说是我那些年，学习社会科学和革命文学理论的读书笔记。其中引文太多了，王林同志当时看了，客气地讽刺说："你怎么把我读过的一些重要文章，都摘进去了。"好大喜功、不拘小节的路一同志，却对这洋洋万言的"论文"，在他主编的刊物上出现，非常满意，一再向朋友们推荐，并说："我们冀中真有人才呀！"

这篇论文，现在也不容易找到了。抗战刚刚胜利时，我在一家房东的窗台上翻了一次。虽然没有什么个人的独特见解，但行文叙事之间，有一股现在想来是难得再有的热情和泼辣之力。

《红星》是一种政治性刊物，这篇文章提出"现实主义"，有幸与"抗日民族统一战线"、"抗日游击战争"等等当前革命口号，同时提示到广大的抗日军民面前。

不久，我在区党委的机关报《冀中导报》，发表了《鲁迅论》，占了小报整整一版的篇幅。

青年时写文章，好立大题目，摆大架子，气宇轩昂，自有他好的一方面，但也有名不副实的一方面。后来逐渐知道扎实、委婉，但热力也有所消失。

一九三八年的春天，我算正式参加了抗日工作。那时冀中区成立一个统一战线的组织，叫人民武装自卫会。吕正操同志主持了成立大会，由史立德任主任，我当了宣传部长。会后，我和几个同志到北线蠡县、高阳、河间去组织分会，和新被提拔的在那些县里担任县政指导员的同志们打交道。这个会，我记得不久就为抗联所代替，七、八月间，我就到设在深县的抗战学院去教书了。

这个学院由杨秀峰同志当院长，分民运、军事两院，共办了两期。第一期，我在民运院教抗战文艺。第二期，在军事院教中国近代革命史。

民运院差不多网罗了冀中平原上大大小小的知识分子，从高小生到大学教授。它设在深县中学里，以军事训练为主，教员都称为"教官"。在操场，搭了一个大席棚，可容五百人。横排一条条杉木，就是学生的座位。中间竖立一面小黑板，我就站在那里讲课。这样大的场面，我要大声喊叫，而一堂课是三个小时。

我没有讲义，每次上课前，写一个简单的提纲。每周讲两次。三个月的时间，我主要讲了：抗战文艺的理论与实际，文学概论和文艺思潮；革命文艺作品介绍，着重讲了现实主义的创作方法。

不管我怎样想把文艺和抗战联系起来，这些文艺理论上的东西，无论如何，还是和操场上的实弹射击，冲锋刺杀，投手榴弹，很不相称。

和我同住一屋的王晓楼，讲授哲学，他也感到这个问题。我们共同教了三个月的书以后，学员们给他的代号是"矛盾"，而赋于我的是"典型"，因为我们口头上经常挂着这两个名词。

杨院长叫我给学院写一个校歌歌词，我应命了，由一位音乐教官谱曲。现在是连歌词也忘记了，经过时间的考验，词和曲都没有生命力。

去文习武，成绩也不佳。深县驻军首长，赠给王晓楼一匹又矮又小的青马，他没有马夫，每天自己喂饮它。

有一天，他约我去秋郊试马。在学院附近的庄稼大道上，他先跑了一趟。然后，他牵马坠镫，叫我上去。马固然跑的不是样子，我这个骑士，也实在不行，总是坐不稳，惹得围观的男女学生拍手大笑，高呼"典型"。

在八年抗日战争和以后的解放战争期间，因为职务和级别，我始终也没有机会得到一匹马。我也不羡慕骑马的人，在不能称为千山万水，也有千水百山的征途上，我练出了两条腿走路的功夫，多么黑的天，多么崎岖的路，我也很少跌跤。

晓楼已经作古，我是很怀念他的，他是深泽人。阴历腊月，敌人从四面蚕食冀中，不久就占领了深县城。学院分散，我带领了一个剧团，到乡下演出，就叫流动剧团。我们现编现演，常常挂上幕布，就发现敌情，把幕拆下，又到别村去演。演员穿着服装，带着化装转移，是常有的事。这个剧团，活动时间虽不长，但它的基本演员，建国后，很多人成为一名演员。

一九三九年春天，我就调到阜平山地去了。这个学院的学员，从那时起，转战南北，在部队，在地方，都建树了不朽的功勋。

一九三七年冬季，冀中平原是大风起兮，人民是揭竿而起。

农民的爱国家、爱民族的观念，是非常强烈的。在敌人铁蹄压境的时候，他们迫切要求执干戈以卫社稷。他们苦于没有领导，他们终于找到共产党的领导。

1978 年 10 月 6 日

"古城会"

　　一九三八年初冬，敌人相继占领了冀中大部县城。我所在的抗战学院，决定分散。在这个时候，学院的总务科刘科长，忽然分配给我一辆新从敌占区买来的自行车。我一直没有一辆自行车，前二年借亲戚间的破车子骑，也被人家讨还了。得到一辆新车，心里自然很高兴，但在戎马倥偬、又多半是夜间活动的当儿，这玩意儿确实也是个累赘。再说质量也太次，骑上去，大梁像藤子棍做的，一颤一颤的。我还是收下了，虽然心里明白，这是刘科长在紧急关头，采取的人分散物资也分散的措施。

　　我带着一个剧团，各处活动了一阵子，就到了正在河间一带活动的冀中区总部。冀中抗联史立德主任接收了我们，跟着一百二十师行军。当天黄昏站队的时候，史主任指定我当自行车队的队长。当然，他的委任，并非因为我的德才资都高人一筹，而是因为我站在这一队人的前头，他临时看见了我。我虽然也算是受命于危难之时，但夜晚骑车的技术，实在不够格，经常栽跤，以致不断引起后面部属们的非议。说实在的，这个抗联属下的自行车中队，是一群乌合之众。他们都是些新参加的青年学生，他们顺应潮流，从娇生惯养的家里出来，原想以后有个比较好的出路。出来不多两天，就遇到了敌人的大进攻，大扫荡，他们思家心切，方寸已乱。这是我当时对我所率领的这支部队的基本估计，并非因为他们不服从或不尊重我的领导。

一百二十师，是来冀中和敌人周旋打仗的，当然不能长期拖着这个掉动不灵的尾巴，两天以后，冀中区党委，就下令疏散。我同老陈同意被指令南下，去一分区深县南部一带工作。

一天清早，我同老陈离开队伍往南走，初冬，田野里已经很荒凉，只有一堆堆的柴草垛。天晴得很好，远处的村庄上面，有一层薄薄的冬雾笼盖着，树林和草堆上，也都挂着一层薄薄的霜雪。路上没有一个行人，也遇不到一只野兔。四野像死去了一样沉寂，充满了无声的恐怖。我们一边走着，一边注视着前面的风吹草动，看有没有敌情。路过村庄，也很少见到人。狗吠叫着，有人从门缝中望望，就又转身走了。一路上都有惊魂动魄之感。

我和老陈，都是安平县人，路过安平境，谁也没想到回家去看看。天快黑的时候，我们到了深县境内。

"我们在哪里吃饭住宿呢？"一路上我同老陈计议着。

"我二兄弟国栋，听说在大陈村教武术，这里离大陈村不远了，要不我们去找找他吧！"老陈说。

老陈兄弟三人，他居长，自幼读书，毕业于天津第一师范，后在昌黎、庆云等处执教多年，今年回到家乡参加抗日，在抗战学院任音乐教官。

他的三弟，听说在南方国民党军队做事。他的二弟在家过日子，我曾见过，是个有些不么不六的楞小伙子，常跟人打架斗殴，和老陈的温文尔雅的作风，完全不一样。

天很黑了，我们才到了这个村庄。这是个大村庄，我们顺南北大街往前走，没遇到一个人。我们也不敢高声喊问。走到路西一家大梢门前面，老陈张望了一下，说：

"我记得他就在这个院里，敲门问问吧！"

刚敲了两下门，就听得有几个人上了房，梢门上有像城墙垛口一样的建筑。

"什么人！"有人伸出头来问，同时听到拉枪栓的声音。

"我们找陈国栋，"老陈说，"我是他的大哥！"

听到房上的人嘀咕了几句，然后说：

"没有！"

紧接着就望天打了一枪。

我同老陈踉跄登上车子，弯腰往南逃跑，听到房上说：

"送送他们！"

接着就是一阵排枪，枪子从我们头上飞过去，不过打的比较高。我们骑到村南野外大道上，两旁都是荆子地，我倒在里面了。

我们只好连夜往深南赶，天明的时候，在一个村庄前面，见到了八路军的哨兵，才算找到了一分区。

在一家很好的宅院里，很暖和的炕头上，会见了一分区司令员和政委。并见到了深县县长张孟旭同志，张和老陈是同学，和我也熟。他交给我们一台收音机，叫我们每天收一些新闻，油印出来。

从此，我和老陈，就驮着这台收音机打游击，夜晚，就在老乡的土炕上，工作起来。

我好听京剧，有时抄完新闻了，老陈睡下，我还要关低声音，听唱一段戏。老陈像是告诫我：

"不要听了，浪费电池。"

其实，那时还没有我们自己的电台，收到的不过是国民党电台广播的消息，参考价值并不大。我还想，上级给我们这台收音机，不过是叫我们负责保管携带，并不一定是为了看新闻。

老陈是最认真负责，奉公守法的人。

抗战胜利，我又回到冀中，有一次我在家里，陈国栋来找我，带着满脸伤痕，说是村里有人打了他。我细看他的伤，都是爪痕，我问：

"你和妇女打架了吗？"

"不是。有仇人打了我。"他吞吞吐吐地说。

我判定他是自己造的伤，想借此和人家闹事。我劝他要和睦邻里，好好过日子，不要给他哥哥找麻烦。最后，我问他：

"那次在大陈村，你在房上吗？"

"在！"他斩钉截铁地说。

"在，你为什么不让我们进去？"

"黑灯瞎火，我知道你们是什么人？"

"你哥哥的声音，你也听不出来吗？"

"兵荒马乱，听不出来。"

"唉！"我苦笑了一下说，"你和我们演了一出古城会！"

1981 年 11 月 4 日上午

第二辑

乡里旧闻

度春荒

我的家乡，邻近一条大河，树木很少，经常旱涝不收。在我幼年时，每年春季，粮食很缺，普通人家都要吃野菜树叶。春天，最早出土的，是一种名叫老鸹锦的野菜，孩子们带着一把小刀，提着小篮，成群结队到野外去，寻觅剜取像铜钱大小的这种野菜的幼苗。

这种野菜，回家用开水一泼，搀上糠面蒸食，很有韧性。

与此同时出土的是苣苣菜，就是那种有很白嫩的根，带一点苦味的野菜。但是这种菜，不能当粮食吃。

以后，田野里的生机多了，野菜的品种，也就多了。有黄须菜，有扫帚苗，都可以吃。春天的麦苗，也可以救急，这是要到人家地里去偷来。

到树叶发芽，孩子们就脱光了脚，在手心吐些唾沫，上到树上去。榆叶和榆钱，是最好的菜。柳芽也很好。在大荒之年，我吃过杨花。就是大叶杨春天抽出的那种穗子一样的花。这种东西，是不得已而吃之，并且很费事，要用水浸好几遍，再上锅蒸，味道是很难闻的。

在春天，田野里跑着无数的孩子们，是为饥饿驱使，也为新的生机驱使，他们漫天漫野地跑着，寻视着，欢笑并打闹，追赶和竞争。

春风吹来，大地苏醒，河水解冻，万物孳生，土地是松软的，把孩子们的脚埋进去，他们仍然欢乐地跑着，并不感到跋涉。

清晨，还有露水，还有霜雪，小手冻得通红，但不久，太阳出来，就感到很暖和，男孩子们都脱去了上衣。

为衣食奔波，而不大感到愁苦，只有童年。

我的童年，虽然也常有兵荒马乱，究竟还没有遇见大灾荒，像我后来从历史书上知道的那样。这一带地方，在历史上，特别是新旧五代史上记载，人民的遭遇是异常悲惨的。因为战争，因为异族的侵略，因为灾荒，一连很多年，在书本上写着：人相食；析骨而焚；易子而食。

战争是大灾荒、大瘟疫的根源。饥饿可以使人疯狂，可以使人死亡，可以使人恢复兽性。曾国藩的日记里，有一页记的是太平天国战争时，安徽一带的人肉价目表。我们的民族，经历了比噩梦还可怕的年月！

日本帝国主义的侵略，以战养战，三光政策，是很野蛮很残酷的。但是因为共产党记取历史经验，重视农业生产，村里虽然有那么多青年人出去抗日，每年粮食的收成，还是能得到保证。党在这一时期，在农村实行合理负担的政策。地主富农，占有大部分土地，虽然对这种政策，心里有些不满，他们还是积极经营的。抗日期间，我曾住在一家地主家里，他家的大儿子对我说："你们在前方努力抗日，我们在后方努力碾米。"

在八年抗日战争中，我们成功地避免了"大兵之后，必有凶年"的可怕遭遇，保证了抗日战争的胜利。

1979 年 12 月

村 长

　　这个村庄本来很小，交道也不方便，离保定一百二十里，离县城十八里。它有一个村长，是一家富农。我不记得这村长是民选的，还是委派的。但他家的正房里，悬挂着本县县长一个奖状，说他对维持地方治安有成绩，用镜框装饰着。平日也看不见他有什么职务，他照样管理农事家务，赶集卖粮食。村里小学他是校董，县里督学来了，中午在他家吃饭。他手下另有一个"地方"，这个职务倒很明显，每逢征收钱粮，由他在街上敲锣呼喊。

　　这个村长个子很小，脸也很黑，还有些麻子。他的穿著，比较讲究，在冬天，他有一件羊皮袄，在街上走路的时候，他的右手总是提起皮袄右面的开襟地方，步子也迈得细碎些，这样，他以为势派。

　　他原来和"地方"的老婆妍靠着。"地方"出外很多年，回到家后，村长就给他一面铜锣，派他当了"地方"。

　　在村子的最东头，有一家人卖油炸馃子，有好几代历史了。这种行业，好像并不成全人，每天天不亮，就站在油锅旁。男人们都得了痨病，很早就死去了。但女人就没事，因此，这一家有好几个寡妇。村长又爱上了其中一个高个子的寡妇，就不大到"地方"家去了。

　　可是，这个寡妇，在村里还有别的相好，因为村长有钱有势，其他人就不能再登上她家的门边。

一九三七年，"七七"事变，国民党政权南逃。这年秋季，地方大乱。一到夜晚，远近枪声如度岁。有绑票的，有自卫的。

一天晚上，村长又到东头寡妇家去，夜深了才出来，寡妇不放心，叫她的儿子送村长回家。走到东街土地庙那里，从庙里出来几个人，用撅枪把村长打倒在地，把寡妇的儿子打死了。寡妇就这一个儿子，还是她丈夫的遗腹子。把他打死，显然是怕他走漏风声。

村长头部中了数弹，但他并没有死，因为撅枪和土造的子弹，都没有准头和力量。第二天早上苏醒了过来，儿子把他送到县城医治枪伤，并指名告了村里和他家有宿怨的几个农民。当时的政权是维持会，土豪劣绅管事，当即把几个农民抓到县里，并戴了镣。八路军到了，才释放出来。

村长回到村里，五官破坏，面目全非。深居简出，常常把一柄大铡刀放在门边，以防不测。一九三九年，日本人占据县城，地方又大乱。一个夜晚，村长终于被绑架到村南坟地，割去生殖器，大卸八块。村长之死，从政治上说，是打击封建恶霸势力。这是村庄开展阶级斗争的序幕。

那个寡妇，脸上虽有几点浅白麻子，长得却有几分人才，高高的个儿，可以说是亭亭玉立。后来，村妇救会成立，她是第一任的主任，现在还活着。死去的儿子，也有一个遗腹子，现在也长大成人了。

村长的孙子孙女，也先后参加了八路军，后来都是干部。

1979 年 12 月

凤池叔

凤池叔就住我家的前邻。在我幼年时，他盖了三间新的砖房。他有一个叔父，名叫老亭。在本地有名的联庄会和英法联军交战时，他伤了一只眼，从前线退了下来，小队英国兵追了下来，使全村遭了一场浩劫，有一名没有来得及逃走的妇女，被鬼子轮奸致死。这位妇女，死后留下了不太好的名声，村中的妇女们说：她本来可以跑出去，可是她想发洋人的财，结果送了命。其实，并不一定是如此的。

老亭受了伤，也没有留下什么英雄的称号，只是从此名字上加了一个字，人们都叫他瞎老亭。

瞎老亭有一处宅院，和凤池叔紧挨着，还有三间土坯北房。他为人很是孤独，从来也不和人们来往。我们住得这样近，我也不记得在幼年时，到他院里玩耍过，更不用说到他的屋子里去了。我对他那三间住房，没有丝毫的印象。

但是，每逢从他那低矮颓破的土院墙旁边走过时，总能看到，他那不小的院子里，原是很吸引儿童们的注意的。他的院里，有几棵红枣树，种着几畦瓜菜，有几只鸡跑着，其中那只大红公鸡，特别雄壮而美丽，不住声趾高气扬地啼叫。

瞎老亭总是一个人坐在他的北屋门口。他呆呆地直直地坐着，坏了的一只眼睛紧紧闭着，面容愁惨，好像总在回忆着什么不愉快的事。这种形态，儿童们一见，总是有点害怕的，不敢去接近他。

我特别记得，他的身旁，有一盆夹竹桃，据说这是他最爱惜的东西。这是稀有植物，整个村庄，就他这院里有一棵，也正因为有这一棵，使我很早就认识了这种花树。

村里的人，也很少有人到他那里去。只有他前邻的一个寡妇，常到他那里，并且半公开的，在夜间和他作伴。

这位老年寡妇，毫不忌讳地对妇女们说：

"神仙还救苦救难哩，我就是这样，才和他好的。"

瞎老亭死了以后，凤池叔以亲侄子的资格，继承了他的财产。拆了那三间土坯北房，又添上些钱，在自己的房基上，盖了三间新的砖房。那时，他的母亲还活着。

凤池叔是独生子，他的父亲是怎样一个人，我完全不记得，可能死得很早。凤池叔长得身材高大，仪表非凡，他总是穿着整整齐齐的长袍，步履庄严地走着。我时常想，如果他的运气好，在军队上混事，一定可以带一旅人或一师人。如果是个演员，扮相一定不亚于武生泰斗杨小楼那样威武。

可是他的命运不济。他一直在外村当长工。行行出状元，他是远近知名的长工：不只力气大，农活精，赶车尤其拿手。他赶几套的骡马，总是有条不紊，他从来也不像那些粗劣的驭手，随便鸣鞭、吆喝，以至虐待折磨牲畜。他总是若无其事地把鞭子抱在袖筒里，慢条斯理地抽着烟，不动声色，就完成了驾驭的任务。这一点，是很得地主们的赏识的。

但是，他在哪一家也呆不长久，最多二年。这并不是说他犯有那种毛病：一年勤，二年懒，三年就把当家的管。主要是他太傲慢，从不低声下气。另外，车马不讲究他不干，哪一个牲口不出色，不依他换掉，他也不干。另外，活当然干得出色，但也只是大秋大麦之时，其余时间，他好参与赌博，交结妇女。

因此，他常常失业家居。有一年冬天，他在家里闲着，年景又不好，村里的人都知道他没有吃的了，有些本院的长辈，出于怜悯，问他：

"凤池，你吃过饭了吗？"

"吃了！"他大声地回答。

"吃的什么？"

"吃的饺子！"

他从来也不向别人乞求一口饭，并绝对不露出挨饥受饿的样子，也从不偷盗，穿著也从不减退。

到过他的房间的人，知道他是家徒四壁，什么东西也卖光了的。

不知从哪里来了一个女的，藏在他的屋里，最初谁也不知道。一天夜间，这个妇女的本夫带领一些乡人，找到这里，破门而入。凤池叔从炕上跃起，用顶门大棍，把那个本夫，打了个头破血流，一群人慑于威势，大败而归，沿途留下不少血迹。那个妇女也呆不住，从此不知下落。

凤池叔不久就卖掉了他那三间北房。土改时，贫民团又把这房分给了他。在他死以前，他又把它卖掉了，才为自己出了一个体面的、虽属光棍但谁都乐于帮忙的殡，了此一生。

1979 年 12 月

干　巴

　　在这个小小的村庄里，干巴要算是最穷最苦的人了。他的老婆，前几年，因为产后没吃的死去了，留下了一个小孩。最初，人们都说是个女孩，并说她命硬，一下生就把母亲克死了。过了两三年，干巴对人们说，他的孩子不是女孩，是个男孩，并给他起了个名字，叫小变儿。

　　干巴好不容易按照男孩子把他养大，这孩子也渐渐能帮助父亲做些事情了。他长得矮弱瘦小，可也能背上一个小筐，到野地里去拾些柴禾和庄稼了。其实，他应该和女孩子们一块去玩耍、工作。他在各方面，都更像一个女孩子。但是，干巴一定叫他到男孩子群里去。男孩子是很淘气的，他们常常跟小变儿起哄，欺侮他：

　　"来，小变儿，叫我们看看，又变了没有？"

　　有时就把这孩子逗哭了。这样，他的性情、脾气，在很小的时候，就发生了变态：孤僻，易怒。他总是一个人去玩，到其他孩子不乐意去的地方拾柴、拣庄稼。

　　这个村庄，每年夏天，好发大水，水撤了，村边一些沟里、坑里，水还满满的。每天中午，孩子们好聚到那里凫水，那是非常高兴和热闹的场面。

　　每逢小变儿走近那些沟坑，在其中游泳的孩子们，就喊：

　　"小变儿，脱了裤子下水吧！来，你不敢脱裤子！"

　　小变儿就默默地离开了那里。但天气实在热，他也实在愿意到水里去洗洗玩玩。有一天，人们都回家吃午饭了，他走到很少有人去的村东窑坑那里，看看四处没有人，脱了衣服跳进去。这个坑的水很深，一下就灭了顶，他喊叫了两声，没有人听见，这个孩子就淹死了。

这样，干巴就剩下孤身一人，没有了儿子。

他现在什么也没有了，他没有田地，也可以说没有房屋，他那间小屋，是很难叫作房屋的。他怎样生活？他有什么职业呢？

冬天，他就卖豆腐，在农村，这几乎可以不要什么本钱。秋天，他到地里拾些黑豆、黄豆，即使他在地头地脑偷一些，人们都知道他寒苦，也都睁一个眼，闭一个眼，不忍去说他。

他把这些豆子，做成豆腐，每天早晨挑到街上，敲着梆子，顾客都是拿豆子来换，很快就卖光了。自己吃些豆腐渣，这个冬天，也就过去了。

在村里，他还从事一种副业，也可以说是业余的工作。那时代，农村的小孩子，死亡率很高。有的人家，连生五、六个，一个也养不活。不用说那些大病症，比如说天花、麻疹、伤寒，可以死人；就是这些病症，比如抽风、盲肠炎、痢疾、百日咳，小孩得上了，也难逃个活命。

母亲们看着孩子死去了，掉下两点眼泪，就去找干巴，叫他帮忙把孩子埋了去。干巴赶紧放下活计，背上铁铲，来到这家，用一片破炕席或一个破席锅盖，把孩子裹好，挟在腋下，安慰母亲一句：

"他婶子，不要难过。我把他埋得深深的，你放心吧！"就走到村外去了。

其实，在那些年月，母亲们对死去一个不成年的孩子，也不很伤心，视若平常。因为她们在生活上遇到的苦难太多，孩子们累得她们也够受了。

事情完毕，她们就给干巴送些粮食或破烂衣服去，酬谢他的帮忙。

这种工作，一直到干巴离开人间，成了他的专利。

1979 年 12 月

木匠的女儿

　　这个小村庄的主要街道，应该说是那条东西街，其实也不到半里长。街的两头，房舍比较整齐，人家过的比较富裕，接连几户都是大梢门。

　　进善家的梢门里，分为东西两户，原是兄弟分家，看来过去的日子，是相当势派的，现在却都有些没落了。进善的哥哥，幼年时念了几年书，学得文不成武不就，种庄稼不行，只是练就一笔好字，村里有什么文书上的事，都是求他。也没有多少用武之地，不过红事喜帖，白事丧榜之类。进善幼年就赶上日子走下坡路，因此学了木匠，在农村，这一行业也算是高等的，仅次于读书经商。

　　他是在束鹿旧城学的徒。那里的木匠铺，是远近几个县都知名的，专做嫁妆活。凡是地主家聘姑娘，都先派人丈量男家居室，陪送木器家具。只有内间的叫做半套，里外两间都有的，叫做全套。原料都是杨木，外加大漆。

　　学成以后，进善结了婚，就回家过日子来了。附近村庄人家有些零星木活，比如修整梁木，打做门窗，成全棺材，就请他去做，除去工钱，饭食都是好的，每顿有两盘菜，中午一顿还有酒喝。闲时还种几亩田地，不误农活。

　　可是，当他有了一儿一女以后，他的老婆因为过于劳累，得肺病死去了。当时两个孩子还小，请他家的大娘带着，过不了几年，这位大娘也得了肺病，死去了。进善就得自己带着两个孩子，这样一来，原来很是精神利索的进善，就一下变得愁眉不展，外出做活也不方便，日子也就越来越困难了。

女儿是头大的，名叫小杏。当她还不到十岁，就帮着父亲做事了，十四五岁的时候，已经出息得像个大人。长得很俊俏，眉眼特别秀丽，有时在梢门口大街上一站，身边不管有多少和她年岁相仿的女孩儿们，她的身条容色，都是特别引人注目的。

贫苦无依的生活，在旧社会，只能给女孩子带来不幸。越长的好，其不幸的可能就越多。她们那幼小的心灵，先是向命运之神应战，但多数终归屈服于它。在绝望之余，她从一面小破镜中，看到了自己的容色，她现在能够仰仗的只有自己的青春。

她希望能找到一门好些的婆家，但等她十七岁结了婚，不只丈夫不能叫她满意，那位刁钻古怪的婆婆，也实在不能令人忍受。她上过一次吊，被人救了下来，就长年住在父亲家里。

虽然这是一个不到一百户的小村庄，但它也是一个社会。它有贫穷富贵，有尊荣耻辱，有士农工商，有兴亡成败。

进善常去给富裕人家做活，因此结识了那些人家的游手好闲的子弟。其中有一家在村北头开油坊的少掌柜，他常到进善家来，有时在夜晚带一瓶子酒和一只烧鸡，两个人喝着酒，他撕一些鸡肉叫小杏吃。不久，就和小杏好起来。赶集上庙，两个人约好在背静地方相会，少掌柜给她买个烧饼裹肉，或是买两双袜子送给她。虽说是少女的纯洁，虽说是廉价的爱情，这里面也有倾心相与，也有引诱抗拒，也有风花雪月，也有海誓山盟。

女人一旦得到依靠男人的体验，胆子就越来越大，羞耻就越来越少。就越想去依靠那钱多的，势力大的，这叫做一步步往上依靠，灵魂一步步往下堕落。

她家对门有一位在县里当教育局长的，她和他靠上了，局长回家，就住在她家里。

一九三七年，这一带的国民党政府逃往南方，局长也跟着走了。成立了抗日县政府，组织了抗日游击队。抗日县长常到这村里来，有时就在进善家吃饭住宿。日子长了，和这一家人都熟识了，小杏又和这位县长靠上，她的弟弟给县长当了通讯员，背上了盒子枪。

一九三八年冬天，日本人占据了县城。屯集在河南省的国民党军队张荫梧部，正在实行曲线救国，配合日军，企图消灭八路军。那位局长，跟随张荫梧多年了，有一天，又突然回到了村里。他回到村庄不多几天，县城的日军和伪军，"扫荡"了这个村庄，把全村的男女老少集合到大街上，在街头一棵槐树上，烧死了抗日村长。日本人在各家搜索时，在进善的女儿房中，搜出一件农村少有的雨衣，就吊打小杏，小杏说出是那位局长穿的，日本人就不再追究，回县城去了。日本人走时，是在黄昏，人们惶惶不安地刚吃过晚饭，就听见街上又响起枪来。随后，在村东野外的高沙岗上，传来了局长呼救的声音。好像他被绑了票，要乡亲们快凑钱搭救他。深夜，那声音非常凄厉。这时，街上有几个人影，打着灯笼，挨家挨户借钱，家家都早已插门闭户了。交了钱，并没得买下局长的命，他被枪毙在高岗之上。

有人说，日本这次"扫荡"，是他勾引来的，他的死刑是"老八"执行的。他一回村，游击组就向上级报告了。可是，如果他不是迷恋小杏，早走一天，可能就没事……

日本人四处安插据点，在离这个村庄三里地的子文镇，盖了一个炮楼，形势一天比一天紧张，我们的主力西撤了。汉奸活跃起来，抗日政权转入地下，抗日县长，只能在夜间转移。抗日干部被捕的很多，有的叛变了。有人在夜里到小杏家，找县长，并向他劝降。这位不到二十岁的县长，本来是个纨绔子弟，经不起考验，但他不愿明目张胆地投降日本，通过亲戚朋友，到敌占区北平躲身子去了。

小杏的弟弟，经过一些坏人的引诱怂恿，带着县长的两支枪，投降了附近的炮楼，当了一名伪军。他是个小孩子，每天在炮楼下站岗，附近三乡五里，都认识他，他却坏下去的很快，敲诈勒索，以至奸污妇女。他那好吃懒做的大伯，也仗着侄儿的势力，在村中不安分起来。在一九四三年以后，根据地形势稍有转机时，八路军夜晚把他掏了出来，枪毙示众。

小杏在二十几岁上，经历了这些生活感情上的走马灯似的动乱、打击，得了她母亲那样致命的疾病，不久就死了。她是这个小小村庄的一代风流人物。在烽烟炮火的激荡中，她几乎还没有来得及觉醒，她的花容月貌，就悄然消失，不会有人再想到她。

进善也很快就老了。但他是个乐天派，并没有倒下去。一九四五年，抗日战争胜利，县里要为死难的抗日军民，兴建一座纪念塔，在四乡搜罗能工巧匠。虽然他是汉奸家属，但本人并无罪行。村里推荐了他，他很高兴地接受了雕刻塔上飞檐门窗的任务。这些都是木工细活，附近各县，能有这种手艺的人，已经很稀少了。塔建成以后，前来游览的人，无不对他的工艺啧啧称赞。

工作之暇，他也去看了看石匠们，他们正在叮叮当当，在大石碑上，镌刻那些抗日烈士的不朽芳名。

回到家来，他孤独一人，不久就得了病，但人们还常见他拄着一根木棍出来，和人们说话。不久，村里进行土地改革，他过去相好那些人，都被划成地主或富农，他也不好再去找他们。又过了两年，才死去了。

1980 年 9 月 21 日晨

老 刁

老刁，河北深县人，他从小在外祖父家长大，外祖父家是安平县。他在保定育德中学读书时，就把安平人引为同乡，我比他低两年级，他对幼小同乡，尤其热情。他有一条腿不大得劲，长得又苍老，那时人们就都叫他老刁。

他在育德中学的师范班毕业以后，曾到安新冯村，教过一年书，后来到北平西郊的黑龙潭小学教书。那时我正在北平失业，曾抱着一本新出版的《死魂灵》，到他那里住了两天。

有一年暑假，我们为了找职业都住在保定母校的招待楼里，那是一座碉堡式的小楼。有一天，他同另一位同学出去，回来时，非常张惶，说是看见某某同学被人捕去了。那时捕去的学生，都是共产党。

过了几年，爆发了抗日战争。一九三九年春天，我同陈肇同志，要过路西去，在安平县西南地区，遇到了他。当听说他是安平县的"特委"时，我很惊异。我以为他还在北平西郊教书，他怎么一下子弄到这么显赫的头衔。那时我还不是党员，当然不便细问。因为过路就是山地，我同老陈把我们骑来的自行车交给他，他给了我们一人五元钱，可见他当时经济上的困难。

那一次，我只记得他说了一句：

"游击队正在审人打人，我在那里坐不住。"

敌人占了县城，我想可能审讯的是汉奸嫌疑犯吧。

一九四一年，我从山地回到冀中。第二年春季，我又要过路西去，在七地委的招待所，见到了他。当时他好像很不得意，在我的住处坐了一会儿就走了。这也使我很惊异，怎么他一下又变得这么消沉？

一九四六年夏天，抗日战争早已结束，我住在河间临街的一间大梢门洞里。有一天下午，我正在街上闲立着，从西面来了一辆大车，后面跟着一个人，脚一拐一拐的，一看正是老刁。我把他拦请到我的床位上，请他休息一下。记得他对我说，要找一个人，给他写个历史证明材料。他问我知道不知道安志诚先生的地址，安先生原是我们在中学时的图书馆管理员。我说，我也不知道他的住处，他就又赶路去了，我好像也忘记问他，是要到哪里去？看样子，他在一直受审查吗？

又一次我回家，他也从深县老家来看我，我正想要和他谈谈，正赶上我母亲那天叫磨扇压了手，一家不安，他匆匆吃过午饭就告辞了。我往南送他二三里路，他的情绪似乎比上两次好了一些。他说县里可能分配他工作。后来听说，他在县公安局三股工作，我不知道公安局的分工细则，后来也一直没有见过他。没过两年，就听说他去世了。也不过四十来岁吧。

我的老伴对我说过，抗日战争时期，我不在家，有一天老刁到村里来了，到我家看了看，并对村干部们说，应该对我的家庭，有些照顾。他带着一个年轻女秘书，老刁在炕上休息，头枕在女秘书的大腿上。老伴说完笑了笑。一九四八年，我到深县县委宣传部工作。县里开会时，我曾托区干部，对老刁的家庭，照看一下。我还曾路过他的村庄，到他家里去过一趟。院子里空荡荡的，好像并没有找到什么人。

事隔多年，我也行将就木，觉得老刁是个同学又是朋友，常常想起他来，但对他参加革命的前前后后，总是不大清楚，像一个谜一样。

1980 年 9 月 21 日晚

菜　虎

　　东头有一个老汉，个儿不高，膀乍腰圆，卖菜为生。人们都叫他菜虎。真名字倒被人忘记了。这个虎字，并没有什么恶意，不过是说他以菜为衣食之道罢了。他从小就干这一行，头一天推车到滹沱河北种菜园的村庄趸菜，第二天一早，又推上车子到南边的集市上去卖。因为南边都是旱地种大田，青菜很缺。

　　那时用的都是独木轮高脊手推车，车两旁捆上菜，青枝绿叶，远远望去，就像一个活的菜畦。

　　一车水菜分量很重，天暖季节他总是脱掉上衣，露着油黑的身子，把绊带套在肩上。遇见沙土道路或是上坡，他两条腿叉开，弓着身子，用全力往前推，立时就是一身汗水。但如果前面是硬整的平路，他推得就很轻松愉快了，空行的人没法赶过他去。也不知道他怎么弄的，那车子发出连续的有节奏的悠扬悦耳的声音，——吱扭——吱扭——吱扭扭——吱扭扭。他的臀部也左右有节奏地摆动着。这种手推车的歌，在我幼年的记忆中，留下了深刻的印象。这是田野里的音乐，是道路上的歌，是充满希望的歌。有时这种声音，从几里地以外就能听到。他的老伴，坐在家里，这种声音从离村很远的路上传来。有人说，菜虎一过河，离家还有八里路，他的老伴就能听见他推车的声音，下炕给他做饭，等他到家，饭也就熟了。在黄昏炊烟四起的时候，人们一听到这声音，就说：

"菜虎回来了。"

有一年七月，滹沱河决口，这一带发了一场空前的洪水，庄稼全都完了，就是半生半熟的高粱，也都冲倒在地里，被泥水浸泡着。直到九、十月间，已经下过霜，地里的水还没有撤完，什么晚庄稼也种不上，种冬麦都有困难。这一年的秋天，颗粒不收，人们开始吃村边树上的残叶，剥下榆树的皮，到泥里水里捞泥高粱穗来充饥，有很多小孩到撤过水的地方去挖地梨，还挖一种泥块，叫做"胶泥沉儿"，是比胶泥硬，颜色较白的小东西，放在嘴里吃。这原是营养植物的，现在用来营养人。

人们很快就干黄干瘦了，年老有病的不断死亡，也买不到棺木，都用席子裹起来，找干地方暂时埋葬。

那年我七岁，刚上小学，小学也因为水灾放假了，我也整天和孩子们到野地里去捞小鱼小虾，捕捉蚂蚱、蝉和它的原虫，寻找野菜，寻找所有绿色的、可以吃的东西。常在一起的，就有菜虎家的一个小闺女，叫做盼儿。因为她母亲有痨病，长年喘嗽，这个小姑娘长得很瘦小，可是她很能干活，手脚利索，眼快；在这种生活竞争的场所，她常常大显身手，得到较多较大的收获，这样就会有争夺，比如一个蚂蚱、一棵野菜，是谁先看见的。

孩子们不懂事，有时问她：

"你爹叫菜虎，你们家还没有菜吃？还挖野菜？"

她手脚不停地挖着土地，回答：

"你看这道儿，能走人吗？更不用说推车了，到哪里去趸菜呀？一家人都快饿死了！"

孩子们听了，一下子就感到确实饿极了，都一屁股坐在泥地上，不说话了。

忽然在远处高坡上，出现了几个外国人，有男有女，男的穿着中国式的长袍马褂，留着大胡子，女的穿着裙子，披着金黄色的长发。

"鬼子来了。"孩子们站起来。

作为庚子年这一带义和团抗击洋人失败的报偿，外国人在往南八里地的义里村，建立了一座教堂，但这个村庄没有一家在教。现在这些洋人是来视察水灾的。他们走了以后，不久在义里村就设立了一座粥厂。村里就有不少人到那里去喝粥了。

又过了不久，传说菜虎一家在了教。又有一天，母亲回到家来对我说：

"菜虎家把闺女送给了教堂，立时换上了洋布衣裳，也不愁饿死了。"

我当时听了很难过，问母亲：

"还能回来吗？"

"人家说，就要带到天津去呢，长大了也可以回家。"母亲回答。

可是直到我离开家乡，也没见这个小姑娘回来过。我也不知道外国人一共收了多少小姑娘，但我们这个村庄确实就只有她一个人。

菜虎和他多病的老伴早死了。

现在农村已经看不到菜虎用的那种小车，当然也就听不到它那种特有的悠扬悦耳的声音了。现在的手推车都换成了胶皮轱辘，推动起来，是没有多少声音的。

1980 年 9 月 29 日晨

光　棍

　　幼年时，就听说大城市多产青皮、混混儿，斗狠不怕死，在茫茫人海中成为谋取生活的一种道路。但进城后，因为革命声势，此辈已销声敛迹，不能见其在大庭广众之中，行施其伎俩。十年动乱之期，流氓行为普及里巷，然已经"发迹变态"，似乎与前所谓混混儿者，性质已有悬殊。

　　其实，就是在乡下，也有这种人物的。十里之乡，必有仁义，也必有歹徒。乡下的混混儿，名叫光棍。一般的，这类人幼小失去父母，家境贫寒，但长大了，有些聪明，不甘心受苦。他们先从赌博开始，从本村赌到外村，再赌到集市庙会。他们能在大戏台下，万人围聚之中，吆三喝四，从容不迫，旁若无人，有多大的输赢，也面不改色。当在赌场略略站住脚步，就能与官面上勾结，也可能当上一名巡警或是衙役。从此就可以包办赌局，或窝藏娼妓。这是顺利的一途。其在赌场失败者，则可以下关东，走上海，甚至报名当兵，在外乡流落若干年，再回到乡下来。

　　我的一个远房堂兄，幼年随人到了上海，做织布徒工。失业后，没有饭吃，他趸了几个西瓜到街上去卖，和人争执起来，他手起刀落，把人家头皮砍破，被关押了一个月。出来后，在上海青红帮内，也就有了小小的名气。但他究竟是一个农民，家里还有一点点恒产，不到中年就回家种地，也娶妻生子，在村里很是安分。这是偶一尝试，又返回正道的一例，自然和他的祖祖辈辈的"门风"有关。

在大街当中，有一个光棍名叫老索，他中年时官至县城的巡警，不久废职家居，养了一笼画眉。这种鸟儿，在乡下常常和光棍作伴，可能它那种霸气劲儿，正是主人行动的陪衬。

老索并不鱼肉乡里，也没人去招惹他。光棍一般的并不在本村为非作歹，因为欺压乡邻，将被人瞧不起，已经够不上光棍的称号。但是，到外村去闯光棍，也不是那么容易。相隔一里地的小村庄，有一个姓曹的光棍，老索和他有些输赢账。有一天，老索喝醉了，拿了一把捅猪的长刀，找到姓曹的门上。声言："你不还账，我就捅了你。"姓曹的听说，立时把上衣一脱，拍着肚脐说："来，照这个地方。"老索往后退了一步，说："要不然，你就捅了我。"姓曹的二话不说，夺过他的刀来就要下手。老索转身往自己村里跑，姓曹的一直追到他家门口。乡亲拦住，才算完事。从这一次，老索的光棍，就算"栽了"。

他雄心不死，他把希望寄托在下一代，他生了三个儿子，起名虎、豹、熊。姓曹的光棍穷得娶不上妻子，老索希望他的儿子能重新建立他失去的威名。

三儿子很早就得天花死去了，少了一个熊。大儿子到了二十岁，娶了一门童养媳，二儿子长大了，和嫂子不清不楚。有一天，弟兄两个打起架来，哥哥拿着一根粗大杠，弟弟用一把小鱼刀，把哥哥刺死在街上。在乡下，一时传言，豹吃了虎。村里怕事，仓促出了殡，民不告，官不究，弟弟到关东去躲了二年，赶上抗日战争，才回到村来。他真正成了一条光棍。那时村里正在成立农会，声势很大，村两头闹派性，他站在西头一派，有一天，在大街之上，把新任的农会主任，撞倒在地。在当时，这一举动，完全可以说成是长地富的威风，但一查他的三代，都是贫农，就对他无可奈何。我们有很长时期，是以阶级斗争代替法律的。他和嫂嫂同居，一直到得病死去。他嫂子现在还活着，有一年我回家，清晨路过她家的小院，看见她开门出来，风姿虽不及当年，并不见有什么愁苦。

这也是一种门风，老索有一个堂房兄弟名叫五湖，我幼年时，他在街上开小面铺，兼卖开水。他用竹簪把头发盘在头顶上，就像道士一样。他养着一匹小毛驴，就像大个山羊那么高，但鞍镫铃铛齐全，打扮得很是漂亮。我到外地求学，曾多次向他借驴骑用。

面铺的后边屋子里，住着他的寡嫂。那是一位从来也不到屋子外面的女人，她的房间里，一点光线也没有。她信佛，挂着红布围裙的迎门桌上，长年香火不断。这可能是避人耳目，也可能是忏悔吧。

据老年人说，当年五湖也是因为这个女人把哥哥打死的，也是到关东躲了几年，小毛驴就是从那里骑回来的。五湖并不像是光棍，他一本正经，神态岸然，倒像经过修真养性的人。乡人尝谓：如果当时有人告状，五湖受到法律制裁，就不会再有虎豹间的悲剧。

1980 年 10 月 5 日

外祖母家

外祖母家是彪家村，在滹沱河北岸，离我们家有十四五里路。当我初上小学，夜晚温书时，母亲给我讲过这样一个故事：母亲姐妹四人，还有两个弟弟，母亲是最大的。外祖父和外祖母，只种着三亩当来的地，一家八口人，全仗着织卖土布生活。外祖母、母亲、二姨，能上机子的，轮流上机子织布。三姨、四姨，能帮着经、纺的，就帮着经、纺。人歇马不歇，那张停放在外屋的木机子，昼夜不闲着，这个人下来吃饭，那个人就上去织。外祖父除种地外，每个集日（郎仁镇）背上布去卖，然后换回线子或是棉花，赚的钱就买粮食。

母亲说，她是老大，她常在夜间织，机子上挂一盏小油灯，每每织到鸡叫。她家东邻有个念书的，准备考秀才，每天夜里，大声念书，声闻四邻。母亲说，也不知道他念的是什么书，只听着隔几句，就"也"一声，拉的尾巴很长，也是一念就念到鸡叫。可是这个人念了多少年，也没有考中。正像外祖父一家，织了多少年布，还是穷一样。

母亲给我讲这个故事，当时我虽然不明白，其目的是为了什么，但给我留下很深的印象，一生也没有忘记。是鼓励我用功吗？好像也没有再往下说，是回忆她出嫁前的艰难辛苦的生活经历吧。

这架老织布机，我幼年还见过，烟熏火燎，通身变成黑色的了。

外祖父的去世，我不记得。外祖母去世的时候，我记得大舅父已经下了关东。二舅父十几岁上就和我叔父赶车拉脚。后来遇上一年水灾，叔父又对父亲说了一些闲话，我父亲把牲口卖了，二舅父回到家里，没法生活。他原在村里和一个妇女相好，女的见从他手里拿不到零用钱，就又和别人好去了。二舅父想不开，正当年轻，竟悬梁自尽。

大舅父在关东混了二十多年，快五十岁才回到家来。他还算是本分的，省吃俭用，带回一点钱，买了几亩地，娶了一个后婚，生了一个儿子。

大舅父在关外学会打猎，回到老家，他打了一条鸟枪，春冬两闲，好到野地里打兔子。他枪法很准，有时串游到我们村庄附近，常常从他那用破布口袋缝成的挂包里，掏出一只兔子，交给姐姐。母亲赶紧给他去做些吃食，他就又走了。

他后来得了抽风病。有一天出外打猎，病发了，倒在大道上，路过的人，偷走了他的枪枝。他醒过来，又急又气，从此竟一病不起。

我记得二姨母最会讲故事，有一年她住在我家，母亲去看外祖母，夜里我哭闹，她给我讲故事，一直讲到母亲回来。她的丈夫，也下了关东，十几年后，才叫她带着表兄找上去。后来一家人，在那里落了户。现在已经是人口繁衍了。

1982 年 5 月 30 日

瞎　周

　　我幼小的时候，我家住在这个村庄的北头。门前一条南北大车道，从我家北墙角转个弯，再往前去就是野外了。斜对门的一家，就是瞎周家。

　　那时，瞎周的父亲还活着，我们叫他和尚爷。虽叫和尚，他的头上却留着一个"毛刷"，这是表示，虽说剪去了发辫，但对前清，还是不能忘怀的。他每天拿一个小板凳，坐在门口，默默地抽着烟，显得很寂寞。

　　他家的房舍，还算整齐，有三间砖北房，两间砖东房，一间砖过道，黑漆大门，西边是用土墙围起来的一块菜园，地方很不小。园子旁边，树木很多。其中有一棵臭椿树，这种树木虽说并不名贵，但对孩子们吸引力很大。每年春天，它先挂牌子，摘下来像花朵一样，树身上还长一种黑白斑点的小甲虫，名叫"椿象"，捉到手里，很好玩。

　　听母亲讲，和尚爷，原有两个儿子，长子早年去世了。次子就是瞎周。他原先并不瞎，娶了媳妇以后，因为婆媳不和，和他父亲分了家，一气之下，走了关东。临行之前，在庭院中，大喊声言：

　　"那里到处是金子，我去发财回来，天天吃一个肉丸的、顺嘴流油的饺子，叫你们看看。"

　　谁知出师不利，到关东不上半年，学打猎，叫火枪伤了右眼，结果两只眼睛都瞎了。同乡们凑了些路费，又找了一个人把他送回来。这样来回一折腾，不只没有发了财，还欠了不少债，把仅有的三亩地，卖出去二亩。村里人都当作笑话来说，并且添油加醋，说哪里是打猎，打猎还会伤了自己的眼？是当了红胡子，叫人家对面打瞎的。这是他在家不行孝的报应，是生分畜类孩子们的样子！

为了生活，他每天坐在只铺着一张席子的炕上，在裸露的大腿膝盖上，搓麻绳。这种麻绳很短很细，是穿铜钱用的，就叫钱串儿。每到集日，瞎周挂上一根棍子，拿了搓好的麻绳，到集市上去卖了，再买回原麻和粮食。

他不像原先那样活泼了。他的两条眉毛，紧紧锁在一起，脑门上有一条直直立起的粗筋暴露着。他的嘴唇，有时咧开，有时紧紧闭着。有时脸上的表情像是在笑，更多的时候像是要哭。

他很少和人谈话，别人遇到他，也很少和他打招呼。

他的老婆，每天守着他，在炕的另一头纺线。他们生了一个男孩。岁数和我相仿。

我小时到他们屋里去过，那屋子里因为不常撩门帘，总有那么一种近于狐臭的难闻的味道。有个大些的孩子告诉我，说是如果在歇晌的时候，到他家窗前去偷听，可以听到他们两口子"办事"。但谁也不敢去偷听，怕遇到和尚爷。

瞎周的女人，给我留下的印象，有些像鲁迅小说里所写的豆腐西施。她在那里站着和人说话，总是不安定，前走两步，又后退两步。所说的话，就是小孩子也听得出来，没有丝毫的诚意。她对人没有同情，只会幸灾乐祸。

和尚爷去世以前，瞎周忽然紧张了起来，他为这一桩大事，心神不安。父亲的产业，由他继承，是没有异议或纷争的。只是有一个细节，议论不定。在我们那里，出殡之时，孝子从家里哭着出来，要一手打幡，一手提着一块瓦，这块瓦要在灵前摔碎，摔得越碎越好。不然就会有许多说讲。管事的人们，担心他眼瞎，怕瓦摔不到灵前放的那块石头上，那会大杀风景，不吉利，甚至会引起哄笑。有人建议，这打幡摔瓦的事，就叫他的儿子去做。

瞎周断然拒绝了，他说有他在，这不是孩子办的事。这是他的职责，他的孝心，一定会感动上天，他一定能把瓦摔得粉碎。至于孩子，等他死了，再摔瓦也不晚。

他大概默默地做了很多次练习和准备工作，到出殡那天，果然，他一摔中的，瓦片摔得粉碎。看热闹的人们，几几乎忍不住，要拍手叫好。瞎周心里的洋洋得意，也按捺不住，形之于外了。

他什么时候死去的，我因为离开家乡，就不记得了。他的女人现在也老了，也糊涂了。她好贪图小利，又常常利令智昏。有一次，她从地里拾庄稼回来，走到家门口，遇见一个人，抱着一只鸡，对她说：

"大娘，你买鸡吗？"

"俺不买。"

"便宜呀，随便你给点钱。"

她买了下来，把鸡抱到家，放到鸡群里面，又撒了一把米。

等到儿子回来，她高兴地说：

"你看，我买了一只便宜鸡。真不错，它和咱们的鸡，还这样合群儿。"

儿子过来一看说：

"为什么不合群？这原来就是咱家的鸡么！你遇见的是一个小偷。"

她的儿子，抗日刚开始，也干了几天游击队，后来一改编成八路军，就跑回来了。他在集市上偷了人家的钱，被送到外地去劳改了好几年。她的孙子，是个安分的青年农民，现在日子过得很好。

1982 年 5 月 31 日上午续写毕

楞起叔

楞起叔小时，因没人看管，从大车上头朝下栽下来，又不及时医治——那时乡下也没法医治，成了驼背。

他是我二爷的长子。听母亲说，二爷是个不务正业的人，好喝酒，喝醉了就搬个板凳，坐在院里拉板胡，自拉自唱。

他家的宅院，和我家只隔着一道墙。从我记事时，楞起叔就给我一个好印象——他的脾气好，从不训斥我们。不只不训斥，还想方设法哄着我们玩儿。他会捕鸟，会编鸟笼子，会编蝈蝈葫芦，会结网，会摸鱼。他包管割坟草的差事，每年秋末冬初，坟地里的草衰白了，田地里的庄稼早就收割完了，蝈蝈都逃到那混杂着荆棘的坟草里，平常捉也没法捉，只有等到割草清坟之日，才能暴露出来。这时的蝈蝈很名贵，养好了，能养到明年正月间。

他还会弹三弦。我幼小的时候，好听大鼓书，有时也自编自唱，敲击着破升子底，当做鼓，两块破犁铧片当做板。楞起叔给我伴奏，就在他家院子里演唱起来。这是家庭娱乐，热心的听众只有三祖父一个人。

因为身体有缺陷，他从小就不能掏大力气，但田地里的锄耪收割，他还是做得很出色。他也好喝酒，二爷留下几亩地，慢慢他都卖了。春冬两闲，他就给赶庙会卖豆腐脑的人家，帮忙烙饼。

这种饭馆，多是联合营业。在庙会上搭一个长洞形的席棚。

棚口，右边一辆肉车，左边一个烧饼炉。稍进就是豆腐脑大铜锅。棚子中间，并排放着一些方桌、板凳，这是客座。

楞起叔工作的地方，是在棚底。他在那里安排一个锅灶，烙大饼。因为身残，他在灶旁边挖好一个二尺多深的圆坑，像军事掩体，他站在里面工作，这样可以免得老是弯腰。

帮人家做饭，他并挣不了什么钱，除去吃喝，就是看戏方便。这也只是看夜戏，夜间就没人吃饭来了。他懂得各种戏文，也爱唱。

因为长年赶庙会，他交往了各式各样的人。后来，他又"在了理"，听说是一个会道门。有一年，这一带遭了大水，水撤了以后，地变碱了，道旁墙根，都泛起一层白霜。他联合几个外地人，在他家院子里安锅烧小盐。那时烧小盐是犯私的，他在村里人缘好，村里人又都朴实，没人给他报告。就在这年冬季，河北一个村庄的地主家，在儿子新婚之夜，叫人砸了明火。报到县里，盗贼竟是住在楞起叔家烧盐的人们。他们逃走了，县里来人把楞起叔两口子捉进牢狱。

在牢狱一年，他受尽了苦刑，冬天，还差点没把脚冻掉。其实，他什么也没有得到，事前事后也不知情。县里把他放了出来，养了很久，才能劳动。他的妻子，不久就去世了。

他还是好喝酒，好赶集。一喝喝到日平西，人们才散场。然后，他拿着他那条铁棍，跟跟跄跄地往家走。如果是热天，在路上遇到一棵树，或是大麻子棵，他就倒在下面睡到天黑。逢年过节，要账的盈门，他只好躲出去。

他脾气好，又乐观，村里有人叫他老软儿，也有人叫他孙不愁。他有一个儿子，抗日时期参了军。全国解放以后，楞起叔的生活是很好的。他死在邢台地震那一年，也享了长寿。

1982年5月31日下午

根雨叔

　　根雨叔和我们，算是近枝。他家住在村西北角一条小胡同里，这条胡同的一头，可以通到村外。他的父亲弟兄两个，分别住在几间土墼北房里，院子用黄土墙围着，院里有几棵枣树，几棵榆树。根雨叔的伯父，秋麦常给人家帮工，是个老老实实的庄稼人，好像一辈子也没有结过婚。他浑身黝黑，又干瘦，好像古庙里的木雕神像，被烟火熏透了似的。根雨叔的父亲，村里人都说他脾气不好，我们也很少和他接近。听说他的心狠，因为穷，在根雨还很小的时候，就把他的妻子，弄到河北边，卖掉了。

　　民国六年，我们那一带，遭了大水灾，附近的天主教堂，开办了粥厂，还想出一种以工代赈的家庭副业，叫人们维持生活。清朝灭亡以后，男人们都把辫子剪掉了，把这种头发接结起来，织成网子，卖给外国妇女作发罩，很能赚钱。教会把持了这个买卖，一时附近的农村，几几乎家家都织起网罩来。所用工具很简单，操作也很方便，用一块小竹片作"制板"，再削一枝竹梭，上好头发，街头巷尾，年青妇女们，都在从事这一特殊的生产。

　　男人们管头发和交货。根雨叔有十几岁了，却和姑娘们坐在一起织网罩，给人一种男不男女不女的感觉。

　　人家都把辫子剪下来卖钱了，他却逆潮流而动，留起辫子来。他的头发又黑又密，很快就长长了。他每天精心梳理，顾影自怜，真的可以和那些大辫子姑娘们媲美了。

每天清早，他担着两只水梢，到村北很远的地方去挑水。一路上，他"咦——咦"地唱着，那是昆曲《藏舟》里的女角唱段。

不知为什么，织网罩很快又不时兴了。热热闹闹的场面，忽然收了场，人们又得寻找新的生活出路了。

村里开了一家面坊，根雨叔就又去给人家磨面了。磨坊里安着一座脚打罗，在那时，比起手打罗，这算是先进的工具。根雨叔从早到晚在磨坊里工作，非常勤奋和欢快。他是对劳动充满热情的人，他在这充满秽气，挂满蛛网，几乎经不起风吹雨打，摇摇欲坠的破棚子里，一会儿给拉磨的小毛驴扫屎填尿，一会儿拨磨扫磨，然后身靠南墙，站在罗床踏板上：

踢踢跶，踢踢跶，踢跶踢跶踢踢跶……筛起面来。

他的大辫子摇动着，他的整个身子摇动着，他的浑身上下都落满了面粉。他踏出的这种节奏，有时变化着，有时重复着，伴着飞扬洒落的面粉，伴着拉磨小毛驴的打嚏喷、撒尿声，伴着根雨叔自得其乐的歌唱，飘到街上来，飘到野外去。

面坊不久又停业了，他又给本村人家去打短工，当长工。三十岁的时候，他娶了一房媳妇，接连生了两个儿子。他的父亲嫌儿子不孝顺，忽然上吊死了。媳妇不久也因为吃不饱，得了疯病，整天蜷缩在炕角落里。根雨叔把大孩子送给了亲戚，媳妇也忽然不见了。人们传说，根雨叔把她领到远地方扔掉了。

从此，就再也看不见他笑，更听不到他唱了。土地改革时，他得到五亩田地，精神好了一阵子，二儿子也长大成人，娶了媳妇。但他不久就又沉默了。常和儿子吵架。冬天下雪的早晨，他也会和衣睡倒在村北禾场里。终于有一天夜里，也学了他父亲的样子，死去了，薄棺浅葬。一年发大水，他的棺木冲到下水八里外一个村庄，有人来报信，他的儿子好像也没有去收拾。

村民们说：一辈跟一辈，辈辈不错制儿。延续了两代人的悲剧，现在可以结束了吧？

1982 年 6 月 2 日

乡里旧闻

吊挂及其它

吊 挂

每逢新年，从初一到十五，大街之上，悬吊挂。

吊挂是一种连环画。每幅一尺多宽，二尺多长，下面作
牙旗状。每四幅一组，串以长绳，横挂于街。每隔十几步，
再挂一组。一条街上，共有十几组。

吊挂的画法，是用白布涂一层粉，再用色彩绘制人物山
水车马等等。故事多取材于封神演义，三国演义，五代残唐
或杨家将。其画法与庙宇中的壁画相似，形式与年画中的连
环画一样。在我的记忆中，新年时，吊挂只是一种装饰，站
立在下面的观赏者不多。因为妇女儿童，看不懂这些故事，
而大人长者，已经看了很多年，都已经看厌了。吊挂经过多
年风雪吹打，颜色已经剥蚀，过了春节，就又由管事人收起来，
放到家庙里去了。吊挂与灯笼并称。年节时街上也挂出不少
有绘画的纸灯笼，供人欣赏。杂货铺掌柜叫变吉的，每年在
门前挂一个走马灯，小孩们聚下围观。

锣 鼓

村里人，从地亩摊派，制买了一套锣鼓铙钹，平日也放
在家庙里，春节才取出来，放在十字大街动用。每天晚上吃

过饭，乡亲们集在街头，各执一器，敲打一通，说是娱乐，也是联络感情。

其鼓甚大，有架。鼓手执大棒二，或击其中心，或敲其边缘，缓急轻重，以成节奏。每村总有几个出名的鼓手。遇有求雨或出村赛会，鼓载于车，鼓手立于旁，鼓棒飞舞，有各种花点，是最动人的。

小　戏

小康之家，遇有丧事，则请小戏一台，也有亲友送的。所谓小戏，就是街上摆一张方桌，四条板凳，有八个吹鼓手，坐在那里吹唱。并不化装，一人可演几个脚色，并且手中不离乐器。桌上放着酒菜，边演边吃喝。有人来吊孝，则停戏奏哀乐。男女围观，灵前有戚戚之容，戏前有欢乐之意。中国的风俗，最通人情，达世故，有辩证法。

富人家办丧事，则有老道念经。念经是其次，主要是吹奏音乐。这些道士，并不都是职业性质，很多是临时装扮成的，是农民中的音乐爱好者。他们所奏为细乐，笙管云锣，笛子唢呐都有。

最热闹的场面，是跑五方。道士们排成长队，吹奏乐器，绕过或跳过很多板凳，成为一种集体舞蹈。出殡时，他们在灵前吹奏着，走不远农民们就放一条板凳，并设茶水，拦路请他们演奏一番，以致灵车不能前进，延误埋葬。经管事人多方劝说，才得作罢。在农村，一家遇丧事，众人得欢心，总是因为平日文化娱乐太贫乏的缘故。

大　戏

农村唱大戏，多为谢雨。农民务实，连得几场透雨，丰收有望，才定期演戏，时间多在秋前秋后。

我的村庄小，记忆中，只唱过一次大戏。虽然只唱了一次，却是高价请来的有名的戏班，得到远近称赞。并一直传说：我们村不唱是不唱，一唱就惊人。事前，先由头面人物去"写戏"，就是订合同。到时搭好照棚戏台，连夜派车去"接戏"。我们村庄小，没有大牲口（骡马），去的都是牛车，使演员们大为惊异，说这种车坐着稳当，好睡觉。

唱戏一般是三天三夜。天气正在炎热，戏台下万头攒动，尘土飞扬，挤进去就是一身透汗。而有些年轻力壮的小伙子，在此时刻，好表现一下力气，去"扒台板"看戏。所谓扒台板，就是把小褂一脱，缠在腰里，从台下侧身而入，硬拱进去。然后扒住台板，用背往后一靠。身后万人，为之披靡，一片人浪，向后拥去。戏台照棚，为之动摇。管台人员只好大声喊叫，要求他稳定下来。他却得意洋洋，旁若无人地看起戏来。出来时，还是从台下钻出，并夸口说，他看见坤角的小脚了。在农村，看戏扒台板，出殡扛棺材头，都是小伙子们表现力气的好机会。

唱大戏是村中的大典，家家要招待亲朋；也是孩子们最欢乐的节日。直到现在，我还记得一个歌谣，名叫"四大高兴"。其词曰：

新年到，搭戏台，先生（学校老师）走，媳妇来。

反之，为"四大不高兴"。其词为：

新年过，戏台拆，媳妇走，先生来。

可见，在农村，唱大戏和过新年，是同样受到重视的。

一九八二年七月

玉华婶

玉华婶的娘家，离我们村只有十几里地，那里是三县交界的地方，在旧社会叫做"三不管地带"，惯出盗案。据说玉华婶的父亲，就是一个有名的大盗，犯案以后，已经正法。她的母亲，长得非常丑陋，在村里却绰号"大出头"。我们那里的方言，凡是货郎小贩，出售货物，总是把最出色的一件，悬挂在货车上，叫做出头。比如卖馒头的，就挑一个又白又大的，用秫秸秆插起来，立在车子的前面。

俗话说，破窑里可能烧出好磁器，她生了一个非常出色的女儿，就是说烧出了一件"窑变"，使全村惊异，远近闻名。

这位小姑娘，十三四岁的时候，在街头一站，已经使那些名门闺秀黯然失色。到十六七岁的时候，出脱得更是出众，说绝世佳人，有些夸张，人人见了喜欢，却是事实。

正在这个年华，她的父亲落了这样一个结果。对她来说，当然是非常的不幸。她的母亲，好吃懒做，只会斗牌，赌注就放在身边女儿身上了。

县里的衙役，镇上的巡警，村里的流氓，都在这个姑娘身上打主意。

我家南邻是春瑞叔家。他的父亲，是个潦倒人，跑了半辈子宝局，下了趟关东，什么也没挣下，只好在家里开个小牌局。春瑞叔从小时，被送到外村，给人家放羊。每天背上点水，带块干粮，光着两只脚，在漫天野地里，追着喊着。天大黑了，才能回来，睡在羊圈里。现在三十上下了，还没有成亲。

他有一个姐姐，嫁在那个村庄，和大出头是近邻。看见这个小姑娘，长得这样好，眼下命运又不济，就想给自己的弟弟说说。她的口才很好，亲自上门，找小姑娘直接谈。今天不行，明天再去，不上十天半月，这门亲事，居然说成了。

为了怕坏人捣乱，没敢宣扬出去。娶亲那天，也没有坐花轿，没有动鼓乐，只是说串亲，坐上一辆牛车，就到了我们村里。又在别人家借了一间屋子，作为洞房。好在春瑞叔的父亲，是地方上的一个赌棍，有些头面，没有发生什么事情。

不久，把她母亲也接了来，在我们村落了户。从此，一老一少，一美一丑，就成了我们新的街坊邻居了。

像玉华婶这样的人物，论人才、口才、心计，在历史上，如果遇到机会，她可以成为赵飞燕，也可以成为武则天。但落到这个穷乡僻壤，也不过是织织纺纺，下地劳动。春瑞叔又没有多少地，于是玉华婶就同公爹，支持着家里那个小牌局。有时也下地拾柴挑菜，赶集做一些小买卖。她人缘很好，不管男女老少，都说得来，人们有什么话，也愿意和她去说。她家里是个闲话场。她很能交际，能陪男人喝酒、吸烟、打麻将。

我们年轻人都很爱她，敬她，也有些怕她，不敢惹她。有一年暑假，一天中午，我正在场院里树荫下看书，看见玉华婶从家里跑了出来。后面是她母亲哭叫着。再后面是春瑞叔，手里拿着一根顶门杠。玉华婶一声不响，跑进我家场院，就奔新打的洋井。井口直径足有五尺，她把腿一伸，出溜进去。我大喊救人，当人们捞她的时候，看到她用头和脚尖紧紧顶着井的两边，身子浮在水皮上，一口水也没喝。这种跳井，简直还比不上现在的跳水运动员，实在好笑。

但从此，春瑞叔也就不敢再发庄稼火，很怕她。因为跳井，即寻死觅活，究竟是人命关天的大事，非同小可。

去年，我回了一趟老家。玉华婶也老了。她有三房儿媳，都分着过。春瑞叔八十来岁了，但走起路来，还很快，这是年轻时放羊，给他带来的好处。

三房儿媳，都不听玉华婶的话，还和她对骂。春瑞叔也不替她说话。玉华婶一世英名，看来真要毁于一旦了。

她哭哭啼啼，向我诉苦。最后她对我说：

"大侄子，你走京串卫，识文断字，我问你一件事，什么叫打金枝？"

"《打金枝》是一出戏名，河北梆子就有的，你没有看过吗？"我说。

"没有。村里唱戏的时候，我忙着照应牌局，没时间去看。"玉华婶笑了，"这是我那三儿媳妇的爹对我说的。他说：你就没有看过《打金枝》吗？我不知道这是一句什么话，又不好去问外人，单等你回来。"

"那不是一句坏话。"我说，"那可能是劝你不要管儿子媳妇间的闲事。"

随后，我把《打金枝》这出戏的剧情，给她介绍了一下。这一介绍，玉华婶火了，她大声骂道：

"就凭他们家，才三天半不要饭吃了，能出一根金枝？我看是狗屎，擦屁股棍儿！他成了皇帝，他要成了皇帝，我就是玉皇！"

我怕叫她的儿媳听见，又惹是非，赶紧往外努努嘴，托辞着出来了。玉华婶也知趣，就不再喊叫了。

一九八三年九月二日晨改讫

疤增叔

因为他生过天花，我们叫他疤增叔。堂叔一辈，还有一个名叫增的，这样也好区别。

过去，我们村的贫苦农民，青年时，心气很高，不甘于穷乡僻壤这种饥一顿饱一顿的生活，想远走高飞。老一辈的是下关东，去上半辈子回来，还是受苦，壮心也没有了。后来，是跑上海，学织布。学徒三年，回来时，总是穿一件花丝格棉袍，村里人称他们为上海老客。

疤增叔是我们村去上海的第一个人。最初，他也真的挣了一点钱，汇到家里，盖了三间新北屋，娶了一房很标致的媳妇。人人羡慕，后来经他引进，去上海的人，就有好几个。

疤增叔其貌不扬，幼小时又非常淘气，据老一辈说，他每天拉屎，都要到树杈上去。为人甚为精明，口才也好，见识又广。有一年寒假完了，我要回保定上学，他和我结伴，先到保定，再到天津，然后坐船到上海，这样花路费少一些。第一天，我们宿在安国县我父亲的店铺里。商店习惯，来了客人，总有一个二掌柜陪着说话。我在地下听着，疤增叔谈上海商业行情，头头是道，真像一个买卖人，不禁为之吃惊。

到了保定，我陪他去买到天津的汽车票。不坐火车坐汽车，也是为的省钱。买了明天的汽车票，疤增叔一定叫汽车行给写个字据：如果不按时间开车，要加倍赔偿损失。那时的汽车行，最好坑人骗钱，这又是他出门多的经验，使我非常佩服。

究竟他在上海干什么，村里也传说不一。有的说他给一家纺织厂当跑外，有的说他自己有几张机子，是个小老板。后来，经他引进到上海去的一个本家侄子回来，才透露了一点实情，说他有时贩卖白面（毒品），装在牙粉袋里，过关口时，就叫这个侄子带上。

不久，他从上海带回一个小老婆，河南人，大概是跑到上海去觅生活的，没有办法跟了他。也有人说，疤增叔的二哥，还在打光棍，托他给找个人，他给找了，又自己霸占了，二哥并因此生闷气而死亡。

又有一年，他从河南赶回几头瘦牛来，有人说他把白面藏在牛的身上，牛是白搭。究竟怎样藏法，谁也不知道。

后来，他就没挣回过什么，一年比一年潦倒，就不常出门，在家里做些小买卖。有时还卖虾酱，掺上很多高粱糁子。

家里娶的老伴，已经亡故。在上海弄回的女人，给他生了一个儿子，中间一度离异，母子回了河南，后来又找回来，现在已长大成人，出去工作了。

原来的房子，被大水冲塌，用旧砖垒了一间屋子，老两口就住在里面，谁也不收拾，又脏又乱。

一年春节，人们夜里在他家赌钱。局散了以后，老两口吵了起来，老伴把他往门外一推，他倒在地下就死了。

一九八三年九月三日

秋喜叔

秋喜叔的父亲，是个棚匠。家里有一捆一捆的苇席，一团一团的麻绳，一根大弯针，每逢庙会唱戏，他就被约去搭棚。

这老人好喝酒，有了生意，他就大喝。而每喝必醉，醉了以后，他从工作的地方，摇摇晃晃地走回来，进村就大骂，一直骂进家里。有时不进家，就倒在街上骂，等到老伴把他扶到家里，躺在炕上，才算完事。人们说，他是装的，借酒骂人，但从来没有人去拾这个碴儿，和他打架。

他很晚的时候，才生下秋喜叔。秋喜叔并无兄弟姐妹，从小还算是娇生惯养的，也上了几年小学。

十几岁的时候，秋喜叔跟着一个本家哥哥去了上海，学织布，不愿意干了，又没钱回不了家，就当了兵，从南方转到北方。那时我在保定上中学，有一天，他送来一条棉被，叫我放假时给他带回家里。棉被里里外外都是虱子，这可能是他在上海学徒三年的唯一剩项。第二天，又来了两个军人找我，手里拿着皮带，气势汹汹，听他们的口气，好像是秋喜叔要逃跑，所以先把被子拿出来。他们要我到火车站他们的连部去对证。那时这种穿二尺半的丘八大爷们，是不好对付的，我没有跟他们走。好在这是学校，他们也无奈我何。

后来，秋喜叔终于跑回家去，结了婚，生了儿子。抗日战争时，家里困难，他参加了八路军，不久又跑回来。

秋喜叔的个性很强，在农村，他并不愿意一锄一镰去种地，也不愿推车担担去做小买卖。但他也不赌博，也不偷盗。在村里，他年纪不大，辈份很高，整天道貌岸然，和谁也说不来，对什么事也看不惯。躲在家里，练习国画。土改时，他从我家拿去一个大砚台，我回家时，他送了一幅他画的"四破"，叫我赏鉴。

他的父亲早已去世，他这样坐吃山空，日子一天不如一天。家里地里的活儿，全靠他的老伴。那是一位任劳任怨，讲究三从四德的农村劳动妇女，整天蓬头垢面，钻在地里砍草拾庄稼。

秋喜叔也好喝酒，但是从来不醉。也好骂街，但比起他的父亲来，就有节制多了。

秋天，村北有些积水，他自制一根钓杆，从早到晚，坐在那里垂钓。其实谁也知道，那里面并没有鱼。

他的儿子长大了，地里的活也干得不错，娶了个媳妇，也很能劳动，眼看日子会慢慢好起来。谁知这儿子也好喝酒，脾气很劣，为了一点小事，砍了媳妇一刀，被法院判了十五年徒刑，押到外地去了。

从此，秋喜叔就一病不起，整天躺在炕上，望着挂满蛛网的屋顶，一句话也不说。谁也说不上他得的是什么病，三年以后才死去了。

一九八三年九月二日下午

大嘴哥

幼小时，听母亲说，"过去，人们都愿意去店子头你老姑家拜年，那里吃得好。平常日子都不做饭，一家人买烧鸡吃。十年河东，十年河西，现在，谁也不去店子头拜年了，那里已经吃不上饭，就不用说招待亲戚了。"

我没有赶上老姑家的繁盛时期，也没有去拜过年。但因为店子头离我们村只有三里地，我有一个表姐，又嫁到那里，我还是去玩过几次的。印象中，老姑家还有几间高大旧砖房，人口却很少，只记得一个疤眼的表哥，在上海织了几年布，也没有挣下多少钱，结不了婚。其次就是大嘴哥。

大嘴哥比我大不了多少，也没有赶上他家的鼎盛时期。他发育不良，还有些喘病，因此农活上也不大行，只能干一些零碎活。

在我外出读书的时候，我们家已经渐渐上升为富农。自己没有主要劳力，除去雇一名长工外，还请一两个亲戚帮忙，大嘴哥就是这样来我们家的。

他为人老实厚道，干活尽心尽力，从不和人争争吵吵。平日也没有花言巧语，问他一句，他才说一句。所以，我们虽然年岁相当，却很少在一块玩玩谈谈。我年轻时，也是世俗观念，认为能说会道，才是有本事的人；老实人就是窝囊人。在大嘴哥那一面，他或者想，自己的家道中衰，寄人篱下，和我之间，也有些隔阂。

他在我们家，呆的时间很长，一直到土改，我家的田地分了出去，他才回到店子头去了。按当时的情况，他是一个贫农，可以分到一些田地。不过他为人孱弱，斗争也不会积极，上辈的成份又不太好，我估计他也得不到多少实惠。

这以后，我携家外出，忙于衣食。父亲、母亲和我的老伴，又相继去世，没有人再和我念道过去的老事。十年动乱，身心交瘁，自顾不暇，老家亲戚，不通音问，说实在的，我把大嘴哥差不多忘记了。

去年秋天，一个叔伯侄子从老家来，临走时，忽然谈到了大嘴哥。他现在是个孤老户。村里把我表姐的两个孩子找去，说："如果你们照顾他的晚年，他死了以后，他那间屋子，就归你们。"两个外甥答应了。

我听了，托侄子带了十元钱，作为对他的问候。那天，我手下就只有这十元钱。

今年春天，在石家庄工作的大女儿退休了，想写点她幼年时的回忆，在她寄来的材料中，有这样一段：

> 在抗战期间，我们村南有一座敌人的炮楼。日本鬼子经常来我们村"扫荡"，找事，查户口，每家门上都有户口册。有一天，日本鬼子和伪军，到我们家查问父亲的情况。当时我和母亲，还有给我家帮忙的大嘴大伯在家。母亲正给弟弟喂奶，忽听大门给踢开了，把我和弟弟抱在怀里，吓得浑身哆嗦。一个很凶的伪军问母亲，孙振海（我的小名——犁注）到哪里去了？随手就把弟弟的被褥，用刺刀挑了一地。母亲壮了壮胆说，到祁州做买卖去了。日本鬼子又到西屋搜查。当时大嘴大伯正在西屋给牲口喂草，他们以为是我家的人。伪军问：孙

振海到哪里去了？大伯说不知道。他们把大伯吊在房梁上，用棍子打，打得昏过去了，又用水泼，大伯什么也没有说，日本鬼子走了以后，我们全家人把大伯解下来，母亲难过地说：叫你跟着受苦了。

大女儿幼年失学，稍大进厂做工，写封信都费劲。她写的回忆，我想是没有虚假的。那么，大嘴哥还是我们一家的救命恩人。抗战胜利，我回到家里，他从来没有提起过这件事。初进城那几年，我的生活还算不错，他从来没有找过我，也没有来过一次信。他见到和听到了，我和我的家庭，经过的急剧变化。他可能对自幼娇生惯养，不能从事生产的我，抱有同情和谅解之心。我自己是惭愧的。这些年，我的心，我的感情，变得麻痹，也有些冷漠了。

一九八五年六月二十七日下午

大　根

　　岳父只有两个女儿，和我结婚的，是他的次女。到了
五十岁，他与妻子商议，从本县河北一贫家，购置一妾，用
洋三百元。当领取时，由长工用粪筐背着银元，上覆柴草，
岳父在后面跟着。到了女家，其父当场点数银元，并一一当
当敲击，以视有无假洋。数毕，将女儿领出，毫无悲痛之意。
岳父恨其无情，从此不许此妾归省。有人传言，当初相看时，
所见为其姐，身高漂亮，此女则瘦小干枯，貌亦不扬。村
人都说：岳父失去眼窝，上了媒人的当。

　　婚后，人很能干，不久即得一子，取名大根，大做满月，
全家欢庆。第二胎，为一女孩，产时值夜晚，仓促间，岳父
被墙角一斧伤了手掌，染破伤风，遂致不起。不久妾亦猝死，
祸起突然，家亦中落。只留岳母带领两个孩子，我妻回忆：
每当寒冬夜晚，岳母一手持灯，两个小孩拉着她的衣襟，像
扑灯蛾似的，在那空荡荡的大屋子出出进进，实在悲惨。

　　大根稍大以后，就常在我家。那时，正是抗日时期，他
们家离据点近，每天黎明，这个七八岁的孩子，牵着他喂养
的一只山羊，就从他们村里出来到我们村，黄昏时再回去。

　　那时我在外面抗日。每逢逃难，我的老父带着一家老小，
再加上大根和他那只山羊，慌慌张张，往河北一带逃去。在
路上遇到本村一个卖烧饼馃子的，父亲总是说："把你那柜
子给我，我都要了！"这样既可保证一家人不致挨饿，又可以

作为掩护。

平时，大根跟着我家长工，学些农活。十几岁上，他就努筋拔力，耕种他家剩下的那几亩土地了。岳母早早给他娶了一个比他大几岁，很漂亮又很能干的媳妇，来帮他过日子。不久，岳母也就去世了。小小年纪，十几年间，经历了三次大丧事。

大根很像他父亲，虽然没念什么书，却聪明有计算，能说，乐于给人帮忙和排解纠纷，在村里人缘很好。土改时，有人想算他家的旧账，但事实上已经很穷，也就过去了。

他在村里，先参加了村剧团，演"小女婿"中的田喜，他本人倒是个地地道道的小女婿。

二十岁时，他已经有两个儿子，加上他妹妹，五口之家，实在够他巴结的。他先和人家合伙，在集市上卖饺子，得利有限。那些年，赌风很盛，他自己倒不赌，因为他精明，手头利索，有人请他代替推牌九，叫做枪手。有一次在我们村里推，他弄鬼，被人家看出来，几乎下不来台，念他是这村的亲戚，放他走了。随之，在这一行，他也就吃不开了。

他好像还贩卖过私货，因为有一年，他到我家，问他二姐有没有过去留下的珍珠，他二姐说没有。

后来又当了牲口经纪。他自己也养骡驹子，他说从小就喜欢这玩意儿。

"文革"前，他二姐有病，他常到我家帮忙照顾，他二姐去世，这些年就很少来了。

去年秋后，他来了一趟，也是六十来岁的人了，精神不减当年，相见之下，感慨万端。

他有四个儿子，都已成家，每家五间新砖房，他和老伴，也是五间。有八个孙子孙女，都已经上学。大儿子是大乡的书记，其余三个，也都在乡里参加了工作。家里除养一头大骡子，还有一台拖拉机。责任田，是他带着儿媳孙子们去种，经他传艺，地比谁家种得都好。一出动就是一大帮，过往行人，还以为是个没有解散的生产队。

多年不来，我请他吃饭。

"你还赶集吗？还给人家说合牲口吗？"席间，我这样问。

"还去。"他说，"现在这一行要考试登记，我都合格。"

"说好一头牲口，能有多大好处？"

"有规定。"他笑了笑，终于语焉不详。

"你还赌钱吗？"

"早就不干了。"他严肃地说，"人老了，得给孩子们留个名誉，儿子当书记，万一出了事，不好看。"

我说："好好干吧！现在提倡发家致富，你是有本事的人，遇到这样的社会，可以大展宏图。"

他叫我给他写一幅字，裱好了给他捎去。他说："我也不贴灶王爷了，屋里挂一张字画吧。"

过去，他来我家，走时我没有送过他。这次，我把他送到大门外，郑重告别。因为我老了，以后见面的机会，不会再多了。

一九八六年八月十四日

刁　叔

　　刁叔，是写过的疤增叔的二哥。大哥叫瑞，多年跑山西，做小买卖，为人有些流氓气，也没有挣下什么，还把梅毒传染给妻子，妻女失明，儿子塌鼻破嗓，他自己不久也死了。

　　和我交往最多的，是刁叔。他比我大二十岁，但不把我当做孩子，好像我是他的一个知己朋友。其实，我那时对他，什么也不了解。

　　他家离我家很近，住在南北街路西。砖门洞里，挂着两块贞节匾，大概是他祖母的事迹吧。那时他家里，只有他和疤增婶子，他一个人住在西屋。

　　他没有正式上过学，但"习"过字。过去，在村中无力上学，又有志读书的农民，冬闲时凑在一起，请一位能写会算的人，来教他们，就叫习字。

　　他为人沉静刚毅，身材高大强健。家里土地很少，没有多少活儿，闲着的时候多。但很少见到他，像别的贫苦农民一样，背着柴筐粪筐下地，也没有见过他，给别人家打短工。他也很少和别人闲坐说笑，就喜欢看一些书报。

　　那时乡下，没有多少书，只有我是个书呆子。他就和我交上了朋友。他向我借书，总是亲自登门，讷讷启口，好像是向我借取金钱。

　　我并不知道他喜欢看什么书，我正看什么，就常常借给他什么。有一次，我记得借给他的是《浮生六记》。他很快就看完了，送回时，还是亲自登门，双手捧着交给我。书，完好无损。把书借给这种人，比现在借书出去，放心多了。

我不知道他能看懂这种书不能，也没问过他读后有什么感想。我只是尽乡亲之谊，邻里之间，互通有无。

他是一个光棍。旧日农村，如果家境不太好，老大结婚还有可能，老二就很难了。他家老三，所以能娶上媳妇，是因为跑了上海，发了点小财。这在另一篇文章中，已经提过了。

我现在想：他看书，恐怕是为解闷，也就是消遣吧。目前有人主张，文学的最大功能，最高价值，就是供人消遣。这种主张，很是时髦。其实，在几十年前，刁叔的读书，就证实了这一点，我也很早就明白了这层道理了。看来并算不得什么新理论，新学说。

刁叔家的对门，是秃小叔。秃小叔一只眼，是个富农，又是一家之主，好赌。他的赌，不是逢年过节，农村里那种小赌。是到设在戏台下面，或是外村的大宝局去赌。他为人，有些胆小，那时地面也确实不大太平，路劫、绑票的很多。每当他去赴宝局之时，他总是约上刁叔，给他助威仗胆。

那种大宝局的场合、气氛，如果没有亲临过，是难以想象的。开局总是在夜间，做宝的人，隐居帐后；看宝的人，端坐帐前。一片白布，作为宝案，设于破炕席之上，幺、二、三、四，四个方位，都压满了银元。赌徒们炕上炕下，或站或立，屋里屋外，都挤满了人。人人面红耳赤，心惊肉跳，烟雾迷蒙，汗臭难闻。胜败既分，有的甚至屁滚尿流，捶胸顿足。

"免三！"一局出来了，看宝的人把宝案放在白布上，大声喊叫。免三，就是看到人们压三的最多，宝盒里不要出三。一个赌徒，抓过宝盒，屏气定心，慢慢开动着。当看准那个刻有红月牙的宝心指向何方时，把宝盒一亮，此局已定，场上有哭有笑。

秃小叔虽然一只眼，但正好用来看宝盒，看宝盒，好人有时也要眯起一只眼。他身后，站着刁叔。刁叔是他的赌场参谋，常常因他的运筹得当，而得到胜利。天明了，两个人才懒洋洋地走回村来。

这对刁叔来说，也是一种消遣。他有一个"木猫"，冬天放在院子里，有时会逮住一只黄鼬。有一回，有一只猫钻进去了，他也没有放过。一天下午，他在街上看见我，低声说：

"晚上到我那里去，我们吃猫肉。"

晚上，我真的去了，共尝了猫肉。我一生只吃过这一次猫肉。也不知道是家猫，还是野猫。那天晚上，他和我谈了些什么，完全忘记了。

听叔辈们说，他的水性还很好，会摸鱼，可惜我都没有亲眼见过。

刁叔年纪不大，就逝世了。那时我不在家，不知道他得的是什么病。在前一篇文章里，谈到他的死因，也不过是传言，不一定可信。我现在推测，他一定死于感情郁结。他好胜心强，长期打光棍，又不甘于偷鸡摸狗，钻洞跳墙。性格孤独，从不向人诉说苦闷。当时的农民，要改善自己的处境，也实在没有出路。这样就积成不治之症。

一九八六年八月十五日

老焕叔

前几年，细读了沙汀同志所写，一九三八年秋季随一二〇师到冀中的回忆录。内记：一天夜晚，师部住进一个名叫辽城的小村庄（我的故乡）。何其芳同志去参加了和村干部的会见，回来告诉他，村里出面讲话的，是一个迷迷怔怔的人。我立刻想到，这个人一定是老焕叔。

但老焕叔并不是村干部。当时的支部书记、农会主任、村长，都是年轻农民，也没有一个人迷迷怔怔。我想是因为，当时敌人已经占据安平县城，国民党的部队，也在冀南一带活动，冀中局面复杂。当一二〇师以正规部队的军容，进入村庄，服装、口音，和村民们日常见惯的土八路，又不一样。仓皇间，村干部不愿露面，又把老焕叔请了出来，支应一番。

老焕叔小名旦子，幼年随父亲（我们叫他胖胖爷），到山西做小买卖。后来在太原当了几年巡警和衙役。回到村里，游手好闲，和一个卖豆腐人家的女儿靠着，整天和村里的一些地主子弟浪荡人喝酒赌博。他是第一个把麻将牌带进这个小村庄，并传播这种技艺的人。

读过了沙汀的回忆文章，我本来就想写写他，但总是想不起那个卖豆腐的人的名字。老家的年轻人来了，问他们，都说不知道。直到日前来了两位老年人，才弄清楚。

这个人叫新珠，号老体，是个邋邋遢遢的庄稼人。他的老婆，因为服装不整，人称"大裤腰"，说话很和气。他们只生一个女孩，名叫俊女儿。其实长得并不俊，很黑，身体很健壮。不知怎样，很早就和老焕叔靠上了，结婚以后，也不到婆家去，好像还生了一个男孩。老焕叔就长年住在她家，白天聚赌，抽些油头，补助她的家用。这种事，村民不以为怪，老焕婶是个顺从妇女，也不管他，靠着在上海学织布的孩子生活。

老焕叔的罗曼史，也就是这一些。

近读求恕斋丛书，唐晏所作《庚子西行记事》：乡野之民，不只怕贼，也怕官。听说官要来了，也会逃跑。我的村庄，地处偏僻，每逢兵荒马乱之时，总需要一个见过世面，能说会道的人，出来应付，老焕叔就是这种人选。

他长得高大魁梧，仪表堂堂。也并非真的迷迷怔怔，只是说话时，常常眯缝着眼睛，或是看着地下，有点大智若愚的样儿。

我长期在外，童年过后，就很少见到他了。进城以后，我回过一次老家，是在大病初愈之后，想去舒散一下身心。我坐在一辆旧吉普车上，途经保定，这是我上中学的地方；安国，是父亲经商，我上高级小学的地方。都算是旧地重游，但没有多走多看，也就没有引起什么感想。

下午到家。按照乡下规矩，我在村头下车，从村边小道，绕回叔父家去。吉普车从大街开进去。

村边有几个农民在打场，我和他们打招呼。其中一位年长的，问一同干活的年轻人：

"你们认识他吗？"

年轻人不答话。他就说：

"我认识他。"

当我走进村里，街上已经站满了人。大人孩子，熙熙攘攘，其盛况，虽说不上万人空巷，场面确是令人感动的。无怪古人对胜利后还乡，那么重视，虽贤者也不能免了。但我明白，自己并没有做官，穿的也不是锦绣。可能是村庄小，人们第一次看见吉普车，感到新鲜。过去回家时，并没有遇到过这样的场面。

走进叔父家，院里也满是人。老焕叔在叔父的陪同下，从屋里走了出来。他拄着一根棍子，满脸病容，大声喊叫我的小名，紧紧攥着我的手。人们都仰望着他，听他和我说话。

然后，我又把他扶进屋里，坐在那把惟一的木椅上。

我因为想到，自身有病，亲人亡逝，故园荒凉，心情并不好。他见我说话不多，坐了一会儿就走了。

他扶病来看我，一是长辈对幼辈的亲情，二是又遇到一次出头露面的机会。不久，他就故去了。他的一生，虽说有些不务正业，却也没做过什么对不起乡亲们的坏事。所以还是受到人们的尊重，是村里的一个人物。

一九八七年十月五日

附记

如写村史，老焕叔自当有传。其主要事迹，为从城市引进麻将牌一事。然此不足构成大过失，即使农村无麻将，仍有宝盒及骨牌、纸牌也。本村南头，有名曹老万者，幼年不耐农村贫苦，去安国药店学徒。学徒不成，乃流为当地混混儿。安国每年春冬，有药市庙会，商贾云集。老万初在南关后街聚赌，以其悍鸷，被无赖辈奉为头目。后又窝娼，并霸一河南女子回家，得一子。相传妓女不孕，此女盖新从农村，被拐骗出来者。为人勤劳爽快，颇安于室。附近有钱人家，生子恐不育者，争相认为干娘。传说，小儿如认在此等人名下，神鬼即不来追索。此女亦有求必应，不以为近。然老万中年以后，精神失常，四处狂走，不能言语，只呵呵作声。向人乞讨。余读医书，得知此病，乃因梅毒菌进入人脑所致。则曹氏从城市引进梅毒，其于农村之污染，后果更不堪言矣。

古人云：不耕之民，易与为非，难与为善。这句话，还是可以思考的。

次日又记

第三辑

青春余梦

黄 鹂

病期琐事

这种鸟儿，在我的家乡好像很少见。童年时，我很迷恋过一阵捕捉鸟儿的勾当。但是，无论春末夏初在麦苗地或油菜地里追逐红靛儿，或是天高气爽的秋季，奔跑在柳树下面网罗虎不拉儿的时候，都好像没有见过这种鸟儿。它既不在我那小小的村庄后边高大的白杨树上同禾金田鹨鸡儿一同鸣叫，也不在村南边那片神秘的大苇塘里和苇咋儿一块筑窠。

初次见到它，是在阜平县的山村。那是抗日战争期间，在不断的炮火洗礼中，有时清晨起来，在茅屋后面或是山脚下的丛林里，我听到了黄鹂的尖利的富有召唤性和启发性的啼叫。可是，它们飞起来，迅若流星，在密密的树枝树叶里忽隐忽现，常常是在我仰视的眼前一闪而过，金黄的羽毛上映照着阳光，美丽极了，想多看一眼都很困难。

因为职业的关系，对于美的事物的追求，真是有些奇怪，有时简直近于一种狂热。在战争不暇的日子里，这种观察飞禽走兽的闲情逸致，不知对我的身心情感，起着什么性质的影响。

前几年，终于病了。为了疗养，来到了多年向往的青岛。春天，我移居到离海边很近，只隔着一片杨树林洼地的一幢小楼房里。有很长的一段时间，我一个人住在这里，清晨黄昏，我常常到那杨树林里散步。有一天，我发现有两只黄鹂飞来了。

这一次，它们好像喜爱这里的林木深密幽静，也好像是要在这里产卵孵雏，并不匆匆离开，大有在这里安家落户的意思。

每天，天一发亮，我听到它们的叫声，就轻轻打开窗帘，从楼上可以看见它们互相追逐，互相逗闹，有时候看得淋漓尽致，对我来说，这真是饱享眼福了。

观赏黄鹂，竟成了我的一种日课。一听到它们叫唤，心里就很高兴，视线也就转到杨树上，我很担心它们一旦要离此他去。这里是很安静的，甚至有些近于荒凉，它们也许会安心居住下去的。我在树林里徘徊着，仰望着，有时坐在小石凳上谛听着，但总找不到它们的窠巢所在，它们是怎样安排自己的住室和产房的呢？

一天清晨，我又到树林里散步，和我患同一种病症的史同志手里拿着一支猎枪，正在瞄准树上。

"打什么鸟儿？"我赶紧过去问。

"打黄鹂！"老史兴致勃勃地说，"你看看我的枪法。"

这时候，我不想欣赏他的枪技，我但愿他的枪法不准。他瞄了一会儿，黄鹂发觉飞走了。乘此机会，我以老病友的资格，请他不要射击黄鹂，因为我很喜欢这种鸟儿。

我很感激老史同志对友谊的尊重。他立刻答应了我的要求，没有丝毫不平之气。并且说：

"养病么，喜欢什么就多看看，多听听。"

这是真诚的同病相怜。他玩猎枪，也是为了养病，能在兴头儿上照顾旁人，这种品质不是很难得吗？

有一次，在东海岸的长堤上，一位穿皮大衣戴皮帽的中年人，只是为了讨取身边女朋友的一笑，就开枪射死了一只回翔在天空的海鸥。一群海鸥受惊远飏，被射死的海鸥落在海面上，被怒涛拍击漂卷。胜利品无法取到，那位女人请在海面上操作的海带培养工人帮助打捞，工人们愤怒地掉头划船而去。这给我留下了深刻的印象。回到房子里，无可奈何地写了几句诗，也终于没有完成，因为契诃夫在好几种作品里写到了这种人。我的笔墨又怎能更多地为他们的业绩生色？在他们的房间里，只挂着契诃夫为他们写的褒词就够了。

惋惜的是，我的朋友的高尚情谊，不能得到这两只惊弓之鸟的理解，它们竟一去不返。从此，清晨起来，白杨萧萧，再也听不到那种清脆的叫声。夏天来了，我忙着到浴场去游泳，渐渐把它们忘掉了。

有一天我去逛鸟市。那地方卖鸟儿的很少了，现在生产第一，游闲事物，相应减少，是很自然的。在一处转角地方，有一个卖鸟笼的老头儿，坐在一条板凳上，手里玩弄着一只黄鹂。黄鹂系在一根木棍上，一会儿悬空吊着，一会儿被拉上来。我站住了，我望着黄鹂，忽然觉得它的焦黄的羽毛，它的嘴眼和爪子，都带有一种凄惨的神气。

"你要吗？多好玩儿！"老头儿望望我问了。

"我不要。"我转身走开了。

我想，这种鸟儿是不能饲养的，它不久会被折磨得死去。这种鸟儿，即使在动物园里，也不能从容地生活下去吧，它需要的天地太宽阔了。

从此，有很长一段时间，我不再想起黄鹂。第二年春季，我到了太湖，在江南，我才理解了"杂花生树，群莺乱飞"这两句文章的好处。

是的，这里的湖光山色，密柳长堤；这里的茂林修竹，桑田苇泊；这里的乍雨乍晴的天气，使我看到了黄鹂的全部美丽，这是一种极致。

是的，它们的啼叫，是要伴着春雨、宿露，它们的飞翔，是要伴着朝霞和彩虹的。这里才是它们真正的家乡，安居乐业的所在。

各种事物都有它的极致。虎啸深山，鱼游潭底，驼走大漠，雁排长空，这就是它们的极致。

在一定的环境里，才能发挥这种极致。这就是形色神态和环境的自然结合和相互发挥，这就是景物一体。典型环境中的典型性格，也可以从这个角度来理解吧。这正是在艺术上不容易遇到的一种境界。

1962 年 4 月

石 子
病期琐事

　　我幼小的时候，就喜欢石子。有时从耕过的田野里，捡到一块椭圆形的小石子，以为是乌鸦从山里衔回跌落到地下的，因此美其名为"老鸹枕头儿"。

　　那一年在南京，到雨花台买了几块小石子，是赭红色的。

　　那一年到大连，又在海滨装了一袋白色的回来。

　　这两次都匆匆忙忙，对于选择石子，可以说是不得要领。

　　在青岛住了一年有余，因为不喜欢下棋打扑克，不会弹琴跳舞，不能读书作文，唯一的消遣和爱好就是捡石子。时间长了，收藏丰富，有一段时间，居然被病友们目为专家。就连我低头走路，竟也被认为是长期从事搜罗工作养成的习惯，这简直是近于开玩笑了。

　　然而，人在寂寞无聊之时，爱上或是迷上了什么，那种劲头，也是难以常情理喻的。不但天气晴朗的时候，好在海边溅泥踏水地徘徊寻找，有时刮风下雨，不到海边转转，也好像会有什么损失，就像逛惯了古书店古董铺的人，一天不去，总觉得会交臂失掉了什么宝物一样。钓鱼者的心情，也是如此的。

　　初到青岛，也只是捡些小巧圆滑杂色的小石子。这些小石子养在水里，五颜六色还有些看头，如果一干，则质地粗糙，颜色也消失，算不得什么稀罕之物了。

后来在第二浴场发现一种质地细腻，色泽如同美玉的小石子，就加意寻找。这种石子，好像有一定的矿层。在春夏季，海滩积沙厚，没有这种石子。只有在秋冬之季，海水下落，沙积减少，轻涛击岸，才会露出这种蕴藏来。但也很少遇到。当潮水落到一定的地方，沿着水边来回走，看到一点点亮晶晶的苗头，跑过去捡起来，大小不等，有时还残留着一些杂质，像玉之有瑕一样。这种石子一定是包藏在一种岩石之中，经过多年的潮激沙荡，乱石撞击，细沙研磨，才形成现在这种可爱的样式。

有时，如果不注意，如果不把眼光放远一点，它略一显露，潮水再一荡，就又会被细沙所掩盖。当潮水猛涨的时候，站在岸边，抢捡石子，这不只挤着衣服溅上很多海水，甚至还有被海水卷入的危险。

有时，不避风雨，不避寒暑，到距离很远的海滩，去寻找这种石子。但也要潮水和季节适当，才有收获。

我的声誉只是鹊起一时，不久就被一位新来的病友的成绩所掩盖。这位同志，采集石子，是不声不响，不约同伴，近于埋头创作的进行，而且走得远，探得深。很快，他的收藏，就以质地形色兼好著称。石子欣赏家都到他那里去了，我的门庭，顿时冷落下来。在评判时，还要我屈居第二，这当然是无可推辞的。我的兴趣还是很高，每天从海滩回来，口袋里总是沉甸甸的，房间里到处是分门别类的石子。

那时我居住在正阳关路一幢绿色的楼房里。为了安静，我选择了二楼那间孤零零的，虽然矮小一些，但光线很好的房子。在正面窗台上，我摆了一个鱼缸，放满了水，养着我最得意的石子。

在二楼住着一位二十年前我教书时的女学生。她很关心我的养病生活，看见我的房子里堆着很多石子，就劝我养海葵花。她很喜欢这种东西，在她的房间里，饲养着两缸。

一天下午，她借了铁钩水桶，带我到海边退潮后的岩石上，去掏取这种动物。她的手还被附着在石面上的小蛤蜊擦破了。回来，她替我倒出了石子，换上海水，养上海葵花。

"你喜爱这种东西吗？"她坐下来得意地问。

"唔。"

"你的生活太单调了，这对养病是很不好的。我对你讲课印象很深，我总是坐在第一排。你不记得了吧？那时我十七岁。"

晚上，我一个人坐在灯光下，面对着我的学生为我新陈设的景物。我实在不喜欢这种东西，从捉到养，整个过程，都不能使我发生兴味。它的生活史和生活方式，在我的头脑里，体现了过去和现在的强盗和女妖的全部伎俩和全部形象。我写了一首《海葵赋》。

青岛，这是世界上少有的风光绮丽的地方。在过去很长一段时间，祖国美丽富饶的地区，有很多都曾经处在帝国主义的铁蹄蹂躏之下。每逢我站在太平角高大的岩石上，四下眺望，脚下澎湃飞溅的海潮，就会自然地使我联想起这里的悲惨的历史。我的心里总有一种沉痛之感，一种激愤之情。

终于，我把海葵花送给了女弟子，在缸里又养上了石子。这样做的结果，是大大辜负女学生的一番盛情，一番好意了。

离开青岛的时候，我把一些自认为名贵的石子带回家里，尘封日久，不但失去了原有的光彩，就是拿在手里，也不像过去那样滑腻，这是因为上面泛出一种盐质，用水都不容易洗去了。时过境迁，色衰爱弛，我对它们也失去了兴趣，任凭孩子们抛来掷去，想不到当时全心全力寤寐以求的东西，现在却落到了这般光景。

　　但它们究竟是和我度过了那一段难言的日子，给过我不少的安慰，帮助我把病养得好了一些。古人把药石针砭并称，这说明石子确是养病期中难得的纯朴有益的伴侣。

1962 年 4 月

保定旧事

　　我的家乡，距离保定，有一百八十里路。我跟随父亲在安国县，这样就缩短了六十里路。去保定上学，总是雇单套骡车，三个或两个同学，合雇一辆。车是前一天定好，刚过半夜，车夫就来打门了。他们一般是很守信用，绝不会误了客人行程的。于是抱行李上车。在路上，如果你高兴，车夫可以给你讲故事；如果你困了，要睡觉，他便停止，也坐在车前沿，抱着鞭子睡起来。这种旅行，虽在深夜，也不会迷失路途。因为学生们开学，路上的车，连成了一条长龙。牲口也是熟路，前边停下，它也停下；前边走了，它也跟着走起来，这样一直走到唐河渡口，天也就大亮了。如果是春冬天，在渡口也不会耽搁多久。车从草桥上过去，桥头上站着一个人，一边和车夫们开着玩笑，一边敲诈着学生们的过路钱。

　　中午，在温仁或是南大冉打尖。一进街口，便有望不到头的各式各样的笊篱，挂在大街两旁的店门口。店伙们站在门口，喊叫着，招呼着，甚至拦截着，请车辆到他的店中去。但是，这不会酿成很大的混乱，也不会因为争夺生意，互相吵闹起来。因为店伙们和车夫们都心中有数，谁是哪家的主顾，这是一生一世，也不会轻易忘情和发生变异的。

　　一进要停车打尖的村口，车夫们便都神气起来。那种神气是没法形容的，只有用他们的行话，才能说明万一。这就是那句社会上公认的成语："车喝儿进店，给个知县也不干！"

确实如此，车夫把车喝住，把鞭子往车卒上一插，便什么也不管，径到柜房，洗脸，喝茶，吃饭去了。一切由店伙代劳。酒饭钱，牲口草料钱，自然是从乘客的饭钱中代付了。

牲口、人吃饱了，喝足了，连知县都不想干的车夫们，一个个喝得醉醺醺的，蜂拥着从柜房出来，催客人上路。其实，客人们早就等急了，天也不早了。这时，人欢马腾，一辆辆车赶得要飞起来，车夫坐在车上，笑嘻嘻地回头对客人说：

"先生，着什么急？这是去上学，又不是回家，有媳妇等着你！"

"你该着急呀，"一些年岁大的客人说，"保定府，你有相好的吧！"

"那误不了，上灯以前赶到就行！"车夫笑着说。

一进校门，便是黄卷青灯的生活。

这是一所私立中学，设在西关外一条南北街上。这是一条很荒凉的小街道，但庄严地坐落着一所大学和两所中等学校。此外就只有几家小饭铺，三两处糖摊。

整个保定的街道，都是坑坑洼洼，尘土飞扬的。那时谁也没想过，这个府城为什么这样荒凉，这样破旧，这样萧条。也没有谁想到去建设它，或是把它修整修整。谁也没有去注意这个城市的市政机关设在哪里，也看不到一个清扫街道的工人。

从学校进城去，还有一条斜着通到西门的坎坷的土马路，走过一座卖包子和罩火烧的小楼，便是护城河的石桥。秋冬风沙大，接近城门时，从门洞刮出的风又冷又烈，就得侧着身子或背着身子走。在转身的一刹那，常常会看到，在城门一边的墙上，挂着一个小木笼，这就是在那个年代，视为平常的，被灰尘蒙盖了的，血肉模糊的示众的首级。

　　经常有些杂牌军队，在西关火车站驻防。星期天，在石桥旁边那家澡堂里，可以看到好多军人洗澡。在马路上，三两成群的外出士兵，一般都不携带枪支，而是把宽厚的皮带握在手里。黄昏的时候，常常有全副武装的一小队人，匆匆忙忙在街上冲过，最前边的一个人，抱着灵牌一样的纸糊大令。城门上悬挂的物件，就全是他们的作品。

　　如果遇到什么特别重要的人物来了，比如当时的张学良，则临时戒严，街上行人，一律面向墙壁，背后排列着也是面向墙壁的持枪士兵。

　　这个城市，就靠几所学校维持着，成为中国北方除北平以外著名的文化古城。

　　如果不是星期天，城里那条最主要的街道——西大街上，是很少行人的。两旁店铺的门，有的虚掩着，有的干脆就关闭。有名的市场"马号"里，游人也是寥寥无几。这个市场，高高低低，非常阴暗。各个小铺子里的店员们，呆呆地站在柜台旁边，有的就靠着柜台睡着了。

　　只有南门外大街上，几家小铁器铺里，传出叮叮当当的响声；另外，从西关水磨那里，传来哗哗的流水声。此外，这就是一座灰色的，没有声音的，城南那座曹锟花园，也没有几个游人的，窒息了的城市。

　　那时候，只是一家单纯的富农，还不能供给一个中学生；一家普通地主，不能供给一个大学生。必须都兼有商业资本或其他收入。这样，在很长时间里，文化和剥削，发生着不可分割的关联。

　　这所私立的中学，一个学生一年要交三十六元的学费（买书在外）。那时，农民出售三十斤一斗的小麦，也不过收入一元多钱。

这所中学，不只在保定，在整个华北也是有名的。它不惜重金，礼聘有名望的教员，它的毕业生，成为天津北洋大学录取新生的一个主要来源。同时，不惜工本，培养运动员。北平师范大学体育系，每期差不多由它包办了。它是在篮球场上，一度成为舞台上的梅兰芳那样的明星，王玉增的母校。

它也是那些从它这里培养，去法国勤工俭学，归来后成为一代著名人物的人们的母校。

当我进校的时候，它还附设着一个铁工厂，又和化学教员合办了一个制革厂，都没有什么生意，学生也不到那里去劳动，勤工俭学，已经名存实亡了。

学校从操场的西南角，划出一片地方，临着街盖了一排教室，办了一所平民学校。

在我上高二的时候，我有一个要好的同班生，被学校任命为平民学校的校长。他见我经常在校刊上发表小说，就约我去教女高小二年级的国文。

被教育了这么些年，一旦要去教育别人，确是很新鲜的事。听到上课的铃声，抱着书本和教具，从教员预备室里出来，严肃认真地走进教室。教室很小，学生也不多，只有五六个人。她们肃静地站立起来，认真地行着札。

平民学校的对门，就是保定第二师范。在那灰色的大围墙里面，它的学生们，正在进行实验苏维埃的红色革命。国家民族处在生死存亡危急的关头，"九·一八"、"一·二八"事变，在学生平静的读书生活里，像投下两颗炸弹，许多重大迫切的问题，涌到青年们的眼前，要求每个人作出解答。

我写了韩国志士谋求独立的剧本，给学生们讲了法国和波兰的爱国小说，后来又讲了十月革命的短篇作品。

班长王淑，坐在最前排中间位置上。每当我进来，她喊着口令，声音沉稳而略带沙哑。她身材矮小，面孔很白，眼睛在她那小而有些下尖的脸盘上，显得特别的黑和特别的大。油黑的短头发，分下来紧紧贴在两鬓上。嘴很小，下唇丰厚，说话的时候，总带着轻微的笑。

她非常聪明，各门功课都是出类拔萃的，大楷和绘画，我是望尘莫及的。她的作文，紧紧吻合着时代，以及我教课的思想和感情。有说不完的意思，她就写很长的信，寄到我的学校，和我讨论，要我解答。

我们的校长，曾经跟随过孙中山先生，后来，有人说他成了国家主义派，专门办教育了。他住在学校第二层院的正房里。学校原是由一座旧庙改建的，他所住的，就是庙宇的正殿。他是道貌岸然的，长年袍褂不离身。很少看见他和人谈笑，却常常看到他在那小小的庭院里散步，也只是限于他门前那一点点地方。一九二七年以后，每次周会，能在大饭堂听到他的清楚简短的讲话。

训育主任的办公室，设在学生出入必须经过的走廊里。他坐在办公桌上，就可以对出入学校大门的人，一览无余。他觉得这还不够，几乎无时不在那一丈多长的走廊中间，来回踱步。师道尊严，尤其是训育主任，左规右矩，走路都要给学生做出楷模。他高个子，西服革履，一脸杀气——据说曾当过连长，眼睛平直前望，一步迈出去，那种慢劲和造作劲，和仙鹤完全一样。

他的办公室的对面，是学生信架，每天下午课后，学生们到这里来，看有没有自己的信件。有一天，训育主任把我叫到他的办公室，用简短客气的话语，免去了我在平校的教职。显然是王淑的信出了毛病。

我的讲室，在面对操场的那座二层楼上。每次课间休息，我们都到走廊上，看操场上的学生们玩球。平校的小小院落，看得很清楚。随着下课铃响，我看见王淑站在她的课堂门前的台阶上，用忧郁的、大胆的、厚意深情的目光，投向我们的大楼之上。如果是下午，阳光直射在她的身上。她不顾同学们从她身边跑进跑出，直到上课的铃声响完，她才最后一个转身进入教室。

我从农村来，当时不太了解王淑的家庭生活。后来我才知道，这叫做城市贫民。她的祖先，不知在一种什么境遇下，在这个城市住了下来，目前生活是很穷困的了。她的母亲，只能把她押在那变化无常的，难以捉摸的，生活或者叫做命运的棋盘上。

城市贫民和农村的贫农不一样。城市贫民，如果他的祖先阔气过，那就要照顾生活的体面。特别是一个女孩子，她在家里可以吃不饱，但出门之时，就要有一件像样的衣服穿在身上。如果在冬天，就还要有一条宽大漂亮的毛线围巾，披在肩头。

当她因为眼病，住了西关思罗医院的时候，我又知道她家是教民，这当然也是为了得到生活上的救济。我到医院去看望了她，她用纱布包裹着双眼，像捉迷藏一样。她母亲看见我，就到外边买东西去了。在那间小房子里，王淑对我说了情意深长的话。医院的人来叫她去换药，我也告辞，她走到医院大楼的门口，回过身来，背靠着墙，向我的方位站了一会。

这座医院，是一座外国人办的医院，它有一带大围墙，围墙以内就成了殖民地。我顺着围墙往外走，经过一片杨树林。有一个小教民，背着柴筐从对面走来，向我举起拳头示威。是怕我和他争夺秋天的败枝落叶呢？还是意识到主子是外国人，自己也高人一等？

王淑和我年岁相差不多，她竟把我当作师长，在茫茫的人生原野上，希望我能指引给她一条正确的路。我很惭愧，我不是先知先觉，我很平庸，不能引导别人，自己也正在苦恼地从书本和实践中探索。训育主任，想叫学生循着他所规定的，像操场上田径比赛时，用白粉划定的跑道前进，这也是不可能的。时代和生活的波涛，不断起伏。在抗日大浪潮的推动下，我离开了保定，到了距离她很远的地方。

我不知道，生活把王淑推到了什么地方，我想她现在一定生活得很幸福。

那种苦雨愁城，枯柳败路的印象，很自然地一扫而光。

1977 年 3 月

服装的故事

我远不是什么纨绔子弟，但靠着勤劳的母亲纺线织布，粗布棉衣，到时总有的。深感到布匹的艰难，是在抗战时参加革命以后。

一九三九年春天，我从冀中平原到阜平一带山区，那里因为不能种植棉花，布匹很缺。过了夏季，渐渐秋凉，我们什么装备也还没有。我从冀中背来一件夹袍，同来的一位同志多才多艺，他从老乡那里借来一把剪刀，把它裁开，缝成两条夹裤，铺在没有席子的土炕上。这使我第一次感到布匹的难得和可贵。

那时我在新成立的晋察冀通讯社工作。冬季，我被派往雁北地区采访。雁北地区，就是雁门关以北的地区，是冰天雪地，大雁也不往那儿飞的地方。我穿的是一身粗布棉袄裤，我身材高，脚腕和手腕，都有很大部位暴露在外面。每天清早在大山脚下集合，寒风凛冽。有一天在部队出发时，一同采访的一位同志把他从冀中带来的一件日本军队的黄呢大衣，在风地里脱下来，给我穿在身上。我第一次感到了战斗伙伴的关怀和温暖。

一九四一年冬天，我回到冀中，有同志送给我一件狗皮大衣筒子。军队夜间转移，远近狗叫，就会暴露自己。冀中区的群众，几天之内，就把所有的狗都打死了。我把皮子拿回家去，我的爱人，用她织染的黑粗布，给我做了一件短皮袄。

因为狗皮太厚，做起来很吃力，有几次把她的手扎伤。我回路西的时候，就珍重地带它过了铁路。

一九四三年冬季，敌人在晋察冀边区"扫荡"了整整三个月。第二年开春，我刚刚从山西的繁峙一带回到阜平，就奉命整装待发去延安。当时，要领单衣，把棉衣换下。因为我去晚了，所有的男衣已发完，只剩下带大襟的女衣，没有办法，领下来。这种单衣的颜色，是用土靛染的，非常鲜艳，在山地名叫"月白"。因是女衣，在宿舍换衣服时，我犹豫了，这穿在身上像话吗？

忽然有两个女学生进来——我那时在华北联大高中班教书。她们带着剪刀针线，立即把这件女衣的大襟撕下，缝成一个翻领，然后把对襟部位缝好，变成了一件非常时髦的大翻领钻头衬衫。她们看着我穿在身上，然后拍手笑笑走了，也不知道是赞美她们的手艺，还是嘲笑我的形象。

然后，我们就在枣树林里站队出发。

这一队人马，走在去往革命圣地延安的漫长而崎岖的路上，朝霞晚霞映在我们鲜艳的服装上。如果叫现在城市的人看到，一定要认为是奇装异服了。或者只看我的描写，以为我在有意歪曲、丑化八路军的形象。但那时山地群众并不以为怪，因为他们在村里村外常常看到穿这种便衣的工作人员。

路经盂县，正在那里下乡工作的一位同志，在一个要道口上迎接我，给我送行。初春，山地的清晨，草木之上，还有霜雪。显然他已经在那里等了很久，浓黑的鬓发上，也挂有一些白霜。他在我们行进的队伍旁边，和我握手告别，说了很简短的话。

应该补充，在我携带的行李中间，还有他的一件日本军用皮大衣，是他过去随军工作时，获得的战利品。在当时，这是很难得的东西，大衣做得坚实讲究：皮领，雨布面，上身是丝绵，下身是羊皮，袖子是长毛绒。羊皮之上，还带着敌人的血迹。原来坚壁在房东家里，这次出发前，我考虑到延安天气冷，去找我那件皮衣，找不到，就把他的拿起来。

初夏，我们到绥德，休整了五天。我到山沟里洗了个澡。这是条向阳的山沟，小河的流水很温暖，水冲激着沙石，发出清越的声音。我躺在河中间一块平滑的大石板上，温柔的水，从我的头部胸部腿部流过，细小的沙石常常冲到我的口中。我把女同学们给我做的衬衣，洗好晾在石头上，干了再穿。

我们队长到晋绥军区去联络，回来对我说：吕正操司令员要我到他那里去。一天上午，我就穿着这样一身服装，到了他那庄严的司令部。那件艰难携带了几千里路的大衣，到延安不久，就因为一次山洪暴发，同我所有的衣物，卷到延河里去了。

这次水灾以后，领导上给我发了新的装备，包括一套羊毛棉衣。这种棉衣当然不错，不过有个缺点，穿几天，里面的羊毛就往下坠，上半身成了夹的，下半身则非常臃肿。和我一同到延安去的一位同志，要随王震将军南下，他们发的是絮棉花的棉衣，他告诉我路过桥儿沟的时间，叫我披着我那件羊毛棉衣，在街口等他，当他在那里走过的时候，我们俩"走马换衣"，他把那件难得的真正棉衣换给了我。因为既是南下，越走天气越暖和的。

这年冬季，女同学们又把我的一条棉裤里的棉花取出来，把我的棉裤里的羊毛换进去，于是我又有了一条名副其实的棉裤。她们又给我打了一双羊毛线袜和一条很窄小的围巾，使我温暖愉快地过了这一个冬天。

这时，一位同志新从敌后到了延安，他身上穿的竟是我那件狗皮袄，说是另一位同志先穿了一阵，然后转送给他的。

一九四五年八月，日本投降，我们又从延安出发，我被派作前站，给女同志们赶了很长一段时间的毛驴。那些婴儿们，装在两个荆条筐里，挂在母亲们的两边。小毛驴一走一颠，母亲们的身体一摇一摆，孩子们像燕雏一样，从筐里探出头来，呼喊着，玩闹着，和母亲们爱抚的声音混在一起，震荡着漫长的欢乐的旅途。

冬季我们到了张家口，晋察冀的老同志们开会欢迎我们，穿戴都很整齐。一位同志看我还是只有一身粗布棉袄裤，就给我一些钱，叫我到小市去添补一些衣物。后来我回冀中，到了宣化，又从一位同志的床上，扯走一件日本军官的黄呢斗篷，走了整整十四天，到了老家，披着这件奇形怪状的衣服，与久别的家人见了面。这仅仅是记得起来的一些，至于战争年代里房东老大娘、大嫂、姐妹们为我做鞋做袜，缝缝补补，那就更是一时说不完了。

我们在和日本帝国主义、蒋帮作战的时候，穿的就是这样。但比起上一代的老红军战士，我们的物质条件就算好得多了。

穿着这些单薄的衣服，我们奋勇向前。现在，那些刺骨的寒风，不再吹在我的身上，但仍然吹过我的心头。其中有雁门关外挟着冰雪的风，有冀中平原卷着黄沙的风，有延河两岸虽是严冬也有些温暖的风。我们穿着这些单薄的衣服，在冰冻石滑的山路上攀登，在深雪中滚爬，在激流中强渡。有时夜雾四塞，晨霜压身，但我们方向明确，太阳一出，歌声又起。

1977 年 11 月 26 日改完

童年漫忆

听说书

我的故乡的原始住户，据说是山西的移民，我幼小的时候，曾在去过山西的人家，见过那个移民旧址的照片，上面有一株老槐树，这就是我们祖先最早的住处。

我的家乡离山西省是很远的，但在我们那一条街上，就有好几户人家，以长年去山西做小生意，维持一家人的生活，而且一直传下好几辈。他们多是挑货郎担，春节也不回家，因为那正是生意兴隆的季节。他们回到家来，我记得常常是在夏秋忙季。他们到家以后，就到地里干活，总是叫他们的女人，挨户送一些小玩艺或是蚕豆给孩子们，所以我的印象很深。

其中有一个人，我叫他德胜大伯，那时他有四十岁上下。每年回来，如果是夏秋之间农活稍闲的时候，我们一条街上的人，吃过晚饭，坐在碾盘旁边去乘凉。一家大梢门两旁，有两个柳木门墩，德胜大伯常常被人们推请坐在一个门墩上面，给人们讲说评书，另一个门墩上，照例是坐一位年纪大辈数高的人，和他对称。我记得他在这里讲过《七侠五义》等故事，他讲得真好，就像一个专业艺人一样。

他并不识字，这我是记得很清楚的。他常年在外，他家的大娘，因为身材高，我们都叫她"大个儿大妈"。她每天挎着一个大柳条篮子，敲着小铜锣卖烧饼馃子。德胜大伯回来，有时帮她记记账，他把高粱的茎杆，截成笔帽那么长，用绳穿结起来，横挂在炕头的墙壁上，这就叫"账码"，谁赊多少谁还多少，他就站在炕上，用手推拨那些茎杆儿，很有些结绳而治的味道。

他对评书记得很清楚，讲得也很熟练，我想他也不是花钱到娱乐场所听来的。他在山西做生意，长年住在小旅店里，同住的人，干什么的人也有，夜晚没事，也许就请会说评书的人，免费说两段，为长年旅行在外的人们消愁解闷，日子长了，他就记住了全部。

他可能也说过一些山西人的风俗习惯，因为我年岁小，对这些没兴趣，都忘记了。

德胜大伯在做小买卖途中，遇到瘟疫，死在外地的荒村小店里。他留下一个独生子叫铁锤。前几年，我回家乡，见到铁锤，一家人住在高爽的新房里，屋里陈设，在全村也是最讲究的。他心灵手巧，能做木工，并且能在玻璃片上画花鸟和山水，大受远近要结婚的青年农民的欢迎。他在公社担任会计，算法精通。

德胜大伯说的是评书，也叫平话，就是只凭演说，不加伴奏。在乡村，麦秋过后，还常有职业性的说书人，来到街头。其实，他们也多半是业余的，或是半职业性的。他们说唱完了以后，有的由经管人给他们敛些新打下的粮食，有的是自己兼做小买卖，比如卖针，在他说唱中间，由一个管事人，在妇女群中，给他卖完那一部分针就是了。这一种人，多是说快书，即不用弦子，只用鼓板。骑着一辆自行车，车后座做鼓架。他们不说整本，只说小段。卖完针，就又到别的村庄去了。

一年秋后，村里来了弟兄三个人，推着一车羊毛，说是会说书，兼有擀毡条的手艺。第一天晚上，就在街头说了起来，老大弹弦，老二说《呼家将》，真正的西河大鼓，韵调很好。村里一些老年的书迷，大为赞赏。第二天就去给他们张罗生意，挨家挨户去动员：擀毡条。

他们在村里住了三四个月，每天夜晚说《呼家将》。冬天天冷，就把书场移到一家茶馆的大房子里。有时老二回老家运羊毛，就由老三代说，但人们对他的评价不高，另外，他也不会说《呼家将》。

眼看就要过年了，呼延庆的擂还没打成。每天晚上预告，明天就可以打擂了，第二天晚上，书中又出了岔子，还是打不成。人们盼呀，盼呀，大人孩子都在盼。村里娶儿聘妇要擀毡条的主，也差不多都擀了，几个老书迷，还在四处动员：

"擀一条吧，冬天铺在炕上多暖和呀！再说，你不擀毡条，呼延庆也打不了擂呀！"

直到腊月二十老几，弟兄三个看着这村里实在也没有生意可做了，才结束了《呼家将》。他们这部长篇，如果整理出版，我想一定也有两块大砖头那么厚吧。

第一个借给我《红楼梦》的人

我第一次读《红楼梦》，是十岁左右还在村里上小学的时候。我先在西头刘家，借到一部《封神演义》，读完了，又到东头刘家借了这部书。东西头刘家都是以屠宰为业，是一姓一家。刘姓在我们村里是仅次于我们姓的人户，其实也不过七八家，因为这是一个很小的村庄。

从我能记忆起，我们村里有书的人家，几乎没有。刘家能有一些书，是因为他们所经营的近似一种商业。农民读书的很少，更不愿花钱去买这些"闲书"。那时，我只能在庙会上看到书，书摊小贩支架上几块木板，摆上一些石印的，花纸或花布套的，字体非常细小，纸张非常粗黑的《三字经》、《玉匣记》，唱本、小说。这些书可以说是最普及的廉价本子，但要买一部小说，恐怕也要花费一、两天的食用之需。因此，我的家境虽然富裕一些，也不能随便购买。我那时上学念的课本，有的还是母亲求人抄写的。

东头刘家有兄弟四人，三个在少年时期就被生活所迫，下了关东。其中老二一直没有回过家，生死存亡不知。老三回过一次家，还是不能生活，只在家过了一个年，就又走了，听说他在关东，从事的是一种非常危险的勾当。

家里只留下老大，他娶了一房童养媳妇，算是成了家。他的女人，个儿不高，但长得颇为端正俊俏，又喜欢说笑，人缘很好，家里长年设着一个小牌局，抽些油头，补助家用。男的还是从事屠宰，但已经买不起大牲口，只能剥个山羊什么的。

老四在将近中年时，从关东回来了，但什么也没有带回来。这人长得高高的个子，穿着黑布长衫，走起路来，"蛇摇担晃"。他这种走路的姿势，常常引起家长们对孩子的告诫，说这种走法没有根柢，所以他会吃不上饭。

他叫四喜，论乡亲辈，我叫他四喜叔。我对他的印象很好。他从东头到西头，扬长地走在大街上，说句笑话儿，惹得他那些嫂子辈的人，骂他"贼兔子"，他就越发高兴起来。他对孩子们尤其和气。有时，坐在他家那旷荡的院子里，拉着板胡，唱一段清扬悦耳的梆子，我们听起来很是入迷。他知道我好看书，就把他的一部《金玉缘》借给了我。

哥哥嫂子，当然对他并不欢迎，在家里，他已经无事可为，每逢集市，他就挟上他那把锋利明亮的切肉刀，去帮人家卖肉。他站在肉车子旁边，那把刀，在他手中熟练而敏捷地摇动着，那煮熟的牛肉、马肉或是驴肉，切出来是那样薄，就像木匠手下的刨花一样，飞起来并且有规律地落在那圆形的厚而又大的肉案边缘，这样，他在给顾客装进烧饼的时候，既出色又非常方便。他是远近知名的"飞刀刘四"。现在是英雄落魄，暂时又有用武之地。在他从事这种工作的时候，你可以看到，他高大的身材，在一层层顾客的包围下，顾盼神飞，谈笑自若。可以想到，如果一个人，能永远在这样一种状态中存在，岂不是很有意义，也很光荣？

等到集市散了，天也渐渐晚了，主人请他到饭铺吃一顿饱饭，还喝了一些酒。他就又挟着他那把刀回家去。集市离我们村只有三里路。在路上，他有些醉了，走起来，摇晃得更厉害了。

对面来了一辆自行车。他忽然对着人家喊：

"下来！"

"下来干什么？"骑自行车的人，认得他。

"把车子给我！"

"给你干什么？"

"不给，我砍了你！"他把刀一扬。

骑车子的人回头就走，绕了一个圈子，到集市上的派出所报了案。

他若无其事地回到家里，也许把路上的事忘记了。当晚睡得很香甜。第二天早晨，就被捉到县城里去。

那时正是冬季，农村很动乱，每天夜里，绑票的枪声，就像大年五更的鞭炮。专员正责成县长加强治安，县长不分青红皂白，就把他枪毙，作为成绩向上级报告了。他家里的人没有去营救，也不去收尸。一个人就这样完结了。

他那部《金玉缘》，当然也就没有了下落。看起来，是生活决定着他的命运，而不是书。而在我的童年时代，是和小小的书本同时，痛苦地看到了严酷的生活本身。

1978 年春天

吃粥有感

　　我好喝棒子面粥，几乎长年不断，晚上多煮一些，第二天早晨，还可以吃一顿。秋后，如果再加些菜叶、红薯、胡萝卜什么的，就更好吃了。冬天坐在暖炕上，两手捧碗，缩脖而啜之，确实像郑板桥说的，是人生一大享受。

　　有人向我介绍，胡萝卜营养价值很高，它所含的维生素，较之名贵的人参，只差一种，而它却比人参多一种胡萝卜素。我想，如果不是人们一向把它当成菜蔬食用，而是炮制成为药物，加以装潢，其功效一定可以与人参旗鼓相当。

　　是一九四二年的冬天吧，日寇又对晋察冀边区进行"扫荡"，我们照例是化整为零，和敌人周旋。我记得我和诗人曼晴是一个小组，一同活动。曼晴的诗朴素自然，我曾写短文介绍过了。他的为人，和他那诗一样，另外多一种对人诚实的热情。那时以热情著称的青年诗人很有几个，陈布洛是最突出的一个，很久见不到他的名字了。

　　我和曼晴都在边区文协工作，出来打游击，每人只发两枚手榴弹。我们的武器就是笔，和手榴弹一同挂在腰上的，还有一瓶蓝墨水。我们都负有给报社写战斗通讯的任务。我们也算老游击战士了，两个人合计了一下，先转到敌人的外围去吧。

　　天气已经很冷了。山路冻冰，很滑。树上压着厚霜，屋檐上挂着冰柱，山泉小溪都冻结了。好在我们已经发了棉衣，穿在身上了。

一路上，老乡也都转移了。第一夜，我们两个宿在一处背静山坳栏羊的圈里，背靠着破木栅板，并身坐在羊粪上，只能避避夜来寒风，实在睡不着觉的。后来，曼晴就用《羊圈》这个题目，写了一首诗。我知道，就当寒风刺骨、几乎是露宿的情况下，曼晴也没有停止他的诗的构思。

第二天晚上，我们游击到了一个高山坡上的小村庄，村里也没人，门子都开着。我们摸到一家炕上，虽说没有饭吃，却好好睡了一夜。

清早，我刚刚脱下用破军装改制成的裤衩，想捉捉里面的群虱，敌人的飞机就来了。小村庄下面是一条大山沟，河滩里横倒竖卧都是大顽石，我们跑下山，隐蔽在大石下面。飞机沿着山沟上空，来回轰炸。欺侮我们没有高射武器，它飞得那样低，好像擦着小村庄的屋顶和树木。事后传说，敌人从飞机的窗口，抓走了坐在炕上的一个小女孩。我把这一情节，写进一篇题为《冬天，战斗的外围》的通讯，编辑刻舟求剑，给我改得啼笑皆非。

飞机走了以后，太阳已经很高。我在河滩上捉完裤衩里的虱子，肚子已经辘辘地叫了。

两个人勉强爬上山坡，发现了一小片胡萝卜地。因为战事，还没有收获。地已经冻了，我和曼晴用木棍掘取了几个胡萝卜，用手擦擦泥土，蹲在山坡上，大嚼起来。事隔四十年，香美甜脆，还好像遗留在唇齿之间。

今晚喝着胡萝卜棒子面粥，忽然想到此事。即兴写出，想寄给自从一九六六年以来，就没有见过面的曼晴。听说他这些年是很吃了一些苦头的。

1978 年 12 月 20 日夜

新年悬旧照

我在年轻的时候，也是很爱照相的。中学读书时，同学同乡，每年送往迎来，总是要摄影留念。都是到照相馆去照，郑重其事，题字保存。

抗日战争时期，日本人一到村庄，对于学生，特别注意。凡是留有学生头，穿西式裤的人，见到就杀。于是保留了学生形象的相片，也就成了危险品。我参加了抗日，保存在家里的照片，我的妻，就都放进灶火膛里把它烧了。

我岳父家有一张我的照片，因为岳父去世，家里都是妇孺，没人知道外面的事，没有从墙上摘下来。叫日本鬼子看到，非要找相片上的人不可；家里找不到，在街上遇到一个和我容貌相仿的青年，不分青红皂白，打了个半死，经村里人左说右说，才算保住了一条性命。

这是抗战胜利以后，我刚刚到家，妻对我讲的一段使人惊心动魄的故事。她说："你在外头，我们想你。自从出了这件事，我就不敢想了，反正在家里不能呆，不管到哪里去飞吧！"

一九八一年编辑文集，苦于没有早期的照片，李湘洲同志提供了他在一九四六年给我照的一张。当时，我从延安回到冀中，在蠡县下乡体验生活，是在蠡县县委机关院里照的。我戴的毡帽系延安发给。棉袄则是到家以后，妻为我赶制的。当时经过八年战争，家中又无劳力，家用已经很是匮乏，这件棉袄，是她用我当小学教员时所穿的一件大夹袄改制而成。里面的衬衣，则是我路过张家口时，邓康同志从小市上给我买的。时值严冬，我穿上这件新做的棉衣，觉得很暖和，和家人也算是团聚一起了。

　　晚年见此照相，心里有很多感触，就像在冬季见到了春草春花一样。这并非草木可贵，而是时不再来。妻亡故已有十年，今观此照，还隐约可以看见她的针线，她在深夜小油灯下，为我缝制冬装的辛劳情景。这不能不使我回忆起入侵敌寇的残暴，以及我们这一代人所度过的艰难岁月。

1981 年 12 月

亡人逸事

一

旧式婚姻，过去叫作"天作之合"，是非常偶然的。据亡妻言，她十九岁那年，夏季一个下雨天，她父亲在临街的梢门洞里闲坐，从东面来了两个妇女，是说媒为业的，被雨淋湿了衣服。她父亲认识其中的一个，就让她们到梢门下避避雨再走，随便问道：

"给谁家说亲去来？"

"东头崔家。"

"给哪村说的？"

"东辽城。崔家的姑娘不大般配，恐怕成不了。"

"男方是怎么个人家？"

媒人简单介绍了一下，就笑着问：

"你家二姑娘怎样？不愿意寻吧？"

"怎么不愿意。你们就去给说说吧，我也打听打听。"她父亲回答得很爽快。

就这样，经过媒人来回跑了几趟，亲事竟然说成了。结婚以后，她跟我学认字，我们的洞房喜联横批，就是"天作之合"四个字。她点头笑着说：

"真不假，什么事都是天定的。假如不是下雨，我就到不了你家里来！

二

虽然是封建婚姻，第一次见面却是在结婚之前。定婚后，她们村里唱大戏，我正好放假在家里。她们村有我的一个远房姑姑，特意来叫我去看戏，说是可以相相媳妇。开戏的那天，我去了，姑姑在戏台下等我。她拉着我的手，走到一条长板凳跟前。板凳上，并排站着三个大姑娘，都穿得花枝招展，留着大辫子。姑姑叫着我的名字，说：

"你就在这里看吧，散了戏，我来叫你家去吃饭。"

姑姑的话还没有说完，我看见站在板凳中间的那个姑娘，用力盯了我一眼，从板凳上跳下来，走到照棚外面，钻进了一辆轿车。那时姑娘们出来看戏，虽在本村，也是套车送到台下，然后再搬着带来的板凳，到照棚下面看戏的。

结婚以后，姑姑总是拿这件事和她开玩笑，她也总是说姑姑会出坏道儿。

她礼教观念很重。结婚已经好多年，有一次我路过她家，想叫她跟我一同回家去。她严肃地说：

"你明天叫车来接我吧，我才走。"我只好一个人走了。

三

她在娘家，因为是小闺女，娇惯一些，从小只会做些针线活；没有下场下地劳动过。到了我们家，我母亲好下地劳动，尤其好打早起，麦秋两季，听见鸡叫，就叫起她来做饭。又没个钟表，有时饭做熟了，天还不亮。她颇以为苦。回到娘家，曾向她父亲哭诉。她父亲问：

"婆婆叫你早起，她也起来吗？"

"她比我起得更早。还说心痛我，让我多睡了会儿哩！"

"那你还哭什么呢？"

我母亲知道她没有力气，常对她说：

"人的力气是使出来的，要伸懒筋。"

有一天，母亲带她到场院去摘北瓜，摘了满满一大筐。母亲问她：

"试试，看你背得动吗？"

她弯下腰，挎好筐系猛一立，因为北瓜太重，把她弄了个后仰，沾了满身土，北瓜也滚了满地。她站起来哭了。母亲倒笑了，自己把北瓜一个个拣起来，背到家里去了。

我们那村庄，自古以来兴织布，她不会。后来孩子多了，穿衣困难，她就下决心学。从纺线到织布，都学会了。我从外面回来，看到她两个大拇指，都因为推机杼，顶得变了形，又粗，又短，指甲也短了。

后来，因为闹日本，家境越来越不好，我又不在家，她带着孩子们下场下地。到了集日，自己去卖线卖布。有时和大女儿轮换着背上二斗高粱，走三里路，到集上去粜卖。从来没有对我叫过苦。

几个孩子，也都是她在战争的年月里，一手拉扯成人长大的。农村少医药，我们十二岁的长子，竟以盲肠炎不治死亡。每逢孩子发烧，她总是整夜抱着，来回在炕上走。在她生前，我曾对孩子们说：

"我对你们，没负什么责任。母亲把你们弄大，可不容易，你们应该记着。"

四

一位老朋友、老邻居，近几年来，屡次建议我写写"大嫂"。因为他觉得她待我太好，帮助太大了。老朋友说：

"她在生活上，对你的照顾，自不待言。在文字工作上的帮助，我看也不小。可以看出，你曾多次借用她的形象，写进你的小说。至于语言，你自己承认，她是你的第二源泉。当然，她瞑目之时，冰连地结，人事皆非，言念必不及此，别人也不会作此要求。但目前情况不同，文章一事，除重大题材外，也允许记些私事。你年事已高，如果仓促有所不讳，你不觉得是个遗憾吗？"

我唯唯，但一直拖延着没有写。这是因为，虽然我们结婚很早，但正像古人常说的：相聚之日少，分离之日多；欢乐之时少，相对愁叹之时多耳。我们的青春，在战争年代中抛掷了。以后，家庭及我，又多遭变故，直至最后她的死亡。我衰年多病，实在不愿再去回顾这些。但目前也出现一些异象：过去，青春两地，一别数年，求一梦而不可得。今老年孤处，四壁生寒，却几乎每晚梦见她，想摆脱也做不到。按照迷信的说法，这可能是地下相会之期，已经不远了。因此，选择一些不太使人感伤的断片，记述如上。已散见于其他文字中者，不再重复。就是这样的文字，我也写不下去了。

我们结婚四十年，我有许多事情，对不起她，可以说她没有一件事情是对不起我的。在夫妻的情分上，我做得很差。正因为如此，她对我们之间的恩爱，记忆很深。我在北平当小职员时，曾经买过两丈花布，直接寄至她家。临终之前，她还向我提起这一件小事，问道：

"你那时为什么把布寄到我娘家去啊？"

我说：

"为的是叫你做衣服方便呀！"

她闭上眼睛，久病的脸上，展现了一丝幸福的笑容。

1982 年 2 月 12 日晚

母亲的记忆

　　母亲生了七个孩子，只养活了我一个。一年，农村闹瘟疫，一个月里，她死了三个孩子。爷爷对母亲说：

　　"心里想不开，人就会疯了。你出去和人们斗斗纸牌吧！"

　　后来，母亲就养成了春冬两闲和妇女们斗牌的习惯，并且常对家里人说：

　　"这是你爷爷吩咐下来的，你们不要管我。"

　　麦秋两季，母亲为地里的庄稼，像疯了似的劳动。她每天一听见鸡叫就到地里去，帮着收割、打场。每天很晚才回到家里来。她的身上都是土，头发上是柴草。蓝布衣裤，汗湿得泛起一层白碱，她总是撩起褂子的大襟，抹去脸上的汗水。她的口号是："争秋夺麦！""养兵千日，用兵一时！"一家人谁也别想偷懒。

　　我生下来，就没有奶吃。母亲把馍馍晾干了，再粉碎煮成糊喂我。我多病，每逢病了，夜间，母亲总是放一碗清水在窗台上，祷告过往的神灵。母亲对人说："我这个孩子，是不会孝顺的，因为他是我烧香还愿，从庙里求来的。"

　　家境小康以后，母亲对于村中的孤苦饥寒，尽力周济，对于过往的人，凡有求于她，无不热心相帮。有两个远村的尼姑，每年麦秋收成后，总到我们家化缘。母亲除给她们很多粮食外，还常留她们食宿。我记得有一个年轻的尼姑，长得眉清目秀。冬天住在我家，她怀揣一个蝈蝈葫芦，夜里叫得很好听，我很想要。第二天清早，母亲告诉她，小尼姑就把蝈蝈送给我了。

抗日战争时，村庄附近，敌人安上了炮楼。一年春天，我从远处回来，不敢到家里去，绕到村边的场院小屋里。母亲听说了，高兴得不知给孩子什么好。家里有一棵月季，父亲养了一春天，刚开了一朵大花，她折下就给我送去了。父亲很心痛，母亲笑着说："我说为什么这朵花，早也不开，晚也不开，今天忽然开了呢，因为我的儿子回来，它要先给我报个信儿！"

一九五六年，我在天津，得了大病，要到外地去疗养。那时母亲已经八十多岁，当我走出屋来，她站在廊子里，对我说：

"别人病了往家里走，你怎么病了往外走呢！"

这是我同母亲的永诀。我在外养病期间，母亲去世了，享年八十四岁。

一九八二年十二月

青春余梦

　　我住的大杂院里，有一棵大杨树，树龄至少有七十年了。它有两围粗，枝叶茂密。经过动乱、地震，院里的花草树木，都破坏了，惟独它仍然矗立着。这样高大的树木，在这个繁华的大城市，确实少见了。

　　我幼年时，我们家的北边，也有一棵这样大的杨树。我的童年，有很多时光是在它的下面、它的周围度过的。我不只在秋风起后，在那里拣过杨叶，用长长的柳枝穿起来，像一条条的大蜈蚣；在春天度荒年的时候，我还吃过杨树飘落的花，那可以说是最苦最难以下咽的野菜了。

　　现在我已经老了，蛰居在这个大院里，不能再向远的地方走去，高的地方飞去。每年冬季，我要升火炉，劈柴是宝贵的，这棵大杨树帮了我不少忙。霜冻以后，它要脱落很多干枝，这种干枝，稍稍晒干，就可以升火，很有油性，很容易点着。每听到风声，我就到它下面去拣拾这种干枝，堆在门外，然后把它们折断晒干。

　　在这些干枝的表皮上，还留有绿的颜色，在表皮下面，还有水分。我想：它也是有过青春的呀！正像我也有过青春一样。然而它现在干枯了，脱落了，它不是还可以帮助别人升起火炉取暖吗？　是为序。

　　我的青春的最早阶段，是在保定育德中学度过的。保定是一座古老的城市，荒凉的城市，但也是很便于读书的城市。

在这个城市，我呆了六年时间。在课堂上，我念英语，演算术。在课外，我在学校的图书馆，领了一个小木牌，把要借的书名写在上面，交给在小窗口等待的管理员，就可以拿到要看的书。图书管理员都是博学之士。星期天，我到天华市场去看书，那里有一家卖文具的小铺子，代卖各种新书。我可以站在那里翻看整整半天，主人不会干涉我。我在他那里看过很多种新书，只买过一本。这本书，我现在还保存着。我不大到商务印书馆去，它的门半掩着，柜台很高，望不见它摆的书籍。

读书的兴趣是多变的，忽然想看古书了；又忽然想看外国文学了；又忽然想研究社会科学了，这都没有关系。尽量去看吧，每一种学科，都多读几本吧。

后来，我又流浪到北平去了。除了买书看书，我还好看电影，好听京戏，迷恋着一些电影明星，一些科班名角。我住在东单牌楼，晚上，一个人走着到西单牌楼去看电影，到鲜鱼口去听京戏。那时长安大街多么荒凉、多么安静啊！一路上，很少遇到行人。

各种艺术都要去接触。饥饿了，就掏出剩下的几个钢板，坐在露天的小饭摊上，吃碗适口的杂菜烩饼吧。

有一阵子，我还好歌曲，因为民族的苦难太深重了，我们要呼喊。

无论保定和北平，都曾使我失望过，痛苦过，但也都给过我安慰和鼓舞，留下的印象是深刻的。我在那里得到过朋友们的帮助，也爱过人，同情过人。写过诗，写过小说，都没有成功。我又回到农村来了，又听到杨树叶子，哗哗的响着。

后来，我参加了抗日战争，关于这，我写得已经很多了。战争，充实了我的青春，也结束了我的青春。

我的青春，价值如何？是欢乐多，还是痛苦多？是安逸享受多，还是颠沛流离多？是虚度，还是有所作为，都不必去总结了。时代有总的结论，总的评价。个人是一滴水，如果滴落在江河，流向大海，大海是不会涸竭的。正像杨树虽有脱落的枝叶，它的本身是长存的。我祝愿它长存！

是为本文。

一九八二年十二月六日清晨

芸斋梦余

关于花

青年时的我，对花是没有什么感情的，心里只有衣食二字。童年的印象里没有花。十四岁上了中学，学校里有一座很小的校园，一个老园丁。校园紧靠图书馆，有点时间，我宁肯进图书馆，很少到校园。在上植物学课时，张老师（河南人）带领我们去看含羞草啊，无花果啊，也觉得实在没有意思。校园里有一棵昙花，视为希罕之物，每逢开花，即使已经下了晚自习，张老师还要把我们集合起来，排队去观赏，心里更认为他是多此一举，小题大作。

毕业后，为衣食奔走，我很少想到花，即使逛花园，心里也是沉重的。后来，参加了抗日战争，大部分时间是在山里打游击。山里有很多花，村头，河边，山顶都有花。杏花，桃花，梨花，还有很多野花，我很少观赏。不但不观赏，行军时践踏它们，休息时把它们当坐垫，无情地、无意识地拔起身边的野花，连嗅一嗅的兴趣都没有，抛到远处去，然后爬起来赶路。

我，青春时代，对花是无情的，可以说是辜负了所有遇到的花。

写作时，我也没有用花形容过女人。这不只是因为有先哲的名言，也是因为那时的我，认为用花来形容什么，是小资产阶级意识的表现。

及至现在，我老了，白发疏稀，感觉迟钝，我很喜爱花了。我花钱去买花，用瓷的花盆去栽种。然而花不开，它们干黄、枯萎、甚至不活。而在十年动乱时，造反派看中我的花盆，把花全部端走了。我对花的感情最浓厚，最丰盛，投放的精力也最大。然而花对我很冷漠，它们几乎是背转脸去，毫无笑模样，再也不理我。

这不能说是花对我无情，也不能怨它恨它，是它对我的理所当然的报复。

关于果

战争时期，我经常吃不饱。霜降以后我常到山沟里去，拣食残落的红枣、黑枣、梨子和核桃。树下没有了，我仰头望着树上，还有打不净的。稍低的用手去摘，再高的，用石块去投。常常望见在树的顶梢，有一个最大的、最红的，最引诱人的果子。这是主人的竿子也够不着，打不下来，才不得不留下来，恨恨地走去的。我向它瞄准，投了十下，不中。投了一百下，还是不中。我环绕着树身走着，望着，计划着。最后，我的脖颈僵了，筋疲力尽了，还是投不下来。我望着天空，面对四方，我希望刮起一股劲风，把它吹下来。但终于天气晴和，一丝风也没有。红果在天空摇曳着，讪笑着，诱惑着。

天晚了，我只好回去，我的肚子更饿了，这叫做得不偿失，无效劳动。我一步一回头，望着那颗距离我越来越远的红色果子。

夜里，我又梦见了它。第二天黎明，集合行军了，每人发了半个冷窝窝头。要爬上前面一座高山，我把窝窝头吃光了。还没爬到山顶，我饿得晕倒在山路上。忽然我的手被刺伤了，我醒来一看，是一棵酸枣树。我饥不择食，一把捋去，把果子，叶子，树枝和刺针，都塞到嘴里。

年老了，不再愿吃酸味的水果，但酸枣救活了我，我感念酸枣。每逢见到了酸枣树，我总是向它表示敬意。

关于河

听说，我家乡的滹沱河，已经干涸很多年了，夏天也没有一点水。我在一部小说里，对它作过详细的描述，现在要拍摄这些场面，是没有办法了。听说家乡房屋街道的形式，也大变了。

建筑是艺术的一种，它必然随着政治的变动，改变其形式。它的形式，是受经济基础决定的。

关于河流，就很难说了。历史的发展，可以引起地理环境的变动吗？大概是肯定的。

这条河，在我的童年，每年要发水，泛滥所及，冲倒庄稼，有时还冲倒房子。它带来黄沙，也带来肥土，第二年就可以吃到一季好麦。它给人们带来很多不便，夏天要花钱过惊险的摆渡，冬天要花钱过摇摇欲堕的草桥。走在桥上，仄仄闪闪的，吱吱呀呀的，下面是围着桥桩堆积起来的坚冰。

童年，我在这里，看到了雁群，看到了鹭鸶。看到了对艚大船上的船夫船妇，看到了纤夫，看到了白帆。他们远来远去，东来西往，给这一带的农民，带来了新鲜奇异的生活感受，彼此共同的辛酸苦辣的生活感受。

对于这条河流，祖祖辈辈，我没有听见人们议论过它的功过。是喜欢它，还是厌恶它，是有它好，还是没有它好。人们只是觉得，它是大自然的一部分。而大自然总是对人们既有利又有害，即有恩也有怨，无可奈何。

河，现在干涸了，将永远不存在了。

一九八二年十二月十九日

住房的故事

春节前，大院里很多住户，忙着迁往新居。大人孩子笑逐颜开的高兴劲儿，和那锅碗盆勺，煤球白菜，搬运不完的忙乱劲儿，引得我的心也很不平静了。

人之一生，除去吃饭，恐怕就是住房最为重要了。在旧日农村，当父母的，勤劳一生，如果不能为子孙盖下几间住房，那是会死不瞑目的。

我幼年时，父亲和叔父分家，我家分了一块空场院，借住叔父家的三间破旧北房。在我结婚的那年，我的妻子要送半套嫁妆，来丈量房间的尺寸，有人就建议把隔山墙往外移一移，这样尺寸就会大一些，准备以后盖了新房，嫁妆放着就合适了。

墙山往外一移，房的大梁就悬空了，而大梁因为年代久远，已经朽败。这一年夏季，下了几场大雨。有一天中午，我在炕上睡觉，我的妻子也哄着我们新生的孩子睡着了。忽然大梁咯吱咯吱响起来，妻子抱起孩子就往外跑，跑到院里才喊叫我，差一点没有把我砸在屋里。

事后我问她：

"为什么不先叫我？"

她笑着说：

"我那时心里只有孩子。"

我们结婚不久，不能怀疑她对我的恩爱。但从此我悟出一个道理，对于女人来说，母子之爱像是超过夫妻之爱的。

从这以后，我们家每年就用秋收的秫秸和豆秸，从砖窑上换回几车砖来，垒在空院里存放着。今年添一根梁，明年买两条檩。这样一砖一瓦，一檩一椽地积累起来。然后填房基，预备粮食，动工盖房。

在农村，盖房是最操心的事，我见过不只一家，老人操劳着把房盖好，他也就不行了，很快死去。

但是，老人们仍然在竭尽心力为儿子盖房。今年先盖一座正房，再积攒二年，盖一座厢房。住房盖齐了，又筹划外院，盖一间牲口屋，一间草屋，一间碾棚，一间磨棚。然后圈起围墙，安上大梢门。作为一家富农的规模，这就算齐备了。很觉对得起儿子了。然而抗日战争开始了，我没有住进新房，就离家参军去了。

从此，我开始了四海为家的生活。我穿百巷住千家，每夜睡在别人家的炕上。当然也有无数陌生的战士，睡在我们家的炕上。我住过各式各样的房屋，交过各式各样的房东朋友。

一次战斗中，夜晚在荒村宿营。村里人都跑光了，也不敢打火点灯，我们摸进一间破房，同伴们挤在土炕上，我一摸墙边有一块平板，像搭好的一块门板似的，满以为不错，遂据为己有，倒身睡下。天亮起来，看出是停放的一具棺木，才为之一惊。直到现在，我也不知道其中是男是女，是老是少，我同一个死人，睡了一夜上下铺，感谢他没有任何抗议和不满。

抗战胜利后，我回到了家乡，不久父亲去世。根据地实行平分土地，我家只留了三间正房，其余全分给贫农，拆走了。随后，我的全家又迁来城市，那三间北房，生产队用来堆放一些杂物。年久失修，雨水冲刷，风沙淤填，原来是村里最高最新的房，现在变成最低最破旧的房了。

我也年老了，虽有思乡之念，恐怕不能回老家故屋去居住了。

回忆此生，在亲友家借住，有寄人篱下之感；住旅店公寓，为房租奔波；学校读书，黄卷青灯；寺院投宿，晨钟暮鼓。到了十年动乱期间，还被放逐荒陬，关进"牛棚"。

古之诗人，无一枝之栖，倡言广厦千万；浪迹江湖，以天地为逆旅。此皆放诞狂言，无补实际。人事无常，居无定所。为自身谋或为子孙谋，不及随遇而安为旷达也。

一九八三年二月五日

夜晚的故事

　　我幼年就知道，社会上除去士农工商、帝王将相以外，还有所谓盗贼。盗贼中的轻微者，谓之小偷。

　　我们的村庄很小，只有百来户人家。当然也有穷有富，每年冬季，村里总是雇一名打更的，由富户出一些粮食作为报酬。我记得根雨叔和西头红脸小记，专门承担这种任务。每逢夜深，更夫左手拿一个长柄的大木梆子，右手拿一根木棒，梆梆地敲着，在大街巡逻。平静的时候，他们的梆点，只是一下一下，像钟摆似的；如果他们发见什么可疑的情况，梆点就变得急促繁乱起来。

　　母亲一听到这种杂乱的梆点，就机警地坐起来，披上衣服，静静地听着。其实并没有发生什么事情，过了一会儿，梆点又规律了，母亲就又吹灯睡下了。

　　根雨叔打更，对我家尤其有个关照。我家住在很深的一条小胡同底上，他每次转到这一带，总是一直打到我家门前，如果有什么紧急情况，他还会用力敲打几下，叫母亲经心。

　　我在村里生活了那么多年，并没有发生过什么盗案，偷鸡摸狗的小事，地边道沿丢些庄稼，当然免不了。大的抢劫案件，整个县里我也只是听说发生过一次。县政府每年处决犯人，也只是很少的几个人。

　　这并不是说，那个时候，就是什么太平盛世。我只是觉得那时农村的民风淳朴，多数人有恒产恒心，男女老幼都知道人生的本分，知道犯法的可耻。

后来我读了一些小说，听了一些评书，看了一些戏，又知道盗贼之中也有所谓英雄，也重什么义气，有人并因此当了将帅，当了帝王。觉得其中也有很多可以同情的地方，有很多耸人听闻的罗曼史。

我一直是个穷书生，对财物看得也很重，一生之中，并没有失过几次盗。青年时在北平流浪，失业无聊，有一天在天桥游逛，停在一处放西洋景的摊子前面。那是夏天，我穿一件白褂，兜里有一个钱包。我正仰头看着，觉得有人触动了我一下，我一转脸，看见一个青年，正用手指轻轻夹我的钱包，知道我发见，他就若无其事地转身走了。当时感情旺盛，我还很为这个青年，为社会，为自身，感慨了一阵子。

直到现在，我对这个人印象很清楚，他高个儿，穿着破旧，满脸烟气，大概是个白面客。

另一次是在本县羽林村看大戏，也是夏天，皮包里有一块现洋叫人扒去了，没有发觉。

在解放区十几年，那里是没有盗贼的。初进城的几年，这个大城市，也可以说是路不拾遗的。

问题就出在"文化大革命"上。在动乱中，造反和偷盗分不清，革命和抢劫分不清。那些大的事件，姑且不论。单说我住的这个院子，原是吴鼎昌姨太太的别墅，日本人住过，国民党也住过，都没有多少破坏。房子很阔气，正门的门限上，镶着很厚很大的一块黄铜，足有二十斤重。动乱期间，附近南市的顽童进院造反，其著名的领袖，一个叫做三猪，一个叫做癞蛤蟆，癞蛤蟆喜欢铁器，三猪喜欢铜器。他把所有的钢门把，钢饰件，都拿走了，就是起不下这块铜门限来。他非常喜爱这块铜，因此他也就离不开这个院，这个院成了他的革命总部和根据地。他每天从早到晚坐在铜门限上，指挥他的群众。住户不能出门，只好请军管人员把他抱出去。三猪并不示弱，他听说解放军奉令骂不还口，打不还手，他就亲爹亲娘骂了起来。谁知这位农民出身的青年战士，受不了这种当众辱骂，不管什么最高指示，把三猪的头按在铜门限上，狠狠碰了几下，拖了出去。

城市里有些居民，也感染了三猪一类的习气，采取的手段比较和平，多是化公为私。比如说院墙，夜晚推倒一段，白天把砖抱回家来，盖一间小屋。院里的走廊，先把它弄得动摇了，然后就拆下木料，去做一件自用家具。这当然是物质不灭。不过一旦成为私有的东西，就倍加爱惜，也就成为神圣之物，不可侵犯了。

后来我到了干校。先是种地，公家买了很多农具、锄头、铁铲、小推车，都是崭新的。后来又盖房，砖瓦、洋灰、木料，也是充足的。但过了不久，就被附近农村的人拿走了大半。农民有一条谚语，道："五七干校是个宝，我们缺什么就到里边找。"

这当然也可解释为：取之于民，用之于民。

现在，我们的院子，经过天灾人祸，已经是满目疮痍，不堪回首。大门又不严紧。人们还是争着在院里开一片荒地，种植葡萄或瓜果。秋季，当葡萄熟了，每天都有成群结伙的青少年在院里串游，垂涎架下，久久不肯离去。夜晚则借口捉蟋蟀，闯入院内，刀剪齐下，几分钟可以把一架葡萄弄得干干净净；手脚利索，架下连个落叶都没有。有一户种了一棵吊瓜，瓜色艳红，是我院秋色之冠，也被摘去了，为了携带方便，还顺手牵羊，拿走了另一户的一只新篮子。

我年老体弱，无力经营葡萄，也生不了这个气，就在自己窗下的尺寸之地，栽了一架瓜篓。这是苦东西，没有病的人，是不吃的。另外养了几盆花，放置在窗台上，却接二连三被偷走了。

每天晚上，关灯睡下，半夜醒来，想到有一两名小偷就在窗前窥伺，虽然我是见过世面的人，也真的感到有些不安全了。

谚云：饥寒起盗心。国家施政，虽游民亦可得温饱，今之盗窃，实与饥寒无关也。或谓：偷花者出于爱美，尤为大谬不然矣！

—九八三年四月廿日改讫

吃饭的故事

　　我幼小时，因为母亲没有奶水，家境又不富裕，体质就很不好。但从上了小学，一直到参加革命工作，一日三餐，还是能够维持的，并没有真正挨过饿。当然，常年吃的也不过是高粱小米，遇到荒年，也吃过野菜蝗虫，饽饽里也掺些谷糠。

　　一九三八年，参加抗日，在冀中吃得还是好的。离家近，花钱也方便，还经常吃吃小馆。后来到了阜平，就开始一天三钱油三钱盐的生活，吃不饱的时候就多了。吃不饱，就到野外去转游，但转游还是当不了吃饭。

　　菜汤里的萝卜条，一根赶着一根跑，像游鱼似的。有时是杨叶汤，一片追着一片，像飞蝶似的。又不断行军打仗，就是这样的饭食，也常常难以为继。

　　一九四四年到了延安，丰衣足食；不久我又当了教员，吃上小灶。

　　日本投降以后，我从张家口一个人徒步回家，每天行程百里，一路上吃的是派饭。有时夜晚赶到一处，桌上放着两个糠饼子，一碟干辣子，干渴得很，实在难以下咽，只好忍饥睡下，明天再碰运气。

　　到家以后，经过八年战争，随后是土地改革，家中又无劳动力，生活已经非常困难。我的妻子，就是想给我做些好吃的，也力不从心了。

　　此后几年，我过的是到处吃派饭的生活。土改平分，我跟着工作组住在村里，吃派饭。工作组走了，我想写点东西，留在村里，还是吃派饭。对给我饭吃，给我房住的农民，特别有感情，总是恋恋不舍，不愿离开。在博野的大西章村，饶阳的大张岗村，都是如此。在土改正在进行时，农民对工作组是很热情的；经过急风暴雨，工作组一撤，农民或者因为分到的东西少，或者因为怕翻天，心情就很复杂了。我不离开，房东的态度，已经有很大的不同，首先表现在饭食上。后来有人警告我：继续留在村里，还有危险。我当时确实没有想到。

有时为了减轻家庭负担，我还带上大女儿，到一个农村去住几天，叫她跟着孩子们到地里去拣花生，或是跟着房东大娘纺线。我则体验生活，写点小说。

这种生活，实际上也是饥一顿，饱一顿，持续了有二三年的时间。

进城以后，算是结束了这种吃饭方式。

一九五三年，我又到安国县下乡半年。吃派饭有些不习惯，我就自己做饭，每天买点馒头，煮点挂面，炒个鸡蛋。按说这是好饭食，但有时我嫌麻烦，就三顿改为两顿，有时还是饿着肚子，到沙岗上去散步。

我还进城买些点心、冰糖，放在房东家的橱柜里。房东家有两房儿媳妇，都在如花之年，每逢我从外面回来，就一齐笑脸相迎说：

"老孙，我们又偷吃你的冰糖了。"

这样，吃到我肚子里去的，就很有限了。虽然如此，我还是很高兴的。能得到她们的欢心，我就忘记饥饿了。

一九八三年九月一日晨，大雨不能外出。

鞋的故事

　　我幼小时穿的鞋，是母亲做。上小学时，是叔母做，叔母的针线活好，做的鞋我爱穿。结婚以后，当然是爱人做，她的针线也是很好的。自从我到大城市读书，觉得"家做鞋"土气，就开始买鞋穿了。时间也不长，从抗日战争起，我就又穿农村妇女们做的"军鞋"了。

　　现在老了，买的鞋总觉得穿着别扭。想弄一双家做鞋，住在这个大城市，离老家又远，没有办法。

　　在我这里帮忙做饭的柳嫂，是会做针线的，但她里里外外很忙，不好求她。有一年，她的小妹妹从老家来了。听说是要结婚，到这里置办陪送。连买带做，在姐姐家很住了一程子。有时闲下来，柳嫂和我说了不少这小妹妹的故事。她家很穷苦。她这个妹妹叫小书绫，因为她最小。在家时，姐姐带小妹妹去浇地，一浇浇到天黑。地里有一座坟，坟头上有很大的狐狸洞，棺木的一端露在外面，白天看着都害怕。天一黑，小书绫就紧抓着姐姐的后衣襟，姐姐走一步，她就跟一步，闹着回家。弄得姐姐没法干活儿。

　　现在大了，小书绫却很有心计。婆家是自己找的，定婚以前，她还亲自到婆家私访一次。定婚以后，她除拼命织席以外，还到山沟里去教人家织席。吃带砂子的饭，一个月也不过挣二十元。

　　我听了以后，很受感动。我有大半辈子在农村度过，对农村女孩子的勤快劳动，质朴聪明，有很深的印象，对她们有一种特殊的感情。可惜进城以后，失去了和她们接触的机会。城市姑娘，虽然漂亮，我对她们终是格格不入。

柳嫂在我这里帮忙，时间很长了。用人就要做人情。我说："你妹妹结婚，我想送她一些礼物。请你把这点钱带给她，看她还缺什么，叫她自己去买吧！"

柳嫂客气了几句，接受了我的馈赠。过了一个月，妹妹的嫁妆操办好了，在回去的前一天，柳嫂把她带了来。

这女孩子身材长得很匀称，像农村的多数女孩子一样，她的额头上，过早地有了几条不太明显的皱纹。她脸面清秀，嘴唇稍厚一些，嘴角上总是带有一点微笑。她看人时，好斜视，却使人感到有一种深情。

我对她表示欢迎，并叫柳嫂去买一些菜，招待她吃饭，柳嫂又客气了几句，把稀饭煮上以后，还是提起篮子出去了。

小书绫坐在炉子旁边，平日她姐姐坐的那个位置上，看着煮稀饭的锅。我坐在旁边的椅子上。

"你给了我那么多钱。"她安定下来以后，慢慢地说："我又帮不了你什么忙。"

"怎么帮不了？"我笑着说："以后我走到那里，你能不给我做顿饭吃？"

"我给你做什么吃呀？"女孩子斜视了我一眼。

"你可以给我做一碗面条。"我说。

我看出，女孩子已经把她的一部分嫁妆穿在身上。她低头撩了撩衣襟说：

"我把你给的钱，买了一件这样的衣服。我也不会说，我怎么谢承你呢？"

我没有看准她究竟买了一件什么衣服，因为那是一件内衣。我忽然想起鞋的事，就半开玩笑地说："你能不能给我做一双便鞋呢？"

这时她姐姐买菜回来了。她没有说行，也没有说不行，只是很注意地看了看我伸出的脚。

我又把求她做鞋的话，对她姐姐说了一遍。柳嫂也半开玩笑地说：

"我说哩，你的钱可不能白花呀！"

告别的时候，她的姐姐帮她穿好大衣，箍好围巾，理好鬓发。在灯光之下，这女孩子显得非常漂亮，完全像一个新娘，给我留下了容光照人，不可逼视的印象。

这时女孩子突然问她姐姐："我能向他要一张照片吗？"我高兴地找了一张放大的近照送给她。

过春节时，柳嫂回了一趟老家，带回来妹妹给我做的鞋。

她一边打开包，一边说：

"活儿做得精致极了，下了功夫哩。你快穿穿试试。"

我喜出望外，可惜鞋做得太小了。我懊悔地说：

"我短了一句话，告诉她往大里做就好了。我当时有一搭没一搭，没想她真给做了。"

"我拿到街上，叫人家给拍打拍打，也许可以穿。"柳嫂说。

拍打以后，勉强能穿了。谁知穿了不到两天，一个大脚指就瘀了血。我还不死心，又当拖鞋穿了一夏天。

我很珍重这双鞋。我知道，自古以来，女孩子做一双鞋送人，是很重的情意。

我还是没有合适的鞋穿。这二年柳嫂不断听到小书绫的消息：她结了婚，生了一个孩子，还是拼命织席，准备盖新房。柳嫂说：

"要不，就再叫小书绫给你做一双，这次告诉她做大些就是了。"

我说:"人家有孩子,很忙,不要再去麻烦了。"

柳嫂为人慷慨,好大喜功,终于买了鞋面,写了信,寄去了。

现在又到了冬天,我的屋里又生起了炉子。柳嫂的母亲从老家来,带来了小书绫给我做的第二双鞋,穿着很松快,我很满意。柳嫂有些不满地说:"这活儿做得太粗了,远不如上一次。"我想:小书绫上次给我做鞋,是感激之情。这次是情面之情。做了来就很不容易了。我默默地把鞋收好,放到柜子里,和第一双放在一起。

柳嫂又说:"小书绫过日子心胜,她男人整天出去贩卖东西。听我母亲说,这双鞋还是她站在院子里,一边看着孩子,一针一线给你做成的哩。眼前,就是农村,也没有人再穿家做鞋了,材料、针线都不好找了。"

她说的都是真情。我们这一代人死了以后,这种鞋就不存在了,长期走过的那条饥饿贫穷、艰难险阻、山穷水尽的道路,也就消失了。农民的生活变得富裕起来,小书绫未来的日子,一定是甜蜜美满的。

那里的大自然风光,女孩子们的纯朴美丽的素质,也许是永存的吧。

一九八四年十二月十六日

晚秋植物记

白腊树

庭院平台下，有五株白腊树，五十年代街道搞绿化所植，已有碗口粗。每值晚秋，黄叶飘落，日扫数次不断。余门前一株为雌性，结实如豆荚，因此消耗精力多，其叶黄最早，飘落亦最早，每日早起，几可没足。清扫落叶，为一定之晨课，已三十余年。幼年时，农村练武术者，所持之棍棒，称做白腊杆。即用此树枝干做成，然眼前树枝颇不直，想用火烤制过。如此，则此树又与历史兵器有关。揭竿而起，殆即此物。

石　榴

前数年买石榴一株，植于瓦盆中。树渐大而盆不易，头重脚轻，每遇风，常常倾倒，盆已有裂纹数处，然尚未碎也。今年左右系以绳索，使之不倾斜。所结果实为酸性，年老不能食，故亦不甚重之。去年结果多，今年休息，只结一小果，南向，得阳光独厚。其色如琥珀珊瑚，晶莹可爱，昨日剪下，置于橱上，以为观赏之资。

丝　瓜

我好秋声，每年买蝈蝈一只，挂于纱窗之上，以其鸣叫，能引乡思。每日清晨，赴后院陆家采丝瓜花数枚，以为饲料。

今年心绪不宁，未购养。一日步至后院，见陆家丝瓜花，甚为繁茂，地下萎花亦甚多。主人间何以今年未见来采，我心有所凄凄。陆，女同志，与余同从冀中区进城，亦同时住进此院，今皆衰老，而有旧日感情。

瓜萎

原为一家一户之庭院，解放后，分给众家众户。这是革命之必然结果。原有之花木山石，破坏糟蹋完毕，乃各占地盘，经营自己之小房屋，小菜园，小花圃，使院中建筑地貌，犬牙交错，形象大变。化整为零，化公为私，盖非一处如此，到处皆然也。工人也好，干部也好，多来自农村，其生活方式，经营思想，无不带有农民习惯，所重者为土地与砖瓦，观庭院中之竞争可知。

我体弱，无力与争。房屋周围之隙地，逐渐为有劳力、有心计者所侵占。惟窗下留有尺寸之地。不甘寂寞，从街头购瓜萎子数枚，植之。围以树枝，引以绳索，当年即发蔓结果矣。

幼年时，在乡村小药铺；初见此物。延于墙壁之上，果实垂垂，甚可爱，故首先想到它。当时是独家经营的新品种，同院好花卉者，也竞相种植。

东邻李家，同院中之广种博收者也。好施肥，每日清晨从厕所中掏出大粪，倾于苗圃，不以为脏。从医院要回瓜萎秧，长势颇壮，绿化了一个方面。他种的瓜萎，迟迟不结果，其花为白绒状，其叶亦稍不同，众人嘲笑。李家坚信不移，请看来年，而来年如故。一王姓客人过而笑曰：此非瓜萎，乃天花粉也，药材在根部。此客号称无所不知。

我所植，果实逐年增多，李家仍一个不结。我甚得意，遂去破绳败枝，购置新竹杆搭成高大漂亮架子，使之向空中发展，炫耀于众。出乎意外，今年亦变为李家形状，一个果也没有结出。

幸有一部《本草纲目》，找出查看。好容易才查到瓜蒌条，然亦未得要领，不知其何以有变。是肥料跟不上，还是日光照射不足？是种植几年，就要改种，还是有什么剪枝技术？书上都没有记载。只是长了一些知识：瓜蒌也叫天花粉，并非两种。王客所言，也是只知其一，不知其二。

然我之推理，亦未必全中。阳光如旧并无新的遮蔽。肥料固然施得不多，证之李家，亦未必因此。如非修剪无术，则必是本身退化，需要再播种一次新的种子了。

种植几年，它对我不再是新鲜物，我对它也有些腻烦。现在既不结果，明年想拔去，利用原架，改种葡萄。但书上说拔除甚不易，其根直入地下，有五六尺之深。这又不是我力所能及的了。

灰　菜

庭院假山，山石被人拉去，乃变为一座垃圾山。我每日照例登临，有所凭吊。今年，因此院成为脏乱死角，街道不断督促，所属机关，才拨款一千元，雇推土机及汽车，把垃圾送走。光滑几天，不久就又砖头瓦块满地，机关原想在空地种些花木，花钱从郊区买了一车肥料，卸在大门口。除院中有心人运些到自己葡萄架下外，当晚一场大雨，全漂到马路上去了。

有一户用碎砖围了一小片地，扬上一些肥料。不知为什么没有继续经营。雨后野草丛生，其中有名灰菜者，现在长到一人多高，远望如灌木。家乡称此菜为"落绿"，煮熟可作菜，余幼年所常食。其灰可浣衣，胜于其他草木灰。故又名灰菜。生命力特强，在此院房顶上，可以长到几尺高。

一九八五年十月八日

老　家

前几年，我曾诌过两句旧诗："梦中每迷还乡路，愈知晚途念桑梓。"最近几天，又接连做这样的梦：要回家，总是不自由；请假不准，或是路途遥远。有时决心起程，单人独行，又总是在日已西斜时，迷失路途，忘记要经过的村庄的名字，无法打听。或者是遇见雨水，道路泥泞；而所穿鞋子又不利于行路，有时鞋太大，有时鞋太小，有时倒穿着，有时横穿着，有时系以绳索。种种困扰，非弄到急醒了不可。

也好，醒了也就不再着急，我还是躺在原来的地方，原来的床上，舒一口气，翻一个身。

其实，"文化大革命"以后，我已经回过两次老家，这些年就再也没有回去过，也不想再回去了。一是，家里已经没有亲人，回去连给我做饭的人也没有了。二是，村中和我认识的老年人，越来越少，中年以下，都不认识，见面只能寒暄几句，没有什么意思。

前两次回去：一次是陪伴一位正在相爱的女人，一次是在和这位女人不睦之后。第一次，我们在村庄的周围走了走，在田头路边坐了坐。蘑菇也采过，柴禾也拾过。第二次，我一个人，看见亲人丘陇，故园荒废触景生情，心绪很坏，不久就回来了。

现在，梦中思念故乡的情绪，又如此浓烈，究竟是什么道理呢？实在说不清楚。

　　　　　　　　青春余梦　孙犁散文精选集

我是从十二岁，离开故乡的。但有时出来，有时回去，老家还是我固定的窠巢，游子的归宿。中年以后，则在外之日多，居家之日少，且经战乱，行居无定。及至晚年，不管怎样说和如何想，回老家去住，是不可能的了。

是的，从我这一辈起，我这一家人，就要流落异乡了。

人对故乡，感情是难以割断的，而且会越来越萦绕在意识的深处，形成不断的梦境。

那里的河流，确已经干了，但风沙还是熟悉的；屋顶上的炊烟不见了，灶下做饭的人，也早已不在。老屋顶上长着很高的草，破漏不堪；村人故旧，都指点着说："这一家人，都到外面去了，不再回来了。"

我越来越思念我的故乡，也越来越尊重我的故乡。前不久，我写信给一位青年作家说："写文章得罪人，是免不了的。但我甚不愿因为写文章，得罪乡里。遇有此等情节，一定请你提醒我注意！"

最近有朋友到我们村里去了一趟，给我几间老屋，拍了一张照片，在村支书家里，吃了一顿饺子。关于老屋，支书对他说："前几年，我去信问他，他回信说：也不拆，也不卖，听其自然，倒了再说。看来，他对这几间破房，还是有感情的。"

朋友告诉我：现在村里，新房林立；村外，果木成林。我那几间破房，留在那里，实在太不调和了。

我解嘲似地说："那总是一个标志，证明我曾是村中的一户。人们路过那里，看到那破房，就会想起我，念叨我。不然，就真的会把我忘记了。"

但是，新的正在突起，旧的终归要消失。

一九八六年八月十二日，晨起作。闷热，小雨。

菜 花

　　每年春天，去年冬季贮存下来的大白菜，都近于干枯了，做饭时，常常只用上面的一些嫩叶，根部一大块就放置在那里。一过清明节，有些菜头就会鼓胀起来，俗话叫做菜怀胎。慢慢把菜帮剥掉，里面就露出一株连在菜根上的嫩黄菜花，顶上已经布满像一堆小米粒的花蕊。把根部铲平，放在水盆里，安置在书案上，是我书房中的一种开春景观。

　　菜花，亭亭玉立，明丽自然，淡雅清净。它没有香味，因此也就没有什么异味。色彩单调，因此也就没有斑驳。平常得很，就是这种黄色。但普天之下，除去菜花，再也见不到这种黄色了。

　　今年春天，因为忙于搬家，整理书籍，没有闲情栽种一株白菜花。去年冬季，小外孙给我抱来了一个大旱萝卜，家乡叫做灯笼红，鲜红可爱。本来想把它雕刻成花篮，撒上小麦种，贮水倒挂，像童年时常做的那样。也因为杂事缠身，胡乱把它埋在一个花盆里了。一开春，它竟一枝独秀，拔出很高的茎子，开了很多的花，还招来不少蜜蜂儿。

　　这也是一种菜花。它的花，白中略带一点紫色，给人一种清冷的感觉。它的根茎俱在，营养不缺，适于放在院中。正当花开得繁盛之时，被邻家的小孩，揪得七零八落。花的神韵，人的欣赏之情，差不多完全丧失了。

　　今年春天风大，清明前后，接连几天，刮得天昏地暗，厨房里的光线，尤其不好。有一天，天晴朗了，我发现桌案下面，堆放着蔬菜的地方，有一株白菜花。它不是从菜心那里长出，而是从横放的菜根部长出，像一根老木头长出的直立的新枝。有些花蕾已经开放，耀眼地光明。我高兴极了，把菜帮菜根修了修，放在水盂里。

我的案头，又有一株菜花了。这是天赐之物。

家乡有句歌谣：十里菜花香。在童年，我见到的菜花，不是一株两株，也不是一亩二亩，是一望无边的。春阳照拂，春风吹动，蜂群轰鸣，一片金黄。那不是白菜花，是油菜花。花色同白菜花是一样的。

一九四六年春天，我从延安回到家乡。经过八年抗日战争，父亲已经很见衰老。见我回来了，他当然很高兴，但也很少和我交谈。有一天，他从地里回来，忽然给我说了一句待对的联语：丁香花，百头，千头，万头。他说完了，也没有叫我去对，只是笑了笑。父亲做了一辈子生意，晚年退休在家，战事期间，照顾一家大小，艰险备尝。对于自己一生挣来的家产，爱护备至，一点也不愿意耗损。那天，是看见地里的油菜长得好，心里高兴，才对我讲起对联的。我没有想到这些，对这幅对联，如何对法，也没有兴趣，就只是听着，没有说什么。当时是应该趁老人高兴，和他多谈几句的。没等油菜结籽，父亲就因为劳动后受寒，得病逝世了。临终，告诉我，把一处闲宅院卖给叔父家，好办理丧事。

现在，我已衰暮，久居城市，故园如梦。面对一株菜花，忽然想起很多往事。往事又像菜花的色味，淡远虚无，不可捉摸，只能引起惆怅。

人的一生，无疑是个大题目。有不少人，竭尽全力，想把它撰写成一篇宏伟的文章。我只能把它写成一篇小文章，一篇像案头菜花一样的散文。菜花也是生命，凡是生命，都可以成为文章的题目。

一九八八年五月二日灯下写讫

居楼随笔

观垂柳

农谚："七九、八九，隔河观柳。"身居大城市，年老不能远行，是享受不到这种情景了。但我住的楼后面，小马路两旁，栽种的却是垂柳。

这是去年春季，由农村来的民工经手栽的。他们比城里人用心、负责，隔几天就浇一次水。所以，虽说这一带土质不好，其他花卉，死了不少，这些小柳树，经过一个冬季，经过儿童们的攀折，汽车的碰撞，骡马的啃噬，还算是成活了不少。两场春雨过后，都已经发芽，充满绿意了。

我自幼就喜欢小树。童年的春天，在野地玩，见到一棵小杏树，小桃树，甚至小槐树，小榆树，都要小心翼翼地移到自家的庭院去。但不记得有多少株成活、成材。

柳树是不用特意去寻觅的。我的家乡，多是沙土地，又好发水，柳树都是自己长出来的，只要不妨碍农活，人们就把它留了下来，它也很快就长得高大了。每个村子的周围，都有高大的柳树，这是平原的一大奇观。走在路上，四周观望，看不见村庄房舍，看到的，都是黑压压、雾沉沉的柳树。平原大地，就是柳树的天下。

柳树是一种梦幻的树。它的枝条叶子和飞絮，都是轻浮的，柔软的，缭绕、挑逗着人的情怀。

这种景象，在我的头脑中，就要像梦境一样消失了。楼下的小垂柳，只能引起我短暂的回忆。

一九九〇年四月五日晨

观 藤 萝

楼前的小庭院里，精心设计了一个走廊形的藤萝架。去年夏天，五六个民工，费了很多时日，才算架起来了。然后运来了树苗，在两旁各栽种一排。树苗很细，只有筷子那样粗，用塑料绳系在架上，及时浇灌，多数成活了。

冬天，民工不见了，藤萝苗又都散落到地上，任人践踏。幸好，前天来了一群园林处的妇女，带着一捆别的爬蔓的树苗，和藤萝埋在一起，也和藤萝一块儿又系到架上去了。

系上就走了，也没有浇水。

进城初期，很多讲究的庭院，都有藤萝架。我住过的大院里，就有两架，一架方形，一架圆形，都是钢筋水泥做的，和现在观看到的一样。藤身有碗口粗，每年春天，都开很多花，然后结很多果。因为大院，不久就变成了大杂院，没人管理，又没有规章制度，藤萝很快就被作践死了，架也被人拆去，地方也被当作别用。

当时建造、种植它的人，是几多经营，藤身长到碗口粗细，也确非一日之功。一旦根断花消，也确给人以沧海桑田之感。

一件东西的成长，是很不容易的，要用很多人工、财力。一件东西的破坏，只要一个不逞之徒的私心一动，就可完事了。他们对于"化公为私"，是处心积虑的，无所不为的，办法和手段，也是很多的。

近些年，有人轻易地破坏了很多已经长成的东西。现在又不得不种植新的、小的。我们失去的，是一颗道德之心。

再培养这颗心，是更艰难的。

新种的藤萝，也不一定乐观。因为我看见：养苗的不管移栽，移栽的又不管死活，即使活了，又没有人认真地管理。公家之物，还是没有主儿的东西。

一九九〇年四月五日晨

听乡音

乡音，就是水土之音。

我自幼离乡背井，稍长奔走四方，后居大城市，与五方之人杂处，所以，对于谁是什么口音，从来不大注意，自己的口音，变了多少，也不知道。只是对于来自乡下，却强学城市口音的人，听来觉得不舒服而已。

这个城市的土著口音，说不上好听，但我也习惯了。只是当"文革"期间，我们迁移到另一个居民区时，老伴忽然对我说：

"为什么这里的人，说话这样难听？"

我想她是情绪不好，加上别人对她不客气所致，因此未加可否。

现在搬到新居，周围有很多老干部，散步时，常常听到乡音。但是大家相忘江湖，已经很久了，就很少上前招呼的热情了。

我每天晚上，八点钟就要上床，其实并睡不着，有时就把收音机放在床头。有一次调整收音机，河北电台，忽然传出说西河大鼓的声音，就听了一段，说的是《呼家将》。

我幼年时，曾在本村听过半部《呼延庆打擂》，没有打播，说书的就回家过年去了。现在说的是打播以后的事，最热闹的场面，是命定听不到了。西河大鼓，是我们那里流行的一种说书，它那鼓、板、三弦的配合音响，一听就使人入迷，这也算是一种乡音。说书的是一位女艺人。

最难得的，是书说完了，有一段广告，由一位女同志广播。她的声音，突然唤醒我对家乡的迷恋和热爱。虽然她的口音，已经标准化，广告词也每天相同。她的广告，还是成为我一个冬季的保留欣赏节目，每晚必听，一直到《呼家将》全书完毕。

这证明，我还是依恋故土的，思念家乡的，渴望听到乡音的。

一九九〇年四月五日下午

听风声

楼居怕风，这在过去，是没有体会的。过去住老旧的平房，是怕下雨。一下雨，就担心漏房。雨还是每年下，房还是每年漏。就那么夜不安眠地，过了好些年。

现在住的是新楼，而且是墙壁甫干，街道未平，就搬进来住了。又住中层，确是不会有漏房之忧了，高枕安眠吧。谁知又不然，夜里听到了极可怕的风声。

春季，尤其厉害。我们的楼房，处在五条小马路的交叉点，风无论往哪个方向来，它总要迎战两个或三个风口的风力。加上楼房又高，距离又近，类似高山峡谷，大大增加了风的威力。其吼鸣之声，如惊涛骇浪，实在可怕，尤其是在夜晚。

可怕，不出去也就是了，闭上眼睡觉吧！问题在于，如果有哪一个门窗，没有上好，就有被刮开的危险。而一处洞开，则全部窗门乱动，披衣去关，已经来不及，摔碎玻璃事小，极容易伤风感冒。

所以，每逢入睡之前，我必须检查全部门窗。

我老了，听着这种风声，是难以入睡的。

其实，这种风，如果放到平原大地上去，也不过是春风吹拂而已。我幼年时，并不怕风，春天在野地里砍草，遇到顶天立地的大旋风过来，我敢迎着上，钻了进去。

后来，我就越来越怕风了。这不是指风的实质，而是指风的象征。

在风雨飘摇中，我度过了半个世纪。风吹草动，草木皆兵。这种体验，不只在抗日，防御残暴的敌人时有，在"文革"，担心小人的暗算时也有。

我很少有安眠的夜晚，幸福的夜晚。

一九九〇年四月七日晨

暑期杂记

思念文会

近日，时常想念文会，他逝世已有数年。想打听一下他的家属近状，也遇不到合适的人。

文会少年参军，不久任连队指导员。"文革"后期，我托他办事，已知他当年的连长，任某省军区司令。他如不转到地方工作，生前至少已成副军级无疑。

可惜他因爱好文艺，早早转业，到了地方文艺团体，这不是成全人的所在，他又多兼行政职务，写作上没有什么成绩。

文会进城不久就结了婚，妻子很美。家务事使他分心不小，老母多年卧床不起。因受刺激，文会神经曾一度失常。

文会为人正直热情，有指导员作风。外表粗疏，内心良善，从不存害人之心，即此一点，已属难得。

他常拿稿子叫我看。他的文字通顺，也有表现力。只是在创作上无主见，跟着形势走，出手又慢，常常是还没定稿，形势已变，遂成废品。此例甚多，成为他写作的一个特点。

但他的用心是好的，出发点是真诚的，费力不讨好，也是真的。那时创作，都循正途——即政治，体验，创作。全凭作品影响，成功不易。

今天则有种种捷径，如利用公款、公职、公关，均可使自己早日成名。广交朋友，制造舆论，也可出名。其中高手，则交结权要、名流，然后采取国内外交互哄抬的办法，大出风头。作品如何，是另外一回事。

"文革"以后，文会时常看望我。我想到他读书不多，曾把发还书中的多种石印本送给他，他也很知爱惜。

文会先得半身不遂，后顽强锻炼，恢复得很好。不久又得病，遂不治，年纪不大，就逝去了。那时我心情不好，也没有写篇文章悼念他。现在却越来越觉得文会是个大好人，这样的朋友，已经很难遇到。

一九九一年七月二十三日下午

胡家后代

我从十二岁到十四岁，同母亲、表姐，借住在安国县西门里路南胡姓干娘家。那时胡家长子志贤哥管家，待我很好。志贤嫂好说好笑，对人也很和善。他们有一个女儿，名叫俊乔，正在上小学，是胡家最年幼的一代。

天津解放以后，志贤哥曾到我的住处，说俊乔在天津护士学校读书。但她一直没有找过我，当时我想，可能是因为我在她家时，她年纪小，和我不熟，不愿意来。后来，我事情多，也就把她忘记了。

前几天，有人敲门，是一位老年妇女。进屋坐下以后，她自报姓名胡俊乔，我惊喜地站起来，上前紧紧拉住她的手。

我非常兴奋，问这问那。从她口中得知，她家的老一辈人都去世了，包括她的祖母、父母、叔婶、二姑。我听完颓然坐在椅子上。我想到：那时同住的人，在我家，眼前就剩下了我；在她家，眼前就只剩下她了。她现在已经六十七岁，在某医院工作。

她是来托我办事的。我告诉她，我已经多年不出门，和任何有权的人，都没有来往。我介绍她去找我的儿子，他认识人多一些，看看能不能帮她解决问题。她对我不了解，我找了几本我写的书送给她。

芸斋曰：我中年以后，生活多困苦险厄，所遇亦多不良。故对过去曾有恩善于我者，思有所报答。此种情感，近年尤烈。然已晚矣。一九五二年冬，我到安国县下乡，下车以后，即在南关买了一盒点心，到胡家去看望老太太，见到志贤兄嫂。当时土改过后，他家生活已很困难，我留下了一点钱。以后也就没有再去过。如无此行，则今日遗憾更深矣。

一九九一年七月二十四日上午

捐献棉袄

报社来人，为灾民捐钱捐物。我捐了二百元钱，捐了一件大棉袄。

这件棉袄，原是"文革"开始，老伴给我购置，去劳动时穿的。当时还是新式样，棉花很厚，能御寒，脱穿也方便。她不知道，那时已经不能穿新衣，那会引起"革命群众"的不满。所以在机关劳动时，我只是披着它劈过几次柴。到"干校"后，也只是在午间休息时，搭在身上，当被子盖。

因此，当"干校"结束，回到家中时，它还完整如新。因为在"干校"养成了以衣当被的习惯，每当春秋季节，我还是把它放在床头；到了冬季，就是外出的大衣。

我自幼珍惜衣物，穿用了这么些年，它只拆洗过一次，是我最实用、最爱惜的一件衣服。这不只因为它，曾经伴我度过那一段苦难的岁月，也使我怀念当时细心照料自己的亲人。

时间是最有效的淡忘剂。"文革"一难，当时使人痛苦轻生。现在想来，它不过是少数人，对我们的民族，对我们的后代，最后是对他们本人开了一次大玩笑。但它产生的灾害，比洪水大得多，是没法弥补的。

这件棉袄，将带着我蒙受的灾难风尘，和我多余的忧患意识，交到灾民手中。老年的农民，也许会喜欢穿它，并能嗅到这种气味，同意我这种意识。

这件衣服，伴随我二十五年，但它并非破烂。我每年晾晒多次，长毛绒领子，一点没有缺损，只是袖头掉了一个装饰性钮扣。它放在手下，因此，我随手把它捐出。我把它叠好捆好，然后才交给报社来的同志。

也有人说："这是你还活着。如果'文革'时真的死了，它也早已当作破烂处理了。"

他说的自然也有道理。

一九九一年七月二十四日下午

分发书籍

因为不在一起住，也不知第三代，好看什么书。有一次，郑重其事地把我珍藏的几部外国古典名著，送给已经考入中学的外孙女儿。一家人视为重典，女儿说：

"姥爷的书，可不是轻易能得到的，我都不敢去动。现在破格给了你，你要好好读。"

可是，过了几天，外孙女对我说，那些书都是繁体字，她看不了。这使我大失所望，还不知道有繁体字这一麻烦。

孙子，看来不喜欢读书。他好摆弄家用电器，对小卧车的牌号，分别记得很清楚。还有些官迷。有一次，穿一身笔挺的西装，翘起一条腿，坐在我的藤椅上，把头微微一偏，问我：

"爷爷，你看我像个局长吗？"

我未置可否。又一次，听说他做了一个梦，代替了某某人的脚色，使我不禁大笑起来。当然，这都是那几年的事，他还在上小学。另外，少年有大志，也不能说是坏事。

现在考上了中专。暑假期间，我问他在看什么书。

"爷爷，你有马克·吐温的书吗？"他这一问，使我大吃一惊，心里非常高兴。赶紧说：

"好！马克·吐温是大作家，他的作品读起来，很有趣味。我一定给你找一本。你怎么知道他的？"

他答："我们的语文课本上，有他的文章。"

最近，人民文学出版社，和我订合同，带来四大本中国古典小说作礼物。这是豪华印本，很久不见这样纸张好，油墨、铅字好，装订好的书了。我很喜爱，并对儿子和女儿说了这件事。

不久，孙子和外孙子都来对我说，想看中国古典小说，街上买不到。我想，看中国古典小说，总比看流行小说好，就找出前些年人文送我的普及本《三国演义》和《西游记》，分给他们。《三国演义》还是简化字。他们好像兴趣不大。

后来我想，他们也不一定是想看，可能是他们的父母，叫他们来要我那豪华本。儿女们都不大爱读书，但都喜欢把一些豪华本名著，放在他们的组合书柜中。

我的习惯是，有了好书就藏起来。

一九九一年七月二十五日上午

庸庐闲话

我的起步

我初学写作时，在农家小院。耳旁是母亲的纺车声和妻子的机杼声，是在一种自食其力的劳动节奏中写作的。在这种环境里写作，当然我就想到了衣食，想到了人生。想到了求生不易，想到了养家餬口。

所以，我的文学的开始，是为人生的，也是为生活的。想有一技之长，帮助家用。并不像现代人，把创作看得那么神圣，那么清高。因此，也写不出出尘超凡，无人间烟火气味的文字。

大的环境是：帝国主义侵略，国家危亡，政府腐败，生民疾苦。所以，我的创作生活一开始，就带有浓重的苦闷情绪和忧患意识，以及强烈的革命渴望和新生追求。

我的戒条

写小说，不能不运用现实材料。为了真实，又多运用亲眼所见的材料。不可避免，就常常涉及到熟人或是朋友。需要特别注意。

不要涉及人事方面的重大问题，或犯忌讳的事。此等事，耳闻固不可写，即亲见亦不可写。

不写伟人。伟人近于神，圣人不语。不写小人。小人心态，圣人已尽言之。如舞台小丑，演来演去，无非是那个样儿。且文章为赏心悦目之事，尽写恶人，于作者，是污笔墨；于读者，是添堵心。写小人，如写得过于真实，尤易结怨。"宁得罪君子，不得罪小人。"在生活中，对待小人的最好办法，是不与计较，而远避之。写文章，亦应如此。

我的自我宣传

按道理说，什么事，都应该雪中送炭，不应该锦上添花。但雪中送炭，鲜为人知，是寂寞事。而锦上添花，则是热闹场中事，易为人知，便于宣传。

我是小学教师出身，一切事情，欲从根柢培养。后从事文艺工作，此心一直未断，写了不少辅导、入门一类的文字。当时初建根据地，一切人材，皆需开发，文艺亦在初创之列。

我做的这方面的工作，鲜为文艺界所知。一位领导同志，直到有人送了他一部我的文集，才对我说："你过去写了那么多辅导文章，我不知道。"

我在延安时，只发表小说，领导同志就以为我只会写点小说。"文化大革命"以后，他来我家，问我在写什么，我说在写"理论"文章，他听了，表情颇为惊异。还有些不以为然的样子，大概是认为我不务正业吧。

到了晚年，遇有机会，我就自我宣传一下，我在这方面，曾经做过的工作。理论文章的字数，实际上，和我创作的字数差不了多少。

"西安事变"时，我有一位朋友，写了一个剧本，演出以后，自己又用化名写了长篇通讯，在上海刊物上发表，对剧本和演出大加吹捧。抗战时，我们闲谈，有人问他：你怎么自吹自擂呢？他很自然地回答：因为没别人给宣传！

我最佩服的人

要问我现在最佩服哪一个，我最佩服的是一位老作家。此公为人老实，文章平易，从不得罪人。记忆又好，能背写《金瓶梅补遗》。一生平平安安，老来有些名望，住在高层，儿孙满堂，同老伴享受清福。还不断写些歌颂城市建设的散文。环顾文坛，回首往事，能弄成像他这样光景的，能有几人？

听说他在"文化大革命"时，给机关的两个造反派卖小报。左右手分拿，一家十份，不偏不倚。后来，他又把自己默写的"补遗"，分送给"核心"成员。这些成员，如获至宝，昼夜讽诵，竟忘记了红宝书语录。这一举，可谓大胆。如果当时有人揭发，他的罪名岂止"瓦解斗志，破坏革命"？这样老实人，敢这样做，是他心里有数。他看准这些"核心"，都是外强中干，表里不一的卑琐之徒，是不堪糖衣炮弹一击的。从这里也看出，此公外表憨厚，内心是极度聪明的。

一九九二年一月七日

我与官场

我自幼腼腆，怕见官长。参加革命工作后，见了官长，总是躲着。如果是在会场里，就离得远些，散会就赶紧走开。一次，在冀中区党委开会，宣传部长主持。他是我中学时同学，又是抗战学院同事。他一说散会，我就往外走。他忽然大声叫我，我只好遵命站住。

因为很少见到别的官，所以见宣传部的官，就成了我的苦事。很长时间，人们传说我最怕宣传部。有一次朋友给我打电话，怕我不接，就冒充宣传部。结果我真地去接了，他一笑。我恼羞成怒，他说是请我去陪客吃饭，我也没去。

我也不愿见名人。凡首长请文艺界名人吃饭，叫我去，我都不去。后来也就没人再叫我了，因此也没有吃好东西的机会。

有一次，什么市的作协，来了一个副主席。本市作协的秘书长来请我去陪客。因为和那个副主席熟识，我就去了。后来，秘书长告诉我：叫我去，是对口，因为我是本市作协的副主席。我一想，这太无聊了，从此就再也不去"对口"。

文艺界变为官场，实在是一大悲剧。我虽官运不佳，也挂过几次职称。比如一家文艺刊物的编委。今天是一批，明天又换一批，使人莫明其妙。编委成了"五日京兆"，不由自主地浮沉着。我是在和什么人，争这个编委吗？仔细一想，真有点受到侮辱的感觉。以后，再有人约我，说什么也不干了。当然，也不会再有这种运气。

文艺受政治牵连，已经是个规律。进城后，我在一家报社工作。社长后来当了市委书记，科长当了宣传部长。我依然如故，什么也不是。"文化大革命"，我却成了他们的"死党"。这显然是被熟人朋友出卖了（被出卖这一感觉，近年才有）。要说"死党"，这些出卖人的，才货真价实。后来，为书记平反，祭墓，一些熟人朋友，争先恐后地去了。我没有去。他生前，我也没有给他贴过一张大字报。

文人与官员交好，有利有弊。交往之机，多在文人稍有名气之时。文人能力差，生活清苦，结交一位官员，可得到一些照顾。且官员也多是文人的领导，工作上也方便一些。这是文人一方的想法。至于官员一方，有的只是慕名，附会风雅，愿意交个文化界的朋友；有的则可得到重视知识分子的美名。在平常日子里，也确能给予文人一些照顾，文人有些小的毛病，经官员一说话，别人对他的误会，也可随之打消。但遇到像"文化大革命"这样的运动，则对两方都没有好处。官员倒霉，则文人倒霉更大。文人受批，又常常殃及与他"过从甚密"的官员。结果一齐落水，谁也顾不了谁。然在政治风浪中，官员较善游，终于能活，而文人则多溺死了。

至于所交官员，为风派人物，遇有风吹草动，便迫不及待地把"文友"抛出去，这只能说是不够朋友了。

总之，文人与官员交，凶多吉少，已为历史所证明。至于下流文人，巴结权要，以求显达，那又是另外一回事了。

一九九二年一月十日

我的仗义

三年前，搬到新居，住在三层。每逢有挂号信件到来，投递员在楼下高声呼叫，我就心惊肉跳，腿也不好用，下楼十分艰难。投递员见我这样，有时就把信给我送上来，我当然表示感谢，说几句客气话。

过了一些时候，投递员对邻居抱怨说："这位大爷，太不仗义了。"邻居转告我，我一时明白不过来。邻居说："送他点东西吧，上楼送信，是份外劳动。"过年时，我就送了他一份年历，小伙子高兴了，我也仗义了。

其实，我青年时很热情，对朋友也是一片赤诚，是后来逐渐消磨，才变成现在这样不"仗义"。

我曾两次为朋友仗义执言。一次是"胡风事件"时，为诗人鲁君，好像已经谈过，不再详记。另一次是为作家秦君，当时他不在场，事后我也没有和谈过。

一九四六年，我回到我的家乡工作。有一次区党委召集会议，很是隆重，军区司令员、区党委组织部长，都参加了。在会上，一个管戏剧的小头头，忘记了他姓什么，只记得脸上有些麻子，忽然提出："秦某反对演京剧，和王实味一样！"

我刚从延安来，王实味是什么"问题"，心里还有余悸。一听这话，马上激动起来，往前走了两步，扶着司令员的椅背，大声说：

"怎么能说反对唱京戏，就是王实味呢，能这样联系吗？"

我的出人意外的举动，激昂的语气，使得司令员回头望了望，他并不认识我。组织部长和我有一面之交，替我圆了圆场，没有当场出事，但后来在土地会议时，还是发生了。

仗义，仗义，有仗才有义。如果说第一次仗义，是因为我自觉与胡风素不相识，毫无往来，这第二次，则自觉是本地人，不会被见外。

现在，我可以说，当时有些本地人是排外的。秦是外来人。他到冀中，我那时住在报社，也算客人。秦来了，要吃要住，找到我，我去找报社领导，结果碰了钉子。

在秦以前，戏剧家崔君，派来当剧团团长，和本地人处得不好。结果，在一次夜间演出时，被群化了装的警卫人员，哄打一顿，又回了原单位。

文艺界，也有山头，也怕别人抢他的官座。这是我后来慢慢悟出的道理。

秦后来帮我编《平原杂志》，他也会画。有一期封面，他画的是一个扎白头巾的农民，在田间地头，用铁铲戳住一条蛇。当时，我并没有看出他有什么寓意。很多年以后，我才悟出，这是他对地头蛇的痛恨。好在当时地方上，也没有人注意到这一点。不然，那还了得。

自秦以后，我处境越来越不好，也就再也不能仗义了。

一九九二年三月二十四日

排外的又一例是：写小说的孔君，夫妻俩来这里下乡、写作。土地会议时，三言两语，还没说清楚罪名，组长就宣布：开除孔的党籍。我坐在同一条炕上，没有说一句话。前几天，我已经被"搬了石头"。

其实，外地人到这里来，如果能和这里的同行，特别是宣传干部，处得好，说得来，就不会出这种事。无奈这些文艺工作者，都不善于交际，便被说成自高自大。随后又散布流言，传给领导。遇到时机，就逃不脱。因为领导对这些外来者，并不了解，只听当地人汇报。

四月三日晨补记

残瓷人

这是一个小女孩的白瓷造像。小孩梳两条小辫，只穿一条黄色短裤。她一手捧着一只小鸟，一手往小鸟的嘴中送食，这样两手和小鸟，便连成了一体。

这是我一九五一年，从国外一个小城市买回的工艺品。那时进城不久，我住在一个大院后面，原来是下人住的小屋里，房间里空空，我把它放在从南市旧货摊上买回的一个樟木盒子里。后来，又放进一些也是从旧货摊上买来的小玩艺，成了我的百宝箱。

有一年，原在冀中的一位老战友来看我。我想起在抗日战争时期，我过封锁线，他是军分区的作战科长，常常派一个侦察员护送我，对我有过好处，一时高兴，就把百宝箱打开，请他挑几件玩艺。他选了一对日本烧制的小花瓶，当他拿起这个小瓷人的时候，我说：

"这一件不送，我喜欢。"

他就又放下了。为了表示歉意，我送了他一张董寿平的杏花立轴，他高兴极了。

后来，我的东西多了，买了一个玻璃柜，专放瓷器，小瓷人从破木盒升格，也进入里面。"文化大革命"，全被当做"四旧"抄走了。其实柜子里，既没有中国古董，更没有外国古董。它不过是一件哄小孩的瓷器，底座上标明定价，十六个卢布。

落实政策，瓷器又发还了。这真是有组织有计划的抄家，东西保存得很好，一件也没有损失，小瓷人也很好。

我已经没有心情再玩弄这些东西，我把它们放在一个稻草编的筐子里。一九七六年大地震，我屋里的瓷器，竟没有受损，几个放在书柜上的瓶子，只是倒在柜顶上，并没有滚落下来。小瓷人在草筐里，更是平安无事。

但地震震裂了屋顶。这是旧式房，天花板的装饰很重，一天夜里下雨，屋漏，一大块天花板的边缘部分，坠落下来，砸倒了草筐，小瓷人的两只手都断了。

我几经大劫，对任何事物，都没有了惋惜心情。但我不愿有残破的东西，放在眼前身边。于是，我找了些胶水，对着阳光，很仔细地把它的断肢修复，包括几片米粒大小的瓷皮，也粘贴好了。这些年，我修整了很多残书，我发现自己在修修补补方面，很有一些天赋。如果不是现在老眼昏花，我真想到国家的文物部门，去谋个差事。

搬家后，我把小瓷人带入新居，放在书案上。不知为什么，我忽然有些伤感了。我的一生，残破印象太多了，残破意识太浓了。大的如九一八以后的国土山河的残破，战争年代的城市村庄的残破。"文化大革命"的文化残破，道德残破。个人的故园残破，亲情残破，爱情残破……我想忘记一切。我又把小瓷人放回筐里去了。

司马迁引老子之言：美好者不祥之器。我曾以为是哲学之至道，美学的大纲。这种想法，当然是不完整的，很不健康的。

一九九二年一月三十日下午，大风

秋凉偶记

扁豆

北方农村，中产以下人家，多以高粱秸秆，编为篱笆，围护宅院。篱笆下则种扁豆，到秋季开花结豆，罩在篱笆顶上，别有一番风情。

扁豆分白紫两种，花色亦然，相间种植，花分两色，豆各有形，引来蜂蝶，飞鸣其间，又添景色不少。

白扁豆细而长，紫扁豆宽而厚，收获以后者为多。

我自幼喜食扁豆，或炒或煎。煎时先把扁豆蒸一下，裹上面粉，谓之扁豆鱼。

吃饭是一种习性，年幼时好吃什么，到老年还是好吃什么。现在农贸市场，也有扁豆上市。

每逢吃扁豆，我就给家人讲下面一个故事：

一九三九年秋季，我在阜平县打游击，住在神仙山顶上。这座山很高很陡，全是黑色岩石，几乎没有人行路，只有牧羊人能上去。

山顶的背面，却有一户人家。他家依山盖成，门前有一小片土地，种了烟草和扁豆。

他种的扁豆，长得肥大出奇，我过去没有见过，后来也没有见过。

扁豆耐寒，越冷越长得多。扁豆有一种膻味，用羊油炒，加红辣椒，最是好吃。我在他家吃到的，正是这样做的扁豆。

他的家，其实就是他一个人。他已经四十开外，还是独身。身材高大，皮肤的颜色，和他身边的岩石，一般无二。

他也是一个游击队员。

每天天晚，我从山下归来，就坐在他的已经烧热的小炕上，吃他做的玉米面饼子，和炒扁豆。

灶上还烤好了一片绿色烟叶，他在手心里揉碎了，我们俩吸烟闲话，听着外面呼啸的山风。

一九九二年八月十三日清晨

芸斋曰：此时同志，利害相关，生死与共，不问过去，不计将来，可谓一心一德矣。甚至不问乡里，不记姓名，可谓相见以诚矣。而自始至终，能相信不疑，白发之时，能记忆不忘，又可谓真交矣。后之所谓同志，多有相违者矣。

同日又记

再观藤萝

楼下小花园，修建了一座藤萝架。走廊形，钢筋水泥，涂以白漆。下面还有供游人小憩的座位。但藤萝种了四五年，总爬不到架上去。原因是人与花争位，藤萝一爬到座位那里，妨碍了人，人就把它扒拉到地上去，再爬上来，就把它的尖子揪断。所以直到现在，藤条已经长到拇指那样粗，还是东一条，西一条，胡乱爬在地上。

藤萝这种花也怪，不上架不开花，一上架就开了。去年冬天，有一个老年人，好到这里休息晒太阳，他闲着没事，随手拣了一条塑料绳子，把头起的一枝藤条系到架上去，今年开春，它就开了一簇花，虽然一枝独秀，却非常鲜艳。

正当藤萝花开的时候，有几位年轻母亲，带孩子来这里坐。有一个女青年，听口音，看穿衣打扮，好像是谁家的保姆，也带着一个小孩，来架下玩耍。这位小保姆，个儿比较高，长得又健康俊俏，她站在架下，藤萝花正开在她的头上，在早晨的阳光照耀下，就好像谁给她插上去的。

自从改革开放以来，妇女服饰大变，心态也大变。只要穿上一件新潮衣裙，理上一个新潮发型，就是东施嫫母，也自我感觉良好，忽然变成了天仙。她们听着脚下高跟的响声，闻着脸上粉脂的香味，飘飘然地找到了自己的位置和价值。

这位农村来的女青年，站在这些人中间，显得超凡出众。她的美，是一种自然美，包括大自然的水土，也包括大自然的陶冶。她的美，是天生的，不是人为的，更没有描眉画眼的做假。她好像自觉到了这一点，所以她站在这些大城市时髦妇女中间，丝毫没有"不如人家"的感觉。她谈笑从容，对答如流，使得这些青年主妇们，也不能轻视她的聪明美丽。她成了谈话的中心，鹤立鸡群。

藤萝架旁边，每天还有一些老年妇女练功。教她们的，是一位带有江湖气味的中年人。这是一位热心公益的人，见到藤条散落地下，在他的学生们到来之前，他就找些绳索，把它们一一系到架上去。估计明年春季，藤萝架上，真的要繁花似锦了。

一九九二年八月十六日清晨

后富的人

这是一处高级住宅区。早晨八点以后，下午五时左右，接送厂长、经理、处长、局长的汽车，川流不息，不过时间不会太长，一会儿就过去了。下午的汽车，一到门口，尾巴就翘了起来。于是主人、司机以及家里人，把带回的大小纸袋子，大小纸箱子，搬到楼上去。

带回的东西，吃过用过以后，包装没处存放，就往垃圾道里丢。因此，第二天天还不亮，就有川流不息的拣破烂的人，来到楼群，逐楼寻找，垃圾间的铁门，响声不断。

过去，干这种营生的都是本市人，现在都是外地人。他们男男女女，老老少少，破衣烂裳，囚首垢面。背着一个大塑料口袋，手里拿一个铁钩子，急急忙忙地走着，因为就是早晨东西好拣。但时间也不会长，等到接人的汽车来时，他们就都消失了。

帮我做饭的妇人，熟于此道。我曾问她：

"前边一个刚从垃圾间出来，后面一个紧跟着就进去，哪里有那么多东西？"

她说："一幢楼上，住这么多人家，倒垃圾的习惯也不一样，你知道他什么时候往下倒？也许他刚走，上面就掉下个大纸盒子来，你不是就可以拣到了吗？"

她并且告诉我，干这个，只要手脚勤快，一天的收入，是很可观的。就是刚从外地来，一无所有，衣食住行，都可以从中解决：例如破衣服、破鞋帽、干面包、烂水果，可以吃穿；破席子，可以铺；甚至有药片，可以服。如果胆大些，边旁的破车子，可以骑上；过些日子，再换一个三轮……

关于住，她没有讲。我清晨散步的时候，的确遇到过一个外地来的小姑娘，手里提着一个破布包，满身满脸是黑灰。她问我，什么地方可以洗洗脸？我问她为什么弄得这样，她没有说。但我看见她是从一幢楼房的垃圾间出来。

国家已经有不少人，先富了起来。这些从农村来城市觅生活的，可以说是后富起来的人吧。

一九九二年八月十六日清晨

第四辑

文字生涯

回忆沙可夫同志

　　沙可夫同志逝世，已经很久了。从他逝世那天，我就想写点什么，但是，心情平静不下来，也不知道该从哪里说起。

　　我对沙可夫同志有两点鲜明印象：第一，他的作风非常和蔼可亲，从来没有对他领导的这些文艺干部疾言厉色；第二，他很了解每个文艺干部的长处，并能从各方面鼓励他发挥这个专长。遇到有人不了解这个同志的优点所在的时候，他就尽心尽力地替这个干部进行解释。

　　这好像是很简单的事，但沙可夫同志是坚持不懈，并且是非常真诚、非常热心地做去的。

　　当时，晋察冀边区是一个战斗非常紧张，生活非常艰苦的地区。但就在这里，聚集了不少从各路而来，各自抱负不凡的文艺青年。

　　在这些诗人、小说家、美术家、音乐家和戏剧家的队伍前面，走着沙可夫同志。他的生活和他的作风一样，非常朴素。他也有一匹马吧，但在我的印象里，他很少乘骑，多半是驮东西。更没有见过，当大家都艰于举步的时刻，他打马飞驰而过的场面。饭菜和大家一样。只记得有一个时期，因为他有胃病，管理员同志缝制了一个小白布口袋，装上些稻米，塞到我们的小米锅里，煮熟了倒出来送给他吃。我所以记得这点，只是因为觉得这种"小灶"太简单，它反映了我们当时的生活，实在困难。

　　这些琐事，是他到边区文联工作以后，我记得的。文联刚刚成立的时候，他住在华北联大，我那时从晋察冀通讯社调到文联工作，最初和他见面的机会很少。事隔几年之后，有一次在冀中，据一位美术理论家提供材料，说沙可夫同志当时关心我，就像关心一个"贵宾"一样。我想这是不合事实的，因为我从来也没有当"贵宾"的感觉。但我相信，沙可夫同志是关心我的，因为在和他认识以后，给人的这种印象是很深刻的。

当然，沙可夫同志也很关心这位美术理论家。他在那时负责的工作相当重要。

我很明白：领导文艺队伍和从事文艺创作是两回事。从事创作不妨有点洁癖，逐字逐句，进行推敲，但领导文艺工作，就得像大将用兵一样。因此，任用各种各样的人，我从来也不把它看做是沙可夫同志的缺点，这正是他的优点。在当时，人材很缺，有一技之长，就是财宝。而有些青年，在过去或是现在，确实是发挥了很大作用的。

我只是说，当时沙可夫同志领导的这个队伍，真是像俗话所说，"宁带千军万马，不带十样杂耍"，是很复杂的，很难带好的，并且是常常发生"原则的分歧"的。什么理论问题，都曾经有过一番争论。在争论的时候，大都是盛气凌人，自命高深的。我记得，有一次是关于民族形式之争。在文联工作的一些同志，倾向于"新酒新瓶"，在另外一处地方，则倾向于"旧瓶新酒"。我是倾向于"新酒新瓶"的，在《晋察冀日报》上，写了一篇短文，其中有一句大意是："有过去的遗产，还有将来的遗产。"这竟引起了当时两位戏剧家的气忿，在开会以前，主张先不要进行讨论，以为"有很多人连文艺名词还没弄清"，坚持"应该先编印一本文艺词典"。事隔二十年，不知道这两位同志编纂出这部词书没有？我当时的意思只是说，艺术形式是逐渐发展的，遗产也是积累起来的。

周围站立着这样多的怒目金刚，沙可夫同志总是像慈悲的菩萨一样坐在那里，很少发言，甚至在面部表情上，也很难看出他究竟左袒哪一方。他叫大家尽量把意见说出来。他明白：现在这些青年，都只是在学习的路上工作，也可以说是在工作的路上学习。谁的意见也不会成为定论，谁的文章也不会成为经典的。但在他做结论的时候，却会使人感到：这次会确实开得有收获，使持各种意见的同志都心平气和下来，走到团结的道路上去，正确执行着党在当时规定的政策。

　　沙可夫同志在发言的时候，既无锋利惊人之辞，也无叱咤凌厉之态，他只是平平淡淡地讲着，忠实地简直是没有什么发挥地反复说明党的政策。他在文艺问题上，有一套正确的、系统的见解，从不看风使舵。总结工作中的成绩和缺点的时候，实事求是。每次开会，我都有这样一个感觉：他传达着党的文艺方针和政策，就像他从事翻译那样忠实。

　　是的，沙可夫同志是把他从事翻译的初心，运用到工作里来的。他对文艺干部的领导，是主张多让他们学习。在边区，他组织多次大型的、古典话剧的演出。凡是真正有价值的文学作品，不分古今中外，不管是什么流派，他都帮助大家学习。有些同志，一时爱上了什么，他也不以为怪，他知道这是会慢慢地充实改变的。实际也是这样。例如故去的邵子南同志，当时是以固执欧化著称的，但后来他以同样固执的劲头，又爱上了中国的"三言"。此外，当时对《草叶集》爱不释手的人，后来也许会主张"格律"；喜欢马雅可夫斯基跳动短句的人，也许后来又喜欢了字句的修长和整齐。

　　在当时那种一切都是从困难中产生的环境里，他珍爱同志们的哪怕是小小的成果。凡有创作，很少在他那里得不到鼓励，更谈不到什么"通不过"了。当然，那时文艺和战争、生产密切结合，好像也很少出现什么有害的作品。当时文联出版一种油印的刊物，叫做《山》，版本的大小和厚薄，就像最早期的《译文》一样，用洋粉连纸印刷。编辑部设在牛栏村东头，一间长不到一丈，宽不到四尺，堆满农具，只有个一尺见方的小窗子的房子里。编辑和校对就是我一个人。沙可夫同志领导这个刊物，真是"放手"，我把稿子送给他看，很少有不同的意见。他不但为这刊物写发刊辞，翻译了重要的理论文章，为了鼓励我们创作，他还写了新诗。

我已经忘记这刊物出了多少期，但它确实曾经刊登了一些切实的理论和作品，著名作家梁斌同志的纸贵洛阳的《红旗谱》的前身，就曾经连续在这个刊物上发表。那时冀中平原的战斗，尤其频繁艰苦，同志们得不到休息的机会和学习的机会，有时到山里来开会，沙可夫同志总是很好地招待，给他们学习的时间和写作的时间。他们有些作品，也发表在这个刊物上。

我和沙可夫同志虽然相处有一二年的时间，但接触和谈话并不很多。我只是一个普通的干部，有些会议并不一定要我去参加。加以我的习性孤独，也很少主动到他那里闲谈。最初，我只知道他在"七七"事变以前，翻译过很多文学作品，在当时起了很大的革命和文学的推动作用，至于他学过戏剧，是到山里以后，才知道一些。关于他曾经学过音乐，并从事革命工作那么长久，是他死后从讣文上我才知道。这当然是由于我的孤陋寡闻，但也证明沙可夫同志，不只在仪表上，非常温文儒雅，在内心里也是非常谦虚谨慎。他好像从来也没有对人夸耀：他做过什么，或是学过什么，或是什么比你们知道得多……

是一九四二年吧，文联的机关取消，分配我到《晋察冀日报》社去工作，当时，我好像不愿去当编辑，愿意下乡。

我记得在街上遇到沙可夫同志，我把这个意见提了，那一次他很严肃地只说了三个字："工作么！"我没有再说，就背上背包走了。这时我已入了党。

从此以后，好像就很少见到他。一九四四年，我们先后到了延安，有一天，他来到鲁艺负责同志的窑洞里，把我叫去，把我在敌后的工作情况，向那位负责同志谈了。送出我来，还问我：是不是把家眷接到延安来？这或者是因为他看到在那里工作的同志，差不多都有配偶，觉得我生活得有些寂寞吧。

全国胜利以后，在一次文艺大会上，休息时我到他的座位那里，谈了几句。他问我近几年写了什么东西，又劝我注意身体，这或者是因为他看出我的身体已经不大好了吧。

一九五九年夏天，我养病到北戴河，一天黄昏，我在海边散步，看见他站在一块岩石上钓鱼，我跑了过去。他一边钓着鱼，一边问了问我的病的情形。当时我看他精神很好，身体外表也很好。在他脚下有处水槽，里面浮息着两只海蟹。但他说的话很少，我就告辞走了。这或者是因为他正在集中精神钓鱼，也或者是因为他自己知道自己的病情，不愿意多说话耗费精神吧。

从此，就再没见过面。

关于沙可夫同志，在他生前，既然接近比较少，多少年来我也没有从别人那里打听过他的生平。关于他的工作，事实和成效俱在，也无庸我在这里称道。关于他的著述，以后自然有地方要编辑出版。我对于他的记述，真是大者不知，小者不详。整理几点印象，就只能写成这样一篇短文。

1962 年 3 月 11 日于北京

1978 年 3 月改

清明随笔

忆邵子南同志

邵子南同志死去有好几年了。在这几年里，我时常想起他，有时还想写点什么纪念他，这或者是因为我长期为病所困苦的缘故。

实际上，我和邵子南同志之间，既谈不上什么深久的交谊，也谈不上什么多方面的了解。去年冯牧同志来，回忆那年鲁艺文学系，从敌后新来了两位同志，他的描述是："邵子南整天呱啦呱啦，你是整天一句话也不说……"

我和邵子南同志的性格、爱好，当然不能说是完全相反，但确实有很大的距离，说得更具体一些，就是他有些地方，实在为我所不喜欢。

我们差不多是同时到达延安的。最初，我们住在鲁艺东山紧紧相邻的两间小窑洞里。每逢夜晚，我站在窑洞门外眺望远处的景色，有时一转身，望见他那小小的窗户，被油灯照得通明。我知道他是一个人在写文章，如果有客人，他那四川口音，就会声闻户外的。

后来，系里的领导人要合并宿舍，建议我们俩合住到山下面一间窑洞里，那窑洞很大，用作几十人的会场都是可以的，但是我提出了不愿意搬的意见。

这当然是因为我不愿意和邵子南同志去同住，我害怕受不了他那整天的聒噪。领导人没有勉强我，我仍然一个人住在小窑洞里。我记不清邵子南同志搬下去了没有，但我知道，如果领导人先去征求他的意见，他一定表示愿意，至多请领导人问问我……我知道，他是没有这种择人而处的毛病的。并且，他也绝不会因为这些小事，而有丝毫的芥蒂，他也是深知道我的脾气的。

所以，他有些地方，虽然不为我所喜欢，但是我很尊敬他，就是说，他有些地方，很为我所佩服。

印象最深的是他那股子硬劲，那股子热情，那说干就干、干脆爽朗的性格。

我们最初认识是在晋察冀边区，边区虽大，但同志们真是一见如故，来往也是很频繁的。那时我在晋察冀通讯社工作，住在一个叫三将台的小村庄，他在西北战地服务团工作，住在离我们三四里地的一个村庄，村名我忘记了，只记住如果到他们那里去，是沿着河滩沙路，逆着淙淙的溪流往上走。

有一天，是一九四〇年的夏季吧，我正在高山坡上一间小屋里，帮着油印我们的刊物《文艺通讯》。他同田间同志来了，我带着两手油墨和他们握了手，田间同志照例只是笑笑，他却高声地说："久仰——真正的久仰！"

我到边区不久，也并没有什么可仰之处，但在此以前，我已经读过他写的不少诗文。所以当时的感觉，只是：他这样说，是有些居高临下的情绪的。从此我们就熟了，并且相互关心起来。那时都是这样的，特别是做一样工作的同志们，虽然不在一个机关，虽然有时为高山恶水所阻隔。

我有时也到他们那里去，他们在团里是一个文学组。四五个人住在一间房子里，屋里只有一张桌子，放着钢板蜡纸，墙上整齐地挂着各人的书包、手榴弹。炕上除去打得整整齐齐准备随时行动的被包，还放着油印机，堆着刚刚印好还待折叠装订的诗刊。每逢我去了，同志们总是很热情地说："孙犁来了，打饭去！"还要弄一些好吃的菜。他们都是这样热情，非常真挚，这不只对我，对谁也是这样。他们那个文学组，给我留下了非常好的印象。主要是，我看见他们生活和工作得非常紧张，有秩序，活泼团结。他们对团的领导人周巍峙同志很尊重，相互之间很亲切，简直使我看不出一点"诗人"、"小说家"的自由散漫的迹象。并且，使我感到，在他们那里，有些部队上的组织纪律性——在抗日战争期间，我很喜欢这种味道。

我那时确实很喜欢这种军事情调。我记得：一九三七年冬季，冀中区刚刚成立游击队。有一天，我在安国县，同当时在政治部工作的阎、陈两位同志走在大街上。对面过来一位领导人，小阎整整军装，说："主任！我们给他敬个礼。"临近的时候，素日以吊儿浪当著称的小阎，果然郑重地向主任敬了礼。这一下，在我看来，真是给那个县城增加了不少抗日的气氛，事隔多年，还活泼地留在我的印象里。

因此，在以后人们说到邵子南同志脾气很怪的时候，简直引不起我什么联想，说他固执，我倒是有些信服。

那时，他们的文学组编印《诗建设》，每期都有邵子南同志的诗，那用红绿色油光纸印刷的诗传单上，也每期有他写的很多街头诗。此外，他写了大量的歌词，写了大型歌剧《不死的人》。战斗、生产他都积极参加，有时还登台演戏，充当配角，帮助布景卸幕等等。

我可以说，邵子南同志在当时所写的诗，是富于感觉，很有才华的。虽然，他写的那个大型歌剧，我并不很喜欢。但它好像也为后来的一些歌剧留下了不小的影响，例如过高的调门和过多的哭腔。我所以不喜欢它，是觉得这种形式，这些咏叹调，恐怕难为群众所接受，也许我把群众接受的可能性估低和估窄了。

当时，邵子南同志好像是以主张"化大众"，受到了批评，详细情形我不很了解。他当时写的一些诗，确是很欧化的。据我想，他在当时主张"化大众"，恐怕是片面地从文艺还要教育群众这个性能上着想，忽视了群众的斗争和生活，他们的才能和创造，才是文艺的真正源泉这一个主要方面。不久，他下乡去了，在阜平很小的一个村庄，担任小学教师。在和群众一同战斗一同生产的几年，并经过学习党的文艺政策之后，邵子南同志改变了他的看法。我们到了延安以后，他忽然爱好起中国的旧小说，并发表了那些新"三言"似的作品。

据我看来，他有时好像又走上了一个极端，还是那样固执，以致在作品表现上有些摹拟之处。而且，虽然在形式上大众化了，但因为在情节上过分喜好离奇，在题材上多采用传说，从而减弱了作品内容的现实意义。这与以前忽视现实生活的"欧化"，势将异途而同归。如果再过一个时期，我相信他会再突破这一点，在创作上攀登上一个新的境界。

他的为人，表现得很单纯，有时甚至叫人看着有些浅薄而自以为是，这正是他的可爱、可以亲近之处。他的反映性很锐敏很强烈，有时爱好夸夸其谈，不叫他发表意见是很困难的。他对待他认为错误和恶劣的思想和行动，不避免使用难听刺耳的语言，但在我们相处的日子，他从来也没有对同志或对同志写的文章，运用过虚构情节或绕弯暗示的"文艺"手法。

在延安我们相处的那一段日子里，他很好说这样两句话："你走你的阳关道，我走我的独木桥。"有时谈着谈着，甚至有时是什么也没谈，就忽然出现这么两句。邵子南同志是很少坐下来谈话的，即使是闲谈，他也总是在屋子里来回走动着。这两句话他说得总是那么斩钉截铁，说时的神气也总是那么趾高气扬。说完以后，两片薄薄的缺乏血色的嘴唇紧紧一闭，简直是自信到极点了。

我不知道他为什么好说这样两句话，有时甚至猜不出他又想到什么或指的是什么。作为警辟的文学语言，我也很喜欢这两句话。在一个问题上，独抒己见是好的，在一种事业上，勇于尝试也是好的。但如果要处处标新立异，事事与众不同，那也会成为一种虚无吧。邵子南同志特别喜爱这两句话，大概是因为它十分符合他那一种倔强的性格。

他的身体很不好，就是在我们都很年轻的那些年月，也可以看出他的脸色憔悴，先天的营养不良和长时期神经的过度耗损，但他的精神很焕发。在那年夏天，我们初次见面的时候，他留给我的印象是：挺直的身子，黑黑的头发，明朗的面孔，紧紧闭起的嘴唇。灰军装，绿绑腿，赤脚草鞋，走起路来，矫健而敏捷。这种印象，直到今天，在我眼前，还是栩栩如生。他已经不存在了。

关于邵子南同志，我不了解他的全部历史，我总觉得，他的死是党的文艺队伍的一个损失，他的才华灯盏里的油脂并没枯竭，他死得早了一些。因为我们年岁相当，走过的路大体一致，都是少年贫困流浪，苦恼迷惑，后来喜爱文艺，并由此参加了革命的队伍，共同度过了不算短的那一段艰苦的岁月。在晋察冀的山前山后，村边道沿，不只留有他的足迹，也留有他那些热情的诗篇。村女牧童也许还在传唱着他写的歌词。在这里，我不能准确估量邵子南同志写出的相当丰富的作品对于现实的意义，但我想，就是再过些年，也不见得就人琴两无音响。而他那从事文艺工作和参加革命工作的初心，我自认也是理解一些的。他在从事创作时，那种勤勉认真的劲头，我始终更是认为可贵，值得我学习的。在这篇短文里，我回忆了他的一些特点，不过是表示希望由此能"以逝者之所长，补存者之不足"的微意而已。

今年春寒，写到这里，夜静更深，窗外的风雪，正在交织吼叫。记得那年，我们到了延安，延安丰衣足食，经常可以吃到肉，按照那里的习惯，一些头蹄杂碎，是抛弃不吃的。有一天，邵子南同志在山沟里拾回一个庞大的牛头，在我们的窑洞门口，架起大块劈柴，安上一口大锅，把牛头原封不动地煮在里面，他说要煮上三天，就可以吃了。

我不记得我和他分享过这顿异想天开的盛餐没有。在那黄昏时分，在那寒风凛冽的山头，在那熊熊的火焰旁边，他那兴高采烈的神情，他那高谈阔论，他那爽朗的笑声，我好像又看到听到了。

1962年4月1日于天津

远的怀念

　　一九三八年春天，我在本县参加抗日工作，认识了人民自卫军政治部的宣传科长林扬。他是"七七"事变后，刚刚从北平监狱里出来，就参加了抗日武装部队的。他很弱，面色很不好，对人很和蔼。他介绍我去找路一，说路正在组织一个编辑室，需要我这样的人。路住在候町村，初见面，给我的印象太严肃了：他坐在一张太师椅上，冬天的军装外面，套了一件那时乡下人很少见到的风雨衣，腰系皮带，斜佩一把大盒子枪，加上他那黑而峻厉的面孔，颇使我望而生畏。我清楚地记得，第一次和诗人远千里见面，是在他那里。由他介绍的。

　　远高个子，白净文雅，书生模样，这种人我是很容易接近的，当然印象很好。

　　第二年，我转移到山地工作。一九四一年秋季，我又跟随路从山地回到冀中。路是很热情爽快的人，我们已经很熟很要好了。

　　在我县郝村，又见到了远，他那时在梁斌领导的剧社工作，是文学组长，负责几种油印小刊物的编辑工作。我到冀中后，帮助编辑《冀中一日》，当地做文艺工作的同志，很多人住在郝村，在一个食堂吃饭。

　　这样，和远见面的机会就很多。他每天总是笑容满面的，正在和本剧团一位高个的女同志恋爱。每次我给剧团团员讲

　　　　青春余梦　孙犁散文精选集

课的时候，他也总是坐在地下，使我深受感动并且很不安。

就在这个秋天，冀中军区有一次反"扫荡"。我跟随剧团到南边几个县打游击，后又回到本县。滹沱河发了水，决定暂时疏散，我留本村。远要到赵庄，我给他介绍了一个亲戚做堡垒户，他把当时穿不着的一条绿色毛线裤留给了我。

一九四五年，日本投降后，我从延安回到冀中，在河间又见到了远。他那时挂着双拐，下肢已经麻痹了。精神还是那样好，谈笑风生。我们常到大堤上去散步，知道他这些年的生活变化，如不坚强，是会把他完全压倒的。"五一"大"扫荡"以后，他在地洞里坚持报纸工作，每天清晨，从地洞里出来，透透风。洞的出口在野外，他站在园田的井台上，贪馋地呼吸着寒冷新鲜的空气。看着阳光照耀的、尖顶上挂着露珠的麦苗，多么留恋大地之上啊！

我只有在地洞过一夜的亲身体验，已经觉得窒息不堪，如同活埋在坟墓里。而他是要每天钻进去工作，在萤火一般的灯光下，刻写抗日宣传品，写街头诗，一年，两年。后来，他转移到白洋淀水乡，长期在船上生活战斗，受潮湿，得了全身性的骨质增生病。最初是整个身子坏了，起不来，他很顽强，和疾病斗争，和敌人斗争，现在居然可以同我散步，虽然借助双拐，他也很高兴了。

他还告诉我：他原来的爱人，在"五一"大"扫荡"后，秋夜趟水转移，掉在旷野一眼水井里牺牲了。

我想起远留给我的那条毛线裤，是件女衣，可能是牺牲了的女同志穿的，我过路以前扔在家里。第二年春荒，家里人拿到集上去卖，被一群汉奸女人包围，几乎是讹诈了去。

她的牺牲，使我受了启发，后来写进长篇小说的后部，作为一个人物的归结。

进城以后，远又有了新的爱人。腿也完全好了，又工作又写诗。有一个时期，他是我的上级，我私心庆幸有他这样一个领导。一九五二年，我到安国县下乡，路经保定，他住在旧培德中学的一座小楼上，热情地组织了一个报告会，叫我去讲讲。

我爱人病重，住在省医院的时候，他曾专去看望了她，惠及我的家属，使她临终之前，记下我们之间的友谊。

听到远的死耗，我正在干校的菜窖里整理白菜。这个消息，在我已经麻木的脑子里，沉重地轰击了一声。夜晚回到住处，不能入睡。

后来，我的书籍发还了，所有现代的作品，全部散失，在当作文物保管的古典书籍里，却发见了远的诗集《三唱集》。这部诗集出版前，远曾委托我帮助编选，我当时并没有认真去做。远明知道我写的字很难看，却一定要我写书面，我却兴冲冲写了。现在面对书本，既惭愧有负他的嘱托，又感激他对旧谊的重视。我把书郑重包装好，写上了几句话。

远是很聪明的，办事也很干练，多年在政治部门工作，也该有一定经验。他很乐观，绝不是忧郁病患者。对人对事，有相当的忍耐力。他的记忆力之强，曾使我吃惊，他能够背诵"五四"时代和三十年代的诗，包括李金发那样的诗。远也很爱惜自己的羽毛，但他终于被林彪、"四人帮"迫害致死。

他在童年求学时，后来在党的教育下，便为自己树立人生的理想，处世的准则，待人的道义，艺术的风格等等。循规蹈矩，孜孜不倦，取得了自己的成就。我没有见过远当面骂人，训斥人；在政治上、工作上，也看不出他有什么非分的想法，不良的作风。我不只看见他的当前，也见过他的过去。

他在青年时是一名电工，我想如果他一直爬在高高的电线杆上，也许还在愉快勤奋地操作吧。

现在，不知他魂飞何处，或在丛莽，或在云天，或徘徊冥途，或审视谛听，不会很快就随风流散，无处招唤吧。历史和事实都会证明：这是一个美好的，真诚的，善良的灵魂。他无负于国家民族，也无负于人民大众。

1976 年 12 月 7 日夜记

伙伴的回忆

忆侯金镜

一九三九年，我在阜平城南庄工作。在一个初冬的早晨，我到村南胭脂河边盥洗，看见有一支队伍涉水过来。这是一支青年的、欢乐的、男男女女的队伍。是从延安来的华北联大的队伍，侯金镜就在其中。

当时，我并不认识他。我也还不认识走在这个队伍中间的许多戏剧家、歌唱家、美术家。

一九四一年，晋察冀文联成立以后，我认识了侯金镜。他是联大文艺学院文学系的研究人员。他最初给我的印象是：老成稳重，说话洪亮而短促。脸色不很好，黄而有些浮肿。和人谈话时，直直地站在那里，胸膛里的空气总好像不够用，时时在倒吸着一口凉气。

这个人可以说是很严肃的，认识多年，我不记得他说过什么玩笑话，更不用说相互之间开玩笑了。这显然和他的年龄不相当，很快又结了婚，他就更显得老成了。

他绝不是未老先衰，他的精力很是充沛，工作也很热心。在一些会议上发言，认真而有系统。他是研究文艺理论的，但没有当时一些青年理论家常有的、那种飞扬专断的作风，也不好突出显示自己。这些特点，给我留下了好的印象，觉得他是可以亲近的。但接近的机会究竟并不太多，所以终于也不能说是我在晋察冀时期的最熟识的朋友。

然而，友情之难忘，除去童年结交，就莫过于青年时代了。晋察冀幅员并不太广，我经常活动的，也就是几个县，如果没有战事，经常往返的，也就是那几个村庄，那几条山沟。各界人士，我认识得少；因为当时住得靠近，文艺界的人，却几乎没有一个陌生。阜平号称穷山恶水，在这片炮火连天的土地上，汇集和奔流着来自各方的，兄弟般的感情。

以后，因为我病了，有好些年，没有和金镜见过面。一九六〇年夏天，我去北京，他已经在《文艺报》和作家协会工作，他很热情，陪我在八大处休养所住了几天，又到颐和园的休养所住了几天。还记得他和别的同志曾经陪我到香山去玩过。这当然是大家都知道我有病，又轻易不出门，因此牺牲一点时间，同我到各处走走看看的。

这样，谈话的机会就多了些，但因为我不善谈而又好静，所以金镜虽有时热情地坐在我的房间，看到我总提不起精神来，也就无可奈何地走开了。只记得有一天黄昏，在山顶，闲谈中，知道他原是天津的中学生，也是因为爱好文艺，参加革命的。他在文学事业上的初步尝试，比我还要早。另外，他好像很受"五四"初期启蒙运动的影响，把文化看得很重。他认为现在有些事，所以做得不够理想，是因为人民还缺乏文化的缘故。当时我对他这些论点，半信半疑，并且觉得是书生之见，近于迂阔。他还对我谈了中央几个文艺刊物的主编副主编，在几年之中，有几人犯了错误。因为他是《文艺报》的副主编，担心犯错误吧，也只是随便谈谈，两个人都一笑完事。我想，金镜为人既如此慎重老练，又在部队做过政治工作，恐怕不会出什么漏子吧。

在那一段时间，他的书包里总装着一本我写的《白洋淀纪事》。他几次对我说："我要再看看。"那意思是，他要写一篇关于这本书的评论，或是把意见和我当面谈谈。他每次这样说，我也总是点头笑笑。他终于也没有写，也没有谈。这是我早就猜想到的。对于朋友的作品，是不好写也不好谈的。过誉则有违公论，责备又恐伤私情。

他确实很关心我，很细致。在颐和园时，我偶然提起北京什么东西好吃，他如果遇到，就买回来送给我。有时天晚了，我送客人，他总陪我把客人送到公园的大门以外。在夜晚，公园不只道路曲折，也很空旷，他有些不放心吧。

此后十几年，就没有和金镜见过面。

最后听说：金镜的干校在湖北。在炎热的夏天，他划着小船在湖里放鸭子，他血压很高，一天晚上，劳动归来，脑溢血死去了。他一直背着"反党"的罪名，因为他曾经指着在文化大革命期间报刊上经常出现的林彪形象，说了一句："像个小丑！"金镜死后不久，林彪的问题就暴露了。

我没有到过湖北，没有见过那里的湖光山色，只读过范仲淹描写洞庭湖的文章。我不知道金镜在的地方，是否和洞庭湖一水相通。我现在想到：范仲淹所描写的，合乎那里天人的实际吗？他所倡导的先忧后乐的思想，能对在湖滨放牧家禽的人，起到安慰鼓舞的作用吗？金镜曾信服地接受过他那不以物喜，不以己悲的劝戒吗？

在历史上，不断有明哲的语言出现，成为一些人立身的准则，行动的指针。但又不断有严酷的现实，恰恰与此相反，使这些语言，黯然失色，甚至使提倡者本身头破血流。然而人民仍在觉醒，历史仍在前进，炎炎的大言，仍在不断发光，指引先驱者的征途。我断定，金镜童年，就在纯洁的心灵中点燃的追求真理的火炬，即使不断遇到横加的风雨，也不会微弱，更不会熄灭的。

忆郭小川

一九四八年冬季，我在深县下乡工作。环境熟悉了，同志们也互相了解了，正在起劲，有一天，冀中区党委打来电话，要我回河间，准备进天津。我不想走，但还是骑上车子去了。

我们在胜芳集中，编在《冀中导报》的队伍里。从冀热辽的《群众日报》社也来了一批人，这两家报纸合起来，筹备进城后的报纸出刊。小川属于《群众日报》，但在胜芳，我好像没有见到他。早在延安，我就知道他的名字，因为我交游很少，也没得认识。

进城后，在伪《民国日报》的旧址，出版了《天津日报》。小川是编辑部的副主任，我是副刊科的副科长。我并不是《冀中导报》的人，在冀中时，却常常在报社住宿吃饭，现在成了它的正式人员，并且得到了一个官衔。

编辑部以下有若干科，小川分工领导副刊科，是我的直接上司。小川给我的印象是：一见如故，平易坦率，热情细心，工作负责，生活整饬。这些特点，在一般文艺工作者身上是很少见的。所以我对小川很是尊重，并在很长时间里，我认为小川不是专门写诗，或者已经改行，是能做行政工作，并且非常老练的一名干部。

在一块工作的时间很短，不久他们这个班子就原封转到湖南去了。小川在《天津日报》期间，没有在副刊上发表过一首诗，我想他不是没有诗，而是谦虚谨慎，觉得在自己领导下的刊物上发表东西，不如把版面让给别人。他给报社同志们留下的印象，是很好的，很多人都不把他当诗人看待，甚至不知道他能写诗。

后来，小川调到中国作家协会工作。在此期间，我病了几年，联系不多。当我从外地养病回来，有一次到北京去，小川和贺敬之同志把我带到前门外一家菜馆，吃了一顿饭。其中有两个菜，直到现在，我还认为，是我有生以来，吃到的最适口的美味珍品。这不只是我短于交际，少见世面，也因为小川和敬之对久病的我，无微不至的关怀照顾，才留下了如此难以忘怀的印象。

我很少去北京，如果去了，总是要和小川见面的，当然和他的职位能给予我种种方便有关。

我时常想，小川是有作为的，有能力的。一个诗人，担任这样一个协会的秘书长，上上下下，里里外外都来得，我认为是很难的。小川却做得很好，很有人望。

我平素疏忽，小川的年龄，是从他逝世后的消息上，才弄清楚的。他参加革命工作的时候，还不到二十岁。他却能跋山涉水，入死出生，艰苦卓绝，身心并用，为党为人民做了这样多的事，实事求是评定起来，是非常有益的工作。他的青春，可以说是没有虚掷，没有浪过。

他的诗，写得平易通俗，深入浅出，毫不勉强，力求自然，也是一代诗风所罕见的。

很多年没有见到小川，大家都自顾不暇。后来，我听说小川发表了文章，不久又听说受了"四人帮"的批评。我当时还怪他，为什么在这个时候，急于发表文章。

前年，有人说在辉县见到了他，情形还不错，我很高兴。我觉得经过这么几年，他能够到外地去做调查，身体和精神一定是很不错的了。能够这样，真是幸事。

去年，粉碎了"四人帮"，大家正在高兴，忽然传来小川不幸的消息。说他在安阳招待所听到好消息，过于兴奋，喝了酒，又抽烟，当夜就出了事。起初，我完全不相信，以为是传闻之误，不久就接到了他的家属的电报，要我去参加为他举行的追悼会。

我没有能够去参加追悼会。自从一个清晨，听到陈毅同志逝世的广播，怎么也控制不住热泪以后，一听到广播哀乐，就悲不自胜。小川是可以原谅我这体质和神经方面的脆弱性的。但我想如果我不写一点什么纪念他，就很对不起我们的友情。我已经有十几年没有写作的想法了，现在拿起笔来，是写这样的文字。

我对小川了解不深，对他的工作劳绩，知道得很少，对他的作品，也还没有认真去研究，深怕伤害了他的形象。

一九五一年吧，小川曾同李冰、俞林同志，从北京来看我，在我住的院里，拍了几张照片。这一段胶卷，长期放在一个盒子里。前些年，那么乱，却没人过问，也没有丢失。去年，我托人洗了出来，除了我因为不健康照得不好以外，他们三个人照得都很好，尤其是小川那股英爽秀发之气，现在还跃然纸上。

　　啊，小川，
　　你的诗从不会言不由衷，
　　而是发自你肺腑的心声。
　　你的肺腑，
　　像高挂在树上的公社的钟，
　　它每次响动，
　　都为的是把社员从梦中唤醒，
　　催促他们拿起铁铲锄头，
　　去到田地里上工。

你的诗篇，长的或短的，
像大大小小的星斗，
展布在永恒的夜空，
人们看上去，它们都有一定的光亮，
一定的方位，
就是儿童，
也能指点呼唤它们的可爱的名称。
它们绝不是那转瞬即逝的流星——乡
　　下人叫作贼星，
拖着白色的尾巴，从天空划过，
人们从不知道它的来路，
也不关心它的去踪。
你从不会口出狂言，欺世盗名，
你的诗都用自己的铁锤，
在自己的铁砧上锤炼而成。
雨水从天上落下，
种子用两手深埋在土壤中。
你的诗是高粱玉米，
它比那伪造的琥珀珊瑚贵重。
你的诗是风，
不是转蓬。
泉水呜咽，小河潺潺，大江汹涌！

　　　　　　　　　　1977年1月3日改讫

　　　　　　　　　　　青春余梦　孙犁散文精选集

删去的文字

　　我在一九七七年一月间所写的回忆侯、郭的文章，现在看起来简直是空空如也，什么尖锐突出的内容也没有的。在有些人看来，是和他们的高大形象不相称的。这当然归罪于我的见薄识小。

　　就是这样的文章，在我刚刚写出以后，我也没有决定就拿去发表的。先是给自己的孩子看了看，以为新生一代是会有先进的见解的，孩子说，没写出人家的政治方面的大事情。基于同样原因，又请几位青年同事看了，意见和我的孩子差不多，只是有一位赞叹了一下纪郭文章中提到的名菜，这也很使我不能"神旺"。春节到了，老朋友们或拄拐，或相扶，哼哎不停地来看我了，我又拿出这些稿子给他们看，他们看过不加可否，大概深知我的敝帚自珍的习惯心理。

　　不甘寂寞。过了一些日子，终于大着胆子把稿子寄到北京一家杂志社去了。过了很久，退了回来，信中说：关于他们，决定只发遗作，不发纪念文章。

　　我以为一定有"精神"，就把稿子放进抽屉里去了。

　　有一天，本地一个大学的学报来要稿，我就拿出稿子请他们看看，他们说用。我说北京退回来的，不好发吧，没有给他们。

　　等到我遇见了退稿杂志的编辑，他说就是个纪念规格问题，我才通知那个学报拿去。

你看，这时已经是一九七七年的春天了，揪出"四人帮"已经很久，我的精神枷锁还这样沉重。

尚不止此。稿子每经人看过一次，表现不满，我就把稿子再删一下，这样像砍树一样，谁知道我砍掉的是枝叶还是树干！

这样就发生了一点误会。学报的一位女编辑把稿子拿回去研究了一下，又拿回来了。领导上说，最好把纪侯文章中，提到的那位女的，少写几笔。她在传达这个意见的时候，嘴角上不期而然地带出了嘲笑。

她的意思是说：这是纪念死者的文章，是严肃的事。虽然你好写女人，已成公论，也得看看场合呀！

她没有这样明说，自然是怕我脸红。但我没有脸红，我惨然一笑。把她送走以后，我把那一段文字删除净尽，寄给《上海文艺》发表了。

在结集近作散文的时候，我把删去的文字恢复了一些。但这一段没有补进去。现在把有关全文抄录，另成一章。

在我养病期间，侯关照机关里的一位女同志，到车站接我，并送我到休养所。她看天气凉，还多带了一条干净的棉被。下车后，她抱着被子走了很远的路。休息下来，我只是用书包里的两个小苹果慰劳了她。在那几年里，我这样麻烦她，大概有好几次，对她非常感激。我对她说，我恳切地希望她能到天津玩玩，我要很好地招待她。她一直也没有来。

她爽朗而热情。她那沉稳的走路姿势，她在沉思中，偶尔把头一扬，浓密整齐的黑发向旁边一摆，秀丽的面孔，突然显得严肃的神情，给人留下特殊深刻的印象。

是一九六六年秋季吧。形势一天比一天紧张，我同中层以上干部，已经被集中到一处大院里去了。

这是一处很有名的大院，旧名张园，为清末张之洞部下张彪所建。宣统就是从这里逃去东北，就位"满洲国""皇帝"的。孙中山先生从南方到北方来和北洋军阀谈判，也在这里住过。大楼堂皇富丽，有一间房子，全用团龙黄缎裱过，是皇帝的卧室。

一天下午，管带我们的那个小个子，通知我有"外调"。这是我第一次接待外调。我向传达室走去，很远就望见，有一位女同志靠在大门旁的墙壁上，也在观望着我。我很快就认出是北京那位女同志。

我在她眼里变成了什么样子，我没有去想。她很削瘦，风尘仆仆，看见我走近，就转身往传达室走，那脚步已经很不像我们在公园的甬路上漫步时的样子了。同她来的还有一位男同志。

传达室里间，放着很多车子，有一张破桌，我们对面坐下来。

她低着头，打开笔记本，用一只手托着脸，好像还怕我认出来。

他们调查的是侯。问我在和侯谈话的时候，侯说过哪些反党的话。我说，他没有说过反党的话，他为什么要反党呢？

不知是为什么情绪所激动，我回答问题的时候，竟然慷慨激昂起来。在以后，我才体会到：如果不是她对我客气，人家会立刻叫我站起来，甚至会进行武斗。几个月以后，我在郊区干校，就遇到两个穿军服的非军人，调查田的材料，因为我抄着手站着，不回答他们提出的问题，就把我的手抓破了，不得不到医务室进行包扎。

现在，她只是默默地听着，然后把本子一合，望望那个男的，轻声对我说：

"那么，你回去吧。"

当天下午，在楼房走道上，又遇到她一次，她大概是到专案组去，谁也没有说话。

在天津，我和她就这样见了一面，不能尽地主之谊。这可以说是近年来一件大憾事。她同别人一起来，能这样宽恕地对待我，是使我难忘的，她大概还记得我的不健康吧。

在我处境非常困难的时候，每天那种非人的待遇，我常常想用死来逃避它。一天，我又接待一位外调的，是歌舞团的女演员。她只有十七八岁，不只面貌秀丽，而且声音动听。在一间小屋子里，就只我们两人，她对我很是和气。她调查的是方。我和她谈了很久，在她要走的时候，我竟恋恋不舍，禁不住问：

"你下午还来吗？"

回答虽然使我失望，但我想，像这位女演员，她以后在艺术上，一定能有很高的造诣。因为在这种非常时期，她竟然能够保持正常表情的面孔和一颗正常跳动的心，就证明她是一个非常不平凡的人物。

我也很怀念她。

或有人问：方彼数年间，林彪、"四人帮"倒行逆施，使夫妇生离，亲子死别者，以千万计。其所遭荼毒，与德高望重成正比例。你不从大处落笔，却喋喋于男女邂逅，朋友私情之间，所见不太渺小了吗？是的，林彪、"四人帮"伤天害理，事实今天自然已经大明。但在那些年月，我失去自由，处于荆天棘地之中，转身防有鬼伺，投足常遇蛇伤。昼夜苦思冥想：这是为了什么？为什么要这样做呢？这合乎马克思、恩格斯的阶级斗争学说吗？这是通向共产主义的正确途径吗？惶惑迷惘不得其解。深深有感于人与人关系的恶劣变化，所以，即使遇到一个歌舞演员的宽厚，也就像在沙漠跋涉中，遇到一处清泉，在恶梦缠绕时，听到一声鸡唱。感激之情，就非同一般了。

1978 年除夕

装书小记
关于《子夜》的回忆

　　最近，《人民文学》编辑部，赠送我一本新版的《子夜》，我就利用原来的纸封，给它包上新的书皮。这是童年读书时期养成的一种爱护书籍的习惯，一直没有改，遇到心爱的书，总得先把它保护好，然后才看着舒适放心。

　　前几年，当我的书籍发还以后，我发见其中现代和当代文艺作品，《辞源》和各种大辞典全部不见了，这是可以理解的。而有关书目的书，也全部丢失，这就使我颇为奇怪。难道在执事诸公中间，竟有人发思古之幽情，对这门冷僻的学科，忽然发生了学习的兴趣，想借此机会加以研究和探讨吗？据一位当事人员对我说：你是书籍的大户，所以还能保留下这么多。那些零星小户，想找回一本也困难了。

　　对这些残存的书，我差不多无例外地给它们包裹了新装，也是利用一些旧封套，这种工作，几乎持续了两年之久。因为书籍在外播迁日久，不只蒙受了风尘，而且因为搬来运去，大部分也损伤了肌体。把它们修整修整，换件新衣，也是纪念它们经历一番风雨之后，面貌一新的意思。

　　每逢我坐在桌子前面，包裹书籍的时候，我的心情是非常平静，很是愉快的。一个女同志曾说，看见我专心致志地修补破书的样子，就和她织毛活、补旧衣一样，确实是很好的休息脑子的工作。

是这样。我对书有一种强烈的，长期积累的，职业性的爱好。一接触书，我把一切都会忘记，把它弄得整整齐齐，干干净净，我觉得是至上的愉快。现在，面对的是久别重逢的旧友，虽然也有石兄久违之叹，苦无绛芸警辟之辞，只是包书皮而已。

　　至于《子夜》，我原来有一本初版本。这是在三十年代初很不容易才得到的。《子夜》的出版，是中国革命文坛上的一件大事。鲁迅先生很为这一重大收获高兴，在他的书信集中，我们可以看到，他当时写信给远在苏联的朋友说：我们有《子夜》，他们写不出。我们，是指左联；他们，是指国民党御用文人。

　　当时，我正在念高中，多么想得到这本书。先在图书馆借来看了，然后把读书心得写成一篇文章，投稿给开明书店办的《中学生》杂志。文章被采用了，登在年终增刊上，给了我二元钱的书券，正好，我就用这钱，向开明书店买了一本《子夜》。书是花布面黄色道林纸精装本，可以想象我是多么珍惜它。

　　越是珍惜的东西，越是容易失去。我的书，在抗日战争期间，全部损失。敌人对游击区的政策是"三光"，何况是书！这且不去谈它。有些书，却是家人因为怕它招灾惹祸——可以死人，拿它来烧火做饭了。

　　胜利以后，我曾问过我的妻子：你拿我的书烧火，就不心疼吗？

　　她说：怎么不心疼？一是你心爱的东西；二是省吃俭用拿钱买来的。我把它们堆在灶火膛前，挑挑捡捡舍不得烧。但一想到上次被日本人发现的危险情景，就合眉闭眼把它扔进火里去了。有些书是布皮，我就撕下来，零碎用了。

　　我从她的谈话中，明白了《子夜》可能遭到的下场。

人类发明了文字，有了书籍以来，无论是策、札、纸、帛，抄写或印刷，书籍在赋予人类以知识与智慧的同时，它自己也不断遭遇着兴亡、成败、荣辱、聚散，存在或消失的两种极其相反的命运。但好的，对人类有用的书，是不会消灭的，总会流传下来，这是书籍的一种特殊天赋。

我初读《子夜》的时候，保定这个北方的古老城市，好像时时刻刻都在预报着时代的暴风雨。圣洁的祖国土地，已经遭受了日本帝国主义的两次凌暴，即"九·一八"事变和"一·二八"事变。革命的书籍——新兴社会科学和十月革命以后的文学，在大大小小的书店里，无所顾忌地陈列着，有的就摆在街头地下出卖，非常齐全，价格便宜。在这一时期，我生吞活剥地读了几种马列主义的经典著作，初步得到了一些辩证法和唯物主义的知识。

二十年代和三十年代的交接期，是革命思想大传播的时代，茅盾同志创作《子夜》，也是在这种潮流下，想用社会分析的方法，反映中国社会的经济结构、阶级关系和阶级斗争，并力图以这部小说来推动这个伟大的潮流。我从这个想法出发，写了那篇读后感，文章很短。

在那一时期，假的马克思主义，即挂羊头卖狗肉的书籍也不少，青年人一时难以辨认，常常受骗上当。有些杂志，不只名字引人，封面都是深红色的，显得非常革命，里面马列主义的引文也不少，但实际上是反马列主义的，这是后来经鲁迅先生指出，我才得明白的。

但青年学生也究竟从马列主义的原著，从一些真正革命的作家那里，初步获得了正确的革命观点，运用到他们的创作和行动之中。

1978 年春天

悼画家马达

听到马达终于死去了，脑子又像被击中一棒，半夜醒来，再也不能入睡了。青年时代结交的战斗伙伴，相继凋谢，实在使人感怆不已。

只是在今年初，随着党中央不断催促落实政策，流落在西郊一个生产大队的马达，被记忆了起来。报社也三番两次去找他采访，叫他写些受"四人帮"迫害的材料。报社同志回来对我说：

马达住在那个生产大队临大道的尘土飞扬、人声嘈杂、用破席支架起来的防震棚里，另有一间住房，也很残破。客人们去了，他只有一个小板凳，客人照顾他年老有病，让他坐着，客人们随手拾块破砖坐下来。

马达用两只手抱着头，半天不说话。最后，他说：

"我不能说话，我不能激动，让我写写吧。"

在临分别的时候，他问起了我：

"他还在原来的地方住吗？我就是和他谈得来，我到市里要去看他。"

我在延安住的时间很短，也就是一年半的时间。原来是调去学习的，很快日本投降了，就又随着工作队出来。在延安，我在鲁艺做一点工作，马达在美术系。虽说住在一个大院落里，我不记得到过他的窑洞，他也没有到过我的窑洞。听说他的窑洞修整得很别致，他利用土方，削成了沙发、茶几、盆架、炉灶等等。可是同在一个小食堂里吃饭，每天要见三次面，有什么话也可以说清楚的。马达沉默寡言，认识这么些年，他没有什么名言谠论、有风趣的话或生动的表情，留在我的印象里。

从延安出发，到张家口的路上，我和马达是一个队。我因为是从敌后来的，被派作了先遣，每天头前赶路。我有一双从晋察冀穿到延安去的山鞋，现在又把它穿上，另外，还拿上我从敌后山上砍伐来的一根六道木棍。

这次行军，非常轻松，除去过同蒲路，并没有什么敌情。后来，我又兼给女同志们赶毛驴，每天跟在一队小毛驴的后面，迎着西北高原的瑟瑟秋风，听着骑在毛驴背上的女歌手们的抒情，可以想见我的心情之舒畅了。

我在延安是单身，自己生产也不行，没有任何积蓄。有些在延安住久的同志，有爱人和小孩，他们还自备了一些旅行菜。我在延安遇到一次洪水暴发，把所有的衣被，都冲到了延河里去，自己如果不是攀住拴马的桩子，也险些冲进去。组织上照顾我，发给我一套单衣。第二天早晨，水撤了，在一辆大车的车脚下，发见了我的衣包，拿到延河边一冲洗，这样我就有了两套单衣。行军途中，我走一程，就卖去一件单衣，补充一些果子和食物。这种情况当然也是一时的权宜之计，不很正规的。

中午到了站头，我们总是蹲在街上吃饭。马达也是单身，但我不记得和他蹲在一起，共进午餐的情景。只有要在一个地方停留几天，要休整了，我才有机会和他见面，留有印象的，也只有一次。

在晋、陕交界，是个上午，我从住宿的地方出来，要经过一个磨棚，我看到马达正站在那里，聚精会神地画速写。有两位青年妇女在推磨，我没有注意她们推磨的姿态，我只是站在马达背后，看他画画。马达用一支软铅笔在图画纸上轻轻地、敏捷地描绘着，只有几笔，就出现了一个柔婉生动、非常美丽的青年妇女形象。这是素描，就像在雨雾里见到的花朵，在晴空里望到的钩月一般。我确实惊叹画家的手艺了。

我很爱好美术，但手很笨，在学校时，美术一课，总是勉强交卷。从这一次，使我对美术家，特别是画家，产生了肃然起敬的感情。

马达最初，是在上海搞木刻的。那一时代的木刻，是革命艺术的一支突出的别动队。我爱好革命文学，也连带爱好了木刻，青年时曾买了不少这方面的作品。我一直认为在《鲁迅全集》里，鲁迅同一群青年木刻家的照相中，排在后面，胸前垂着西服领带，面型朴实厚重的，就是马达。但没有当面问过他。马达那时已是一个革命者，而那时的革命，并不是在保险柜里造反，是很危险的生涯。关于他那一段历史，我也没有和他谈起过。

行军到了张家口，我和一群画家，住在一个大院里。我因为一路赶驴太累了，有时间就躺下来休息。忽然有人在什么地方发现了一堆日本人留下的烂纸，画家们蜂拥而出，去捡可以用来画画的纸片。在延安，纸和颜料的困难，给画家带来了很大的不便。我写文章，也是用一种黄色的草纸。他们只好拿起木刻刀对着梨木板干，木刻艺术就应运而生地得到了长足的发展。他们见到了纸张，这般兴奋，正是表现了他们为了革命工作的热情。

在张家口住了几天，我就和在延安结交的文艺界的朋友们分道扬镳，回到冀中去了。

进天津之初，我常在多伦道一家小饭铺吃饭，在那里有时遇到马达。后来我的家口来了，他还到我住的地方来访一次，从那时起，我觉得马达，在交际方面，至少比我通达一些。又过了那么一段时间，领导上关心，在马场道一带找了一处房，以为我和马达性格相近，职业相当，要我们搬去住在一起。这一次，因为我犹豫不决，没有去成。不久，在昆明路，又给我们找了一处，叫我住楼上，马达住楼下。这一次，他先搬了进去。我的老伴把厨房厕所都打扫干净了，顺路去看望一个朋友，听到一些不利的话，回来又不想搬了。为了此事，马达曾找我动员两次，结果我还是没搬，他就和别人住在一起了。

我是从农村长大的，安土重迁。主要是我的惰性大，如果不是迫于形势，我会为自己画地为牢，在那里站着死去的。马达是在上海混过的，他对搬家好像很有兴趣。

从这一次，我真切地看到，马达是诚心实意愿意和我结为邻居的。古人说，百金买房，千金买邻，足见择邻睦邻的重要性。但是，马达对我恐怕还是不太了解，住在一起，他或者也会大感失望的。我在一切方面，主张调剂搭配。比如，一个好动的，最好配上一个好静的，住房如此，交朋友也是如此。如果两个人都好静，都孤独，那不是太寂寞了吗？当然这也只是我个人的看法。

他搬进新居，我没有到他那里去过。据老伴说，他那屋里尽是一些奇奇怪怪的东西，他也穿着奇怪的衣服，像老和尚一样。他那年轻的爱人，对我老伴称赞了他的画法。这可能是我老伴从农村来，少见多怪。她大概是走进了他的工作室，那种奇异的服装，我想是他的工作服吧。

在刚刚进城那些年，劝业场楼上还有很多古董铺，我常常遇见马达坐在里面。后来听说他在那里买了不少乌漆八黑的，确实说，是人弃我取，一般人不愿意要的东西。他花大价钱买来。屋里摆满了这种什物，加上一个年老沉默的人，在其中工作，的确会给人一种不太爽朗的感觉。

　　在艺术风格上，进城以后，他爱上了砖刻。我外行地想，至少在工作材料上，比起木刻更原始一层。他刻出的一些人物形象，信而好古，好像并不为当代的广大群众所喜闻乐见。

　　他很少出来活动。从红尘十丈的长街上，退避到笼子一样的房间里，这中间，可能有他力不从心的难言之隐吧。对现实生活越来越陌生，越陌生就越不习惯。以为生活像田园诗似的，人都像维娜斯似的，笑都像蒙娜丽莎似的，一接触实际，就要碰壁。他结婚以后，青春作伴，可能改变了生活的气氛。

　　古往今来，一些伟大的画师，以怪僻的习性，伴随超人的成绩。但是，所谓独善其身或是洁身自好，只能说是一句空话，是与现实生活矛盾的，也是不可能的。你脱离现实，现实会去接近你。

　　一九六六年冬季，有一群人，闯进了他的住宅，翻箱倒柜。马达俯在他出生不久的儿子身上，安静地对进来的人说：

　　"你们，什么东西也可以拿去，不要吓着我的小孩！"

　　他在六十多岁时，才有了这个孩子。

　　接着就是全家被迫迁往郊区。"四人帮"善于巧立名目，借刀杀人，加给他的罪名是：资产阶级反动权威。

　　这十几年，当然我们没有见过面。就是最近，他也没得到我这里来过，市里的房子迟迟解决不了，他来办点事，还要赶回郊区。我因为身体不好，也没有能到医院看望他。这都算不得什么，谈不上什么遗憾的。

我一直相信，马达在郊区，即使生活多么困难和不顺利，他是可以过得去的。因为，他曾经长时期度过更艰难困苦的生活。听说他在农村教了几个徒弟，这些徒弟帮他做一些他力所不及的劳动。当然，他遭遇的是精神上的折磨和人格的被侮辱。我也断定，他可以活下来，因为他是能够置心澹定，自贵其生的。他确实活过来了，在农村画了不少画，并见到了"四人帮"及其体系的可耻破灭。

1978 年 4 月 22 日

关于《山地回忆》的回忆

一九四九年十二月，我写了一篇短篇小说《山地回忆》，发表在《天津日报》的《文艺周刊》上。最近，有的地方编辑丛刊，收进了它。在校正文字时，我想起一些过去的事。

自己的生平，本来没有什么值得郑重回忆的事迹。但在"四人帮"当路的那些年月，常常苦于一种梦境：或与敌人遭遇，或与恶人相值。或在山路上奔跑，或在地道中委蛇。或沾溷厕，或陷泥泞。有时漂于无边苦海，有时坠于万丈深渊。呼叫醒来，长舒一口气想道：我走过的路上，竟有这么多的险恶，直到晚年，还残存在印象意识之中吗？

是，有的。近的且不去谈它。一九四四年春季，经历了敌人三个月的残酷"扫荡"，我刚刚从繁峙的高山上下来，就和华北联大高中班六七位同事几十个同学，结队出发，到革命圣地延安去。这是一支很小的队伍，由总支书记吕梁同志带队。吕梁同志，从到延安分手后，我就一直没见到过他。他是一位善于做政治工作，非常负责，细心周到，沉默寡言的值得怀念的同志。

我们从阜平出发，不久进入山西境内。大概是到了忻县一带吧，接近敌人据点。一天中午，我们到了一个村庄，在村里看不到什么老百姓。我们进入一家宅院，把背包放在屋里，就按照命令赶快做饭。饭是很简单的，东锅焖小米饭，西锅煮菜汤。人们把饭吃完，然后围在西锅那里，洗自己的饭碗。

我有个难改的毛病，什么事都不愿往上挤，总是靠后站。等人们利用洗锅的那点水，把碗洗好，都到院里休息去了，我才上去洗。锅里的水已经很少，也很脏了，我弯着腰低着头，忽然"嗡"的一声，锅飞了起来，屋里烟尘弥漫，院子里的人都惊了。

　　我还不知道是怎么回事。拿着小洋瓷碗，木然地走到院里，同学们都围了上来。据事后他们告诉我，当时我的形象可怕极了。一脸血污，额上翻着两寸来长的一片肉。

　　当我自己用手一抹，那些可怕的东西，竟是污水和一片菜叶的时候，我不得不到村外的小河里去把脸洗一下。

　　在洗脸的时候，我和一个在下游洗菜的妇女争吵了起来。我刚刚受了惊，并断定这是村里有坏人，预先在灶下埋藏了一枚手榴弹，也可以说是一枚土制的定时炸弹。如果不是山西的锅铸得坚固，灶口垒得严实，则我一定早已魂飞天外了。

　　我非常气愤，和她吵了几句，悻悻然回到队上，马上就出发了。

　　村南是一条大河。我对这条河的印象很深，但忘记问它的名字。是一条东西方向的河，有二十米宽，水平得像镜子一般，晴空的太阳照在它的身上，简直看不见有什么涟漪。队长催促，我们急迫地渡过河流。水齐着我的胸部，平静、滑腻，有些暖意，我有生以来，第一次体会到水的温柔和魅力。

　　远处不断传来枪声。过河以后，我们来不及整理鞋袜，就要爬上一座非常陡峭的，据说有四十里的高山。一个姓梅的女同学，还在河边洗涮鞋里的沙子，我招呼了她，并把口袋里的冷玉米面窝窝头，分给她一些，作为赶爬这样高山的物质准备。天黑，我们爬到了山顶，风大、寒冷，不能停留，又遇到暴雨，第二天天亮，我们才算下了山，进入村庄休息。

睡醒以后，同事们才有了精力拿我昨天遇到的惊险场面，作为笑料，并庆幸我的命大。

我现在想：如果，在那种情况下，把我炸死，当然说不上是冲锋陷阵的壮烈牺牲，只能说是在战争环境中的不幸死亡。在那些年月，这种死亡，甚至可以说是一种接近寿终正寝的正常死亡。同事们会把我埋葬在路旁、山脚、河边，也无须插上什么标志。确实，有不少走在我身边的同志，是那样倒下去了。有时是因为战争，有时仅仅是因为疾病、饥寒，药物和衣食的缺乏。每个战士都负有神圣的职责，生者和死者，都不把这种死亡作为不幸，留下遗憾。

现在，我主要回忆的不是这些，是关于那篇小说《山地回忆》。小说里那个女孩子，绝不是这次遇到的这个妇女。这个妇女很刁泼，并不可爱。我也不想去写她，我想写的，只是那些我认为可爱的人，而这种人，在现实生活中间，占大多数。她们在我的记忆里是数不清的。洗脸洗菜的纠纷，不过是引起这段美好的回忆的楔子而已。

"四人帮"派的文艺观是：不许人们写真人真事，而又好在一部作品中间，去作无中生有的索引，去影射。这是一种对生活、对文艺都非常有害的作法。

在一篇作品，他们认为是"红"的时候，他们把主角和真人真事联系起来，甚至和作者联系起来。以为作者是英雄，所以他才能写出英雄；作者是美女，所以她才能写出美女。并把故事和当时当地联系起来，拿到一定的地点去对证，荣耀乡里。在一部作品，他们忽然又要批判的时候，就把主角的反动性，和真人真事联系起来，甚至和作者联系起来，拿到他的工作地点或家乡去批判，株连亲友，辱及先人。

有人说这叫"庸俗社会学"。社会学不社会学我不知道，庸俗是够庸俗的了。

我虽然主张写人物最好有一个模特儿，但等到人物写出来，他就绝不是一个人的孤单摄影。《山地回忆》里的女孩子，是很多山地女孩子的化身。当然，我在写她们的时候，用的多是彩笔，热情地把她们推向阳光照射之下，春风吹拂之中。在那可贵的艰苦岁月里，我和人民建立起来的感情，确是如此。我的职责，就是如实而又高昂浓重地把这种感情渲染出来。

进城以后，我已经感到：这种人物，这种生活，这种情感，越来越会珍贵了。因此，在写作中间，我不可抑制地表现了对她，对这些人物的深刻的爱。

一九七八年九月二十九日上午

谈赵树理

　　山西自古以来，就是多才多艺之乡。在八年抗日战争期间，作为敌后的著名抗日根据地，在炮火烽烟中，绽放了一枝奇异的花，就是赵树理的小说创作。

　　赵树理的小说，以其故事的通俗性，人物性格的鲜明，特别是语言的地方色彩，引起了各个抗日根据地军民的注意。他的几种作品，不胫而走，油印、石印、铅印，很快传播。

　　抗日战争刚刚结束，我在冀中区读到了他的小说：《小二黑结婚》、《李有才板话》和《李家庄的变迁》。

　　我当即感到，他的小说，突破了前此一直很难解决的，文学大众化的难关。

　　在他以前，所有文学作者，无不注意通俗传远的问题。"五四"白话文学的革命，是破天荒地向大众化的一次进军。几经转战，进展好像并不太大，文学作品虽然白话了，仍然局限在少数读者的范围里。理论上的不断探讨，好像并不能完全解决大众化的实践问题。

　　文学作品能不能通俗传远，作家的主观愿望固然是一种动力，但是其他方面的条件，也很重要。多方面的条件具备了，才能实现大众化，主要是现实生活和现实斗争的需要，政治的需要。在这两项条件之外，作家的思想锻炼，生活经历，艺术修养和写作才能，都是缺一不可的必要条件。

　　我曾默默地循视了一下赵树理的学习、生活和创作的道路。因为和他并不那么熟悉，有些只是以一个同时代人的猜测去进行的。

据王中青的一篇回忆记载：一九二六年赵树理"在长治县山西省立第四师范学校念书。他平易近人，说话幽默，是一个很有风趣的人。他勤奋好学，博览群书，向当时上海左翼作家的作品学习，向民间传统艺术学习。他那时就可谓是一位博学多识，多才多艺的青年文艺作者。"

这段回忆出自赵树理的幼年同学，后来的战友，当然是非常可信的。其中提到的许多史实，都对赵树理以后的创作，有直接的关系。但是，即使赵树理当时已具备这些特点，如果没有遇到抗日战争，没有能与这一伟大历史环境相结合，那么他的前途，他的创作，还是很难预料的。

在学校，他还是一个文艺爱好者，毕业以后，按照当时一般的规律，他可以沉没乡塾，也可以老死户牖。即使他才情卓异，能在文学上有所攀登，可以断言，在创作上的收获，也不会达到我们现在所能看到的高度。

创作上的真正通俗化，真正为劳苦大众所喜见乐闻，并不取决于文学形式上。如果只是那样，这一问题，早已解决了。也不单单取决于文学的题材。如果只是写什么的问题，那也很早就解决了。它也不取决于对文学艺术的见解，所学习的资料。在当时有见识，有修养的人材多得很，但并没有出现赵树理型的小说。

这一作家的陡然兴起，是应大时代的需要产生的，是应运而生，时势造英雄。

当赵树理带着一支破笔，几张破纸，走进抗日的雄伟行列时，他并不是一名作家。他同那些刚放下锄头，参加抗日的广大农民一样，并没有觉得自己有任何特异的地方。他觉得自己能为民族解放献出的，除去应该做的工作，就还有这一支笔。

他是大江巨河中的一支细流，大江推动了细流，汹涌前去。

他的思想，他的所恨所爱，他的希望，只能存在于这一巨流之中，没有任何分散或格格不入之处。

他同身边的战士，周围的群众，休戚与共，亲密无间。

他要写的人物，就在他的眼前，他要讲的故事，就在本街本巷。他要宣传、鼓动，就必须用战士和群众的语言，用他们熟悉的形式，用他们的感情和思想。而这些东西，就在赵树理的头脑里，就在他的笔下。

如果不是这样，作家是不会如此得心应手，唱出了时代要求的歌。

正当一位文艺青年需要用武之地的时候，他遇到了最广大的场所，最丰富的营养，最有利的条件。

是的，每个时代都有它自己的歌手。但是，歌手的时代，有时要成为过去。这一条规律，在中国文学史上，特别显著。

随着抗日战争的胜利，土地改革的胜利，解放战争的胜利，随着全国解放的胜利锣鼓，赵树理离开乡村，进了城市。

全国胜利，是天大的喜事。但对于一个作家来说，问题就不这样简单了。

从山西来到北京，对赵树理来说，就是离开了原来培养他的土壤，被移置到了另一处地方，另一种气候、环境和土壤里。对于花木，柳宗元说："其土欲故。"

他的读者群也变了，不再完全是他的战斗伙伴。

这里对他表示了极大的推崇和尊敬，他被展览在这新解放的，急剧变化的，人物复杂的大城市里。

不管赵树理如何恬淡超脱，在这个经常遇到毁誉交于前，荣辱战于心的新的环境里，他有些不适应。就如同从山地和旷野移到城市来的一些花树，它们当年开放的花朵，颜色就有些暗淡了下来。

政治斗争的形势，也有变化。上层建筑领域，进入了多事之秋，不少人跌落下来。作家是脆弱的，也是敏感的。他兢兢业业，唯恐有什么过失，引来大的灾难。

渐渐也有人对赵树理的作品提出异议。这些批评者，不用现实生活去要求、检验作品，只是用几条杆棒去要求、检验作品。他们主观唯心地反对作家写生活中所有，写他们所知，而责令他们写生活中所无或他们所不知。于是故事越来越假，人物越来越空。他们批评赵树理写的多是落后人物或中间人物。吹捧者欲之升天，批评者欲之入地。对赵树理个人来说，升天入地都不可能。他所实践的现实主义传统，只要求作家创造典型的形象，并不要求写出"高大"的形象。他想起了在抗日根据地工作时，那种无忧无虑，轻松愉快的战斗心情。他经常回到山西，去探望那里的人们。

他的创作迟缓了，拘束了，严密了，慎重了。因此，就多少失去了当年的青春泼辣的力量。

很长时期，他专心致志地去弄说唱文学。赵树理从农村长大，他对于民间艺术是非常爱好，也非常精通的。他根据田间的长诗《赶车传》，改编的《石不烂赶车》鼓词，令人看出，他不只对赶车生活知识丰富，对鼓词这一形式，也运用自如。这是赵树理一篇得意的作品。

这一时期，赵树理对于民间文艺形式，热爱到了近于偏执的程度。对于"五四"以后发展起来的各种新的文学形式，他好像有比一比看的想法。这是不必要的。民间形式，只是文学众多形式的一个方面。它是因为长期封建落后，致使我国广大农民，文化不能提高，对城市知识界相对而言的。任何形式都不具有先天的优越性，也不是一成不变，而是要逐步发展，要和其他形式互相吸收、互相推动的。

　　流传民间的通俗文艺，也型类不一，神形各异。文艺固然应该通俗，但通俗者不一定皆得成为文艺。赵树理中后期的小说，读者一眼看出，渊源于宋人话本及后来的拟话本。作者对形式好像越来越执着，其表现特点为：故事行进缓慢，波澜激动幅度不广，且因过多罗列生活细节，有时近于卖弄生活知识。遂使整个故事铺摊琐碎，有刻而不深的感觉。中国古典小说的白描手法，原非完全如此。

　　进城不久，是一九五○年的冬季吧，有一天清晨，赵树理来到了我在天津的狭小的住所。我们是初次见面，谈话的内容，现在完全忘记了，但他留给我的印象是很清楚的。他恂恂如农村老夫子，我认为他是一个典型的农民作家。

　　因为是同时代，同行业，加上我素来对他很是景仰，他的死亡，使我十分伤感。他是我们这一代的优秀人物。他的作品充满了一个作家对人民的诚实的心。

　　林彪、"四人帮"当然不会放过他。在林彪、"四人帮"兴妖作怪的那些年月，赵树理在没有理解他们的罪恶阴谋之前，最初一定非常惶惑。在既经理解之后，一定是非常痛恨的。他们不只侮辱了他，也侮辱了他多年来为之歌颂的，我们的党、国家和人民。

　　天生妖孽，残害生民。在林彪、"四人帮"鼓动起来的腥风血雨之中，人民长期培养和浇灌的这一株花树，凋谢死亡。这是文学艺术的悲剧。

　　经济、政治、文艺，自古以来，就形成了一种非常固定，非常自然的关系。任何改动其位置，或变乱其关系的企图，对文艺的自然生成，都是一种灾难。

文艺的自然土壤，只能是人民的现实生活和斗争，植根于这种土壤，文艺才能有饱满的生机。使它离开这个土壤，插进多么华贵的瓶子里，对它也只能是伤害。

林彪、"四人帮"这些政治野心家，用实用主义对待文艺。他们一时把文艺捧得太高，过分强调文艺的作用，几乎要和政治，甚至和经济等同起来。历史已经残酷地记载：在他们这样做的时候，常常是为他们在另一个时候，过分贬低文艺，惩罚文艺，甚至屠宰文艺，包藏下祸心。

1978 年 11 月 11 日

文字生涯

二十年代中期，我在保定上中学。学校有一个月刊，文艺栏刊登学生的习作。

我的国文老师谢先生是海音社的诗人，他出版的诗集，只有现在的袖珍月历那样大小，诗集的名字已经忘记了。

这证明他是"五四"以后，从事新文学运动的人物，但他教课，却喜欢讲一些中国古代的东西。另有一个特别的地方，是他从预备室走出来，除去眼睛总是望着天空，就是挟着一大堆参考书。到了课室，把参考书放在教桌上，也很少看他检阅，下课时又照样搬走，直到现在，我也没想通他这是所为何来。

每次发作文卷子的时候，如果谁的作文簿中间，夹着几张那种特大的稿纸，就是说明谁的作业要被他推荐给月刊发表了，同学们都特别重视这一点。

那种稿纸足足有现在的《参考消息》那样大，我想是因为当时的排字技术低，稿纸的行格，必须符合刊物实际的格式。

在初中几年间，我有幸在这种大稿纸上抄写过自己的作文，然后使它变为铅字印成的东西。高中时反而不能，大概是因为换了老师的缘故吧。

学校毕业以后，我也曾有靠投稿维持生活的雄心壮志，但不久就证明是一种痴心妄想，只好去当小学教师。这样一日三餐，还有些现实可能性，虽然也很不保险。

生活在青年人的面前，总是要展开新的局面的。伟大的抗日战争爆发了，写作竟出乎意料地成为我后半生的主要职业。

抗日战争，在中国共产党领导之下，是有枪出枪，有力出力。我的家乡有些子弟就是跟着枪出来抗日的。至于我们，则是带着一支笔去抗日。没有朱砂，红土为贵。穷乡僻壤，没有知名的作家，我们就不自量力地在烽火遍野的平原上驰骋起来。

油印也好，石印也好，破本草纸也好，黑板土墙也好，都是我们发表作品的场所。也不经过审查，也不组织评论，也不争名次前后，大家有作品就拿出来。群众认为：你既不能打枪，又不能放炮，写写稿件是你的职责；领导认为：你既是文艺干部，写得越多越快越好。

现在回想起来，那时的写作，真正是一种尽情纵意，得心应手，既没有干涉，也没有限制，更没有私心杂念的，非常愉快的工作。这是初生之犊，又遇到了好的时候：大敌当前，事业方兴，人尽其才，物尽其用。

全国解放以后，则是另外一种情形。思想领域的斗争被强调了，文艺作品的倾向，常常和政治斗争联系起来，作家在犯错误后，就一蹶不振。在写作上，大家开始执笔踌躇，小心翼翼起来。

但在解放初，战争时期的余风犹烈，进城以后，我还是写了不少东西。一九五六年大病之后，就几乎没有写。加上一九六六年以后的十年，我在写作上的空白阶段，竟达二十年之久。

人被"解放"以后，仍住在被迫迁居的一间小屋里。没有书看，从一个朋友的孩子那里借来一册大学用的文学教材，内有历代重要作品及其作者的介绍，每天抄录一篇来诵读。

患难余生，痛定思痛。我居然发哲人的幽思，想到一个奇怪的问题：在历史上，这些作者的遭遇，为什么都如此不幸呢？难道他们都是糊涂虫？假如有些聪明，为什么又都像飞蛾一样，情不自禁地投火自焚？我掩卷思考。思考了很长时间，得出这样一个答案：这是由文学事业的特性决定的。是现实主义促使他们这样干，是浪漫主义感召他们这样干。说得冠冕一些，他们是为正义斗争，是为人生斗争。文学是最忌讳说谎话的。文学要反映的是社会现实。文学是要有理想的，表现这种理想需要一种近于狂放的热情。有些作家遇到的不幸，有时是因为说了天真的实话，有时是因为过于表现了热情。

按作品来说，天才莫过于司马迁。这样一个能把三皇五帝以来的，错综复杂的历史，勒成他一家之言，并评论其得失，成为天下定论的人，竟因一语之不投机，下于蚕室，身受腐刑。他描绘了那么多的人物，难道没有从历史上吸取任何一点可以用之于自身的经验教训吗？

班固完成了可与《史记》媲美的《汉书》，他特别评论了他的先驱者司马迁，保存了那篇珍贵的材料——《报任少卿书》，使司马迁的不幸遭遇留传后世。班固的评论，是何等高超，多么有见识，但是，他竟因为投身于一个武人的幕下，最后瘐死狱中。对于自己，又何其缺乏先见之明啊！

历史经验，历史教训，即使是前人真正用血写下的，也并不是一定就能接受下来。历史情况，名义和手法在不断变化。例如，在二十世纪之末，世界文明高度发展之时，竟会出现林彪、"四人帮"，梦想在社会主义的中国，建立封建王朝。在文化革命的旗帜之下，企图灭绝几千年的民族文化。遂使艺苑凋残，文士横死，人民受辱，国家遭殃。这一切，确非头脑单纯，感情用事的作家们所能预见得到的。

鲁迅说过，读中国旧书，每每使人意志消沉，在经历一番患难之后，尤其容易如此。我有时也想：恐怕还是东方朔说得对吧，人之一生，一龙一蛇。或者准声而歌，投迹而行，会减少一些危险吧？

这些想法都是很不健康，近于伤感的。一个作家，不能够这样，也不应该这样。如上所述，作家永远是现实生活的真美善的卫道士。他的职责就是向邪恶虚伪的势力进行战斗。既是战斗，就可能遇到各色敌人，也可能遇到各种的牺牲。

在"四人帮"还没被揭露之前，有人几次对我说：写点东西吧，亮亮相吧。我说，不想写了，至于相，不是早已亮过了吗？在运动期间，我们不只身受凌辱，而且画影图形，传檄各地。老实讲，在这一时期，我不仅没有和那些帮派文人一校短长的想法，甚至耻于和他们共同使用那些铅字，在同一个版面上出现。

这时，我从劳动的地方回来，被允许到文艺组上班了。经过几年风雨，大楼的里里外外，变得破烂、凌乱、拥挤。但人们的精神面貌好像已经渐渐地从前几年的狂乱、疑忌、歇斯底里状态中恢复过来。一位调离这里的老同志留给我一张破桌子。据说好的办公桌都叫进来占领新闻阵地的人占领了。我自己搬来一张椅子，在组里坐下来。组长向全组宣布了我的工作：登记来稿，复信；并郑重地说：不要把好稿退走了。说良心话，组长对我还过得去。他不过是担心我受封资修的毒深而且重，不能鉴赏帮八股的奥秘，而把他们珍视的好稿遗漏。

我是内行人，我知道我现在担任的是文书或见习编辑的工作。我开始拆开那些来稿，进行登记，然后阅读。据我看，来稿从质量看，较之前些年，大大降低了。作者们大多数极不严肃，文字潦草，内容雷同。语言都是从报上抄来。遵照组长的意旨，我把退稿信写好后，连同稿件推给旁边一位同事，请他复审。

这样工作了一个时期，倒也相安无事。我只是感到，每逢我无事，坐在窗前一张破旧肮脏的沙发上休息的时候，主任进来了，就向我怒目而视，并加以睥睨。这也没什么，这些年我已经锻炼得对一切外界境遇，麻木不仁。我仍旧坐在那里。可以说既无戚容，亦无喜色。

同组有一位女同志，是熟人，出于好心，她把我叫到她的位置那里，对我进行帮助。她和蔼地说：

"你很长时间在乡下劳动，对于当前的文艺精神，文艺动态，不太了解吧？这会给工作带来很大困难。"

"唔。"我回答。

她桌子上放着一个小木匣，里面整整齐齐装着厚厚的一叠卡片。她谈着谈着，就拿出一张卡片念给我听，都是林彪和江青的语录。

现在，林彪和江青关于文艺的胡说八道，被当做金科玉律来宣讲。显然，他们比马克思和恩格斯还具有权威性，还受到尊重。他们的聪明才智，也似乎超过了古代哲人亚里士多德。我不知这位原来很天真的女同志，心里是怎样想的，她的表情非常严肃认真。

等她把所有的卡片，都讲解完了，我回到我的座位上去。我默默地想：古代的邪教，是怎样传播开的呢？是靠教义，还是靠刀剑？世界第二次大战之初，为什么有那么多的人，跟着希特勒这样的流氓狂叫狂跑？除去一些不逞之徒，唯恐天下不乱之外，其余大多数人是真正地信服他，还是为了暂时求得活命？

　　中午，在食堂吃过饭，我摆好几张椅子，枕着一捆报纸，在办公室睡觉，这对几年来，过着非常生活的我，可以说是一种暂时的享受。天气渐渐冷了，我身上盖着一件破旧的抗日战争时期的战利品，日本军官的黄呢斗篷。触景伤情地想：在那样残酷的年代，在野蛮的日本军国主义面前，我们的文艺队伍，我们的兄弟，也没有这几年在林彪、江青等人的毒害下，如此惨重的伤亡和损失。而灭绝人性的林彪竟说，这个损失，最小最小最小，比不上一次战役，比不上一次瘟疫。

1978 年 12 月 11 日

书的梦

　　到市场买东西，也不容易。一要身强体壮，二要心胸宽阔。因为种种原因，我足不入市，已经有很多年了。这当然是因为有人帮忙，去购置那些生活用品。夜晚多梦，在梦里却常常进入市场。在喧嚣拥挤的人群中，我无视一切，直奔那卖书的地方。

　　远远望去，破旧的书床上好像放着几种旧杂志或旧字帖。顾客稀少，主人态度也很和蔼。但到那里定睛一看，却往往令人失望，毫无所得。

　　按照弗罗伊德的学说，这种梦境，实际上是幼年或青年时代，残存在大脑皮质上的一种印象的再现。

　　是的，我梦到的常常是农村的集市景象：在小镇的长街上，有很多卖农具的，卖吃食的，其中偶尔有卖旧书的摊贩。或者，在杂乱放在地下的旧货中间，有几本旧书，它们对我最富有诱惑的力量。

　　这是因为，在童年时代，常常在集市或庙会上，去光顾那些出售小书的摊贩。他们出卖各种石印的小说、唱本。有时，在戏台附近，还会遇到陈列在地下的，可以白白拿走的，宣传耶稣教义的各种圣徒的小传。

　　在保定上学的时候，天华市场有两家小书铺，出卖一些新书。在大街上，有一种当时叫做"一折八扣"的廉价书，那是新旧内容的书都有的，印刷当然很劣。

有一回，在紫河套的地摊上，买到一部姚鼐编的《古文辞类纂》，是商务印书馆的铅印大字本，花了一圆大洋。这在我是破天荒的慷慨之举，又买了二尺花布，拿到一家裱画铺去做了一个书套。但保定大街上，就有商务印书馆的分馆，到里面买一部这种新书，所费也不过如此，才知道上了当。

后来又在紫河套买了一本大字的夏曾佑撰写的《中国历史教科书》(就是后来的《中国古代史》)，也是商务排印的大字本，共两册。

最后一次逛紫河套，是一九五二年。我路过保定，远千里同志陪我到"马号"吃了一顿童年时爱吃的小馆，又看了"列国"古迹，然后到紫河套。在一家收旧纸的店铺里，远买了一部石印的《李太白集》。这部书，在远去世后，我在他的夫人于雁军同志那里还看见过。

中学毕业以后，我在北平流浪着。后来，在北平市政府当了一名书记。这个书记，是当时公务人员中最低的职位，专事抄写，是一种雇员，随时可以解职的，每月有二十元薪金。在那里，我第一次见到了旧官场、旧衙门的景象。那地方倒很好，后门正好对着北平图书馆。我正在青年，富于幻想，很不习惯这种职业。我常常到图书馆去看书。到北新桥、西单商场、西四牌楼、宣武门外去逛旧书摊。那时买书，是节衣缩食，所购完全是革命的书。我记得买过六期《文学月报》，五期《北斗》杂志，还有其他一些革命文艺期刊，如《奔流》、《萌芽》、《拓荒者》、《世界文化》等。有时就带上这些刊物去"上衙门"。我住在石驸马大街附近，东太平街天仙庵公寓。那里的一位老工友，见我出门，就如此恭维。好在科里都是一些混饭吃、不读书的人，也没人过问。

我们办公的地方，是在一个小偏院的西房。这个屋子里最高的职位，是一名办事员，姓贺。他的办公桌摆在靠窗的地方，而且也只有他的桌子上有块玻璃板。他的对面也是一位办事员，姓李，好像和市长有些瓜葛，人比较文雅。家就住在府右街，他结婚的时候，我随礼去过。

我的办公桌放在西墙的角落里，其实那只是一张破旧的板桌，根本不是办公用的，桌子上也没有任何文具，只堆放着一些杂物。桌子两旁，放了两条破板凳，我对面坐着一位姓方的青年，是破落户子弟。他写得一手好字，只是染上了严重的嗜好。整天坐在那里打盹，睡醒了就和我开句玩笑。

那位贺办事员，好像是南方人，一上班嘴里的话是不断的，他装出领袖群伦的模样，对谁也不冷淡。他见我好看小说，就说他认识张恨水的内弟。

很久我没有事干，也没人分配给我工作。同屋有位姓石的山东人，为人诚实，他告诉我，这种情况并不好，等科长来考勤，对我很不利。他比较老于官场，他说，这是因为朝中无人的缘故。我那时不知此中的利害，还是把书本摆在那里看。

我们这个科是管市民建筑的。市民要修房建房，必须请这里的技术员，去丈量地基，绘制蓝图，看有没有侵占房基线。然后在窗口那里领照。

我们科的一位股长，是一个胖子，穿着蓝绸长衫，和下僚谈话的时候，老是把一只手托在长衫的前襟下面，做撩袍端带的姿态。他当然不会和我说话的。

有一次，我写了一个请假条寄给他。我虽然看过《酬世大观》，在中学也读过陈子展的《应用文》，高中时的国文老师，还常常把他替要人们拟的公文，发给我们当作教材。但我终于在应用时把"等因奉此"的程序用错了。听姓石的说，股长曾拿到我们屋里，朗诵取笑。股长有一个干儿，并不在我们屋里上班，却常常到我们屋里瞎串。这是一个典型的京华恶少，政界小人。他也好把一只手托在长衫下面，不过他的长衫，不是绸的，而是蓝布，并且旧了。有一天，他又拿那件事开我的玩笑，激怒了我，我当场把他痛骂一顿，他就满脸陪笑地走了。

当时我血气方刚，正是一语不合拔剑而起的时候，更何况初入社会，就到了这样一处地方，满腹怨气，无处发作，就对他来了。

我是由志成中学的体育教师介绍到那里工作的。他是当时北方的体育明星，娶了一位宦门小姐。他的外兄是工务局的局长。所以说，我官职虽小，来头还算可以。不到一年，这位局长下台，再加上其他原因，我也就"另候任用"了。

我被免职以后，同事们照例是在东来顺吃一次火锅，然后到娱乐场所玩玩。和我一同免职的，还有一位家在北平附近的人，脸上有些麻子，忘记了他的姓。他是做外勤的，他的为人和他的破旧自行车上的装备，给人一种商人小贩的印象，失业对他是沉重的打击。走在街上，他悄悄地对我说：

"孙兄，你是公子哥儿吧，怎么你一点也不在乎呀！"

我没有回答。我想说：我的精神支柱是书本，他当然是不能领会的。其实，精神支柱也不可靠，我所以不在意，是因为这个职位，实在不值得留恋。另外，我只身一人，这里没有家口，实在不行，我还可以回老家喝粥去。

和同事们告别以后，我又一个人去逛西单商场的书摊。渴望已久的，鲁迅先生翻译的《死魂灵》一书，已经陈列在那里了。用同事们带来的最后一次薪金，购置了这本名著，高高兴兴回到公寓去了。

第二天清晨，挟着这本书，出西直门，路经海淀，到离北平有五、六十里路的黑龙潭，去看望在那里山村小学教书的一个朋友。他是我的同乡，又是中学同学。这人为人热情，对于比他年纪小的同乡同学，情谊很深。到他那里，正是深秋时节，黄叶飘落，潭水清冷，我不断想起曹雪芹在这一带著书的情景。住了两天，我又回到了北平。

我在朝阳大学同学处住几天，又到中国大学同学处住几天。后来，感到肚子有些饿，就写了一首诗，投寄《大公报》的《小公园》副刊。内容是：我要离开这个大城市，回到农村去了，因为我看到：在这里，是一部分人正在输血给另一部分人！

诗被采用，给了五角钱。

整理了一下，在北平一年所得的新书旧书，不过一柳条箱，就回到农村，去教小学了。

我的书籍，一损失于抗日战争之时，已在别一篇文章中略记，一损失于土地改革之时。

我的家庭成分是富农。按照当时党的政策，凡是有人在外参加革命，在政治上稍有照顾。关于书，是属于经济，还是属于政治，这是不好分的。贫农团以为书是钱买来的，这当然也是属于财产，他们就先后拿去了。其实也不看。当时，我们那里的农民，已普遍从八路军那里学会裁纸卷烟。在乡下，纸张较之布片还难得，他们是拿去卷烟了。

这时，我在饶阳县一个小区参加土改工作。大概是冀中区党委所在之地吧，发了一个通知，要各村贫农团，把斗争果实中的书籍，全部上缴小区，由专人负责清查保存。大概因为我是知识分子吧，我们的小区区长，把这个责任交给了我。

书籍也并不太多，堆在一间屋子的地下，而且多是一些古旧破书，可以用来卷烟的已经不多。我因家庭成分不好，又由于"客里空"问题，正在《冀中导报》受到公开批判，谨小慎微，对这些书籍，丝毫不敢染指，全部上缴县委了。

我的受批判，是因为那一篇《新安游记》。是个黄昏，我从端村到新安城墙附近绕了绕，那里地势很洼，有些雾气，我把大街的方向弄错了。回去仓促写了一篇抗日英雄故事，在《冀中导报》发表了。土改时被作为"客里空"典型。

在家乡工作期间，已经没有购买书籍的机会，携带也不方便。如果能遇到书本的话，只是用打游击的方式，走到哪里，就看到哪里。

但也有时得到书。我在蠡县工作时，有一次在县城大集上，从一个地摊上，买到一本商务印书馆出版的，铅印精装的《西厢记》。我带着看了一程子，后来送给蠡县一位书记了。

《冀中导报》在饶阳大张岗设立了一处造纸厂。他们收买一些旧书，用牲口拉的大碾，轧成纸浆。有一间棚子，堆放着旧书。我那时常到这家纸厂吃住。从棚子里，我捡到一本石印的《王圣教》和一本石印的《书谱》。

在河间工作的时候，每逢集日，在一处小树林里，有推着小车贩卖烂纸书本的。有一次，我从车上买到一部初版的《孽海花》。一直保存着，进城后，送给一位新婚燕尔、出国当参赞的同志了。

1979 年 4 月

画的梦

在绘画一事上，我想，没有比我更笨拙的了。和纸墨打了一辈子交道，也常常在纸上涂抹，直到晚年，所画的小兔、老鼠等等小动物，还是不成样子，更不用说人体了。这是我屡屡思考，不能得到解答的一个谜。

我从小就喜欢画。在农村，多么贫苦的人家，在屋里也总有一点点美术。人天生就是喜欢美的。你走遍多少人家，便可以欣赏到多少形式不同的、零零碎碎，甚至残缺不全的画。那或者是窗户上的一片红纸花，或者是墙壁上的几张连续的故事画，或者是贴在柜上的香烟盒纸片，或者是人已经老了，在青年结婚时，亲朋们所送的麒麟送子"中堂"。

这里没有画廊，没有陈列馆，没有画展。要得到这种大规模的，能饱眼福的欣赏机会，就只有年集。年集就是新年之前的集市。赶年集和赶庙会，是童年时代最令人兴奋的事。在年集上，买完了鞭炮，就可以去看画了。那些小贩，把他们的画张挂在人家的闲院里，或是停放大车的门洞里。看画的人多，买画的人少，他并不见怪，小孩们他也不撵，很有点开展览会的风度。他同时卖神像，例如"天地"、"老爷"、"灶马"之类。神画销路最大，因为这是每家每户都要悬挂供奉的。

我在童年时，所见的画，还都是木板水印，有单张的，有联四的。稍大时，则有了石印画，多是戏剧，把梅兰芳印上去，还有娃娃京戏，精采多了。等我离开家乡，到了城市，见到的多是所谓月份牌画，印刷技术就更先进了，都是时装大美人儿。

在年集上，一位年岁大的同学，曾经告诉我：你如果去捅一下卖画人的屁股，他就会给你拿出一种叫做"手卷"的秘画，也叫"山西灶马"，好看极了。

我听来，他这些说法，有些不经，也就没有去尝试。

我没有机会欣赏更多的、更高级的美术作品，我所接触的，只能说是民间的、低级的。但是，千家万户的年画，给了我很多知识，使我知道了很多故事，特别是戏曲方面的故事。

后来，我学习文学，从书上，从杂志上，看到一些美术作品。就在我生活最不安定，最困难的时候，我的书箱里，我的案头，我的住室墙壁上，也总有一些画片。它们大多是我从杂志上裁下的。

对于我钦佩的人物，比如托尔斯泰、契诃夫、高尔基，比如鲁迅，比如丁玲同志，比如阮玲玉，我都保存了他们的很多照片或是画像。

进城以后，本来有机会去欣赏一些名画，甚至可以收集一些名人的画了。但是，因为我外行，有些吝啬，又怕和那些古董商人打交道，所以没有做到。有时花很少的钱，在早市买一两张并非名人的画，回家挂两天，厌烦了，就卖给收破烂的，于是这些画就又回到了早市去。

一九六一年，黄胄同志送给我一张画，我托人拿去裱好了，挂在房间里，上面是一个维吾尔少女牵着一匹毛驴，下面还有一头大些的驴，和一头驴驹。一九六二年，我又转请吴作人同志给我画了三头骆驼，一头是近景，两头是远景，题曰《大漠》。也托人裱好，珍藏起来。

一九六六年，运动一开始，黄胄同志就受到"批判"。因为他的作品，家喻户晓，他的"罪名"，也就妇孺皆知。家里人把画摘下来了。一天，我出去参加学习，机关的造反人员来抄家，一见黄胄的毛驴不在墙上了，就大怒，到处搜索。搜到一张画，展开不到半截，就摔在地下，喊："黑画有了！"其实，那不是毛驴，而是骆驼，真是驴唇不对马嘴。就这样把吴作人同志画的三头骆驼牵走了，三匹小毛驴仍留在家中。

运动渐渐平息了。我想念过去的一些友人。我写信给好多年不通音讯的彦涵同志，问候他的起居，并请他寄给我一张画。老朋友富于感情，他很快就寄给我那幅有名的木刻《老羊倌》，并题字用章。

我求人为这幅木刻做了一个镜框，悬挂在我的住房的正墙当中。

不久，"四人帮"在北京举办了别有用心的"黑画展览"，这是他们继小靳庄之后发动的全国性展览。

机关的一些领导人，要去参观，也通知我去看看，说有车，当天可以回来。

我有十二年没有到北京去了，很长时间也看不到美术作品，就答应了。

在路上停车休息时，同去的我的组长，轻声对我说："听说彦涵的画展出的不少哩！"我没有答话。他这是知道我房间里挂有彦涵的木刻，对我提出的善意警告。

到了北京美术馆门前，真是和当年的小靳庄一样，车水马龙，人山人海。"四人帮"别无能为，但善于巧立名目，用"示众"的方式蛊惑人心。人们像一窝蜂一样往里面拥挤。

这种场合，这种气氛，我都不能适应。我进去了五分钟，只是看了看彦涵同志那些作品，就声称头痛，钻到车里去休息了。

夜晚，我们从北京赶回来，车外一片黑暗。我默默地想：彦涵同志以其天赋之才，在政治上受压抑多年，这次是应国家需要，出来画些画。他这样努力、认真、精心地工作，是为了对人民有所贡献，有所表现。"四人帮"如此对待艺术家的良心，就是直接侮辱了人民之心。回到家来，我面对着那幅木刻，更觉得它可珍贵了。上面刻的是陕北一带的牧羊老人，他手里抱着一只羊羔，身边站立着一只老山羊。牧羊人的呼吸，与塞外高原的风云相通。

这幅木刻，一直悬挂着，并没有摘下。这也是接受了多年的经验教训：过去，我们太怯弱了，太驯服了，这样就助长了那些政治骗子的野心，他们以为人民都是阿斗，可以玩弄于他们的股掌之上。几乎把艺术整个毁灭，也几乎把我们全部葬送。

我是好做梦的，好梦很少，经常是噩梦。有一天夜晚，我梦见我把自己画的一幅画，交给中学时代的美术老师，老师称赞了我，并说要留作成绩，准备展览。

那是一幅很简单的水墨画：秋风败柳，寒蝉附枝。

我很高兴，叹道：我的美术，一直不及格，现在，我也有希望当个画家了。随后又有些害怕，就醒来了。

其实，按照弗罗依德学说，这不过是一连串零碎意识、印象的偶然的组合，就像万花筒里出现的景象一样。

1979 年 5 月

戏的梦

大概是一九七二年春天吧，我"解放"已经很久了，但处境还很困难，心情也十分抑郁。于是决心向领导打一报告，要求回故乡"体验生活，准备写作"。幸蒙允准。一担行囊，回到久别的故乡，寄食在一个堂侄家里。乡亲们庆幸我经过这么大的"运动"，安然生还，亲戚间也携篮提壶来问。最初一些日子，心里得到不少安慰。

这次回老家，实际上是像鲁迅说的，有一种动物，受了伤，并不嚎叫，挣扎着回到林子里，倒下来，慢慢自己去舔那伤口，求得痊愈和平复。

老家并没有什么亲人，只有叔父，也八十多岁了，又因为青年时就远离乡土，村子里四十岁以下的人，对我都视若陌生。

这个小村庄，以林木著称，四周大道两旁，都是钻天杨，已长成材。此外是大片大片柳杆子地，以经营农具和编织副业。靠近村边，还有一些果木园。

侄子喂着两只山羊，需要青草。烧柴也缺。我每天背上一个柳条大筐，在道旁砍些青草，或是拣些柴棒。有时到滹沱河的大堤上去望望，有时到附近村庄的亲戚家走走。

又听到了那些小鸟叫；又听到了那些草虫叫；又在柳林里拣到了鸡腿蘑菇；又看到了那些黄色紫色的野花。

一天中午，我从野外回来，侄子告诉我，镇上传来天津电话，要我赶紧回去，电话听不清，说是为了什么剧本的事。

侄子很紧张，他不知大伯又出了什么事。我一听是剧本的事，心里就安定下来，对他说：

"安心吃饭吧，不会有什么变故。剧本，我又没发表过剧本，不会再受批判的。"

"打个电话去问问吗？"侄子问。

"不必了。"我说。

隔了一天，我正送亲戚出来，街上开来一辆吉普车，迎面停住了。车上跳下一个人，是我的组长。他说，来接我回天津，参加创作一个京剧剧本。各地都有"样板戏"了，天津领导也很着急。京剧团原有一个写抗日时期白洋淀的剧本，上不去。因我写过白洋淀，有人推荐了我。

组长在谈话的时候，流露着一种神色，好像是为我庆幸：领导终于想起你来了。老实讲，我没有注意去听这些。剧本上不去找我，我能叫它上去？我能叫它成了样板戏？

但这是命令，按目前形势，它带有半强制的性质。第二天我们就回天津了。

回到机关，当天政工组就通知我，下午市里有首长要来，你不要出门。这一通知，不到半天，向我传达三次。我只好在办公室呆呆坐着。首长没有来。

第二天，工作人员普遍检查身体。内、外科，脑系科，耳鼻喉科，楼上楼下，很费时间。我正在检查内科的时候，组里来人说：市文教组负责同志来了，在办公室等你。我去检查外科，又来说一次，我说还没检查牙。他说快点吧，不能叫负责同志久等。我说，快慢在医生那里，我不能不排队呀。

医生对我的牙齿很夸奖了一番，虽然有一颗已经叫虫子吃断了。医生向旁边几个等着检查的人说：

"你看，这么大的年岁，牙齿还这样整齐，卫生工作一定做得好。运动期间，受冲击也不太大吧？"

"唔。"我不知道牙齿整齐不整齐，和受冲击大小，有何关联，难道都要打落两颗门牙，才称得上脱胎换骨吗？我正惦着楼上有负责同志，另外，嘴在张着，也说不清楚。

回到办公室，组长已经很着急了。我一看，来人有四五位。其中有一个熟人老王，向一位正在翻阅报纸的年轻人那里努努嘴。暗示那就是负责同志。

他们来，也是告诉我参加剧本创作的事。我说，知道了。

过了两天，市里的女文教书记，真的要找我谈话了，只是改了地点，叫我到市委机关去。这当然是隆重大典，我们的主任不放心，亲自陪我去。

在一间不大不小的会议室里，我坐了下来。先进来一位穿军装的，不久女书记进来了。我和她在延安做过邻居，过去很熟，现在地位如此悬殊，我既不便放肆，也不便巴结。她好像也有点矛盾，架子拿得太大，固然不好意思，如果一点架子也不拿，则对于旁观者，起码有失威信。

总之，谈话很简单，希望我帮忙搞搞这个剧本。我说，我没有写过剧本。

"那些样板戏，都看了吗？"她问。

"唔。"我回答。其实，罪该万死，虽然在这些年，样板戏以独霸中夏的势焰，充斥在文、音、美、剧各个方面，直到目前，我还没有正式看过一出、一次。因为我已经有十几年不到剧场去了，我有一个收音机，也常常不开。这些年，我特别节电。

一天晚上，去看那个剧本的试演。见到几位老熟人，也没有谈什么，就进了剧场。剧场灯光暗淡，有人扶持了我。

这是一本写白洋淀抗日斗争的京剧。过去，我是很爱好京剧的，在北京当小职员时，经常节衣缩食，去听富连成小班。有些年，也很喜欢唱。

今晚的印象是：两个多小时，在舞台上，我既没有能见到白洋淀当年抗日的情景，也没有听到我所熟悉的京戏。

这是"京剧革命"的产物。它追求的，好像不是真实地再现历史，也不是忠实地继承京剧的传统，包括唱腔和音乐。它所追求的，是要和样板戏"形似"，即模仿"样板"。它的表现特点为：追求电影场面，采取电影手法，追求大的、五光十色的、大轰大闹、大哭大叫的群众场面。它变单纯的音乐为交响乐队，瓦釜雷鸣。它的唱腔，高亢而凄厉，冗长而无味，缺乏真正的感情。演员完全变成了政治口号的传声筒，因此，主角完全是被动的，矫揉造作的，是非常吃力，也非常痛苦的。繁重的唱段，连续的武打，使主角声嘶力竭，假如不是青年，她会不终曲而当场晕倒。

戏剧演完，我记不住整个故事的情节，因为它的情节非常支离；也唤不起我有关抗日战争的回忆，因为它所写的抗日战争，完全不是那么回事，甚至可以说是不着边际。整个戏锣鼓喧天，枪炮齐鸣，人出人进，乱乱轰轰。不知其何以开始，也不知其何以告终。

第二天，在中国大戏院休息室，开座谈会，我准备了一个发言提纲。参加会的人很不少，除去原有创作组，主要演员，剧团负责人，还有文化局负责人，文化口军管负责人。《天津日报》还派去了一位记者。

我坐在那里，斟酌我的发言提纲。忽然，坐在我旁边的文化局负责人，推了我一下。我抬头一看，女书记进来了，全场的人都站了起来，我也跟着站了起来。女书记在我身边坐下，会议开始。

在会上，我谈了对这个戏的印象，说得很缓和，也很真诚。并谈了对修改的意见，详细说明当时冀中区和白洋淀一带，抗日战争的形势，人民斗争的特点，以及敌人对这一地区残酷"扫荡"的情况。

大概是因为我讲的时间长了一些，别的人没有再讲什么，女书记作了一些指示，就散会了。

后来我才知道，昨天没有人讲话，并不是同意了我的意见。在以后只有创作组人员参加的讨论会上，旧有成员，开始提出了反对意见，并使我感到，这些反对意见，并不纯粹属于创作方面，而是暗示：一、他们为这个剧本，已经付出了很长的时间和很大的精力，如果按照我的主张，他们的剧本就要从根本上推翻。二、不要夺取他们创作样板戏可能得到的功劳。三、我是刚刚受过批判的人物，能算老几。

我从事文艺工作，已经有几十年。所谓名誉，所谓出风头，也算够了。这些年，所遭凌辱，正好与它们抵消。至于把我拉来写唱本，我也认为是修废利旧，并不感到委屈。因此，我对这些富于暗示性的意见，并不感到伤心，也不感到气愤。它使我明白了文艺创作的现状。使我奇怪的是，这个创作组，曾不只一次到白洋淀一带，体验生活，进行访问，并从那里弄来一位当年的游击队长，长期参与他们的创作活动。为什么如此无视抗日战争的历史和现实呢？这位游击队长，战斗英雄，为什么也尸位素餐，不把当年的历史情况和自己的亲身经历，告诉他们呢？

后来我才明白，一些年轻人，一些"文艺革命"战士，只是一心要"革命"，一心创造样板，已经迷了心窍，是任何意见也听不进去的。

不知为了什么，军管人员在会上支持我的工作，因此，剧本讨论仍在进行。

这就是目前大为风行的集体创作：每天大家坐在一处开会，今天你提一个方案，明天他提一个方案，互相抵消，一事无成。积年累月，写不出什么东西，就不足为怪了。

夏季的时候，我们到白洋淀去。整个剧团也去，演出现在的剧本。

我们先到新安，后到王家寨，这是淀边上一个比较大的村庄。我住在村南头（也许不准确，因为我到了白洋淀，总是转向，过去就发生过方向错误。）一间新盖的、随时可以放眼水淀的、非常干净的小房里。

房东是个老实的庄稼人。他的爱人，比他年轻好多，非常精明。他家有几个女儿，都长得秀丽，又都是编席快手，一家人生活很好。但是，大姑娘已经年近三十，还没有订婚，原因是母亲不愿失去她这一双织席赚钱的巧手。大姑娘终日默默不语。她的处境，我想会慢慢影响下面那几个逐年长大的妹妹。母亲固然精明，这个决策，未免残酷了一点。

在这个村庄，我还认识了一位姓魏的干部。他是专门被派来招呼剧团的，在这一带是有名的"瞎架"。起先，我不知道这个词儿，后来才体会到，就是好摊事管事的人。凡是大些的村庄，要见世面，总离不开这种人。因为村子里的猪只到处跑，苍蝇到处飞，我很快就拉起痢来，他对我照顾得很周到。

住了一程子，我们又到了郭里口。这是淀里边的一个村庄，当时在生产上，好像很有点名气，经常有人参观。

在大队部，村干部为我们举行了招待会，主持会的是村支部宣传委员刘双库。这个小伙子，听说在新华书店工作过几年，很有口才，还有些派头。

当介绍到我，我说要向他学习时，他大声说："我们现在写的白洋淀，都是从你的书上抄来的。"使我大吃一惊。后来一想，他的话恐怕有所指吧。

当天下午，我们坐船去参观了他们的"围堤造田"。现在，白洋淀的水，已经很浅了，湖面越来越小。芦苇的面积，也有很大缩减，荷花淀的规模，也大不如从前了。正是荷花开放的季节，我们的船从荷丛中穿过去。淀里的水，不像过去那样清澈，水草依然在水里浮荡，水禽不多，鱼也很少了。

确是用大堤围起了一片农场。据说，原是同口陈调元家的苇荡。

实际上是苇荡遭到了破坏。粮食的收成，不一定抵得上苇的收成，围堤造田，不过是个新鲜名词。所费劳力很大，肯定是得不偿失的。

随后，又组织了访问。因为剧本是女主角，所以访问了抗日战争时期的几位妇救会员，其中一位名叫曹真。她已经四十多岁了。她的穿着打扮，还是三十年代式：白夏布短衫，长发用一只卡子束拢，搭在背后。抗日时，她是一位十八九岁的姑娘，在芦苇淀中的救护船上，她曾多次用嘴哺养那些伤员。她的相貌，现在看来，也可以说是冀中平原的漂亮人物，当年可想而知。

她在二十岁时，和一个区干部订婚，家里常常掩护抗日人员。就在这年冬季，敌人抓住了她的丈夫，在冰封的白洋淀上，砍去了他的头颅。她，哭喊着跑去，收回丈夫的尸首掩埋了。她还是做抗日工作。

全国胜利以后，她进入中年，才和这村的一个人结了婚。她和我谈过往事，又说：胜利以后，村里的宗派斗争，一直很厉害，前些年，有二十六名老党员，被开除党籍，包括她在内。现在，她最关心的，是什么时候才能解决她们的组织问题。她知道，我是无能为力的，她是知道这些年来老干部的处境的。但是，她愿意和我谈谈，因为她知道我曾经是抗日战士，并写过这一带的抗日妇女。

在她面前，我深感惭愧。自从我写过几篇关于白洋淀的文章，各地读者都以为我是白洋淀人，其实不是，我的家离这里还很远。

另外，很多读者，都希望我再写一些那样的小说。读者同志们，我向你们抱歉，我实在写不出那样的小说来了。这是为什么？我自己也说不出。我只能说句良心话，我没有了当年写作那些小说时的感情，我不愿用虚假的感情，去欺骗读者。那样，我就对不起坐在对面的曹真同志。她和她的亲人，在抗日战争时期，是流过真正的血和泪的。

这些年来，我见到和听到的，亲身体验到的，甚至刻骨镂心的，是另一种现实，另一种生活。它与抗日战争时期的现实生活，大不一样，甚至相反。抗日战争，是中国共产党领导的一种神圣的战争。人民作出了重大的牺牲。他们的思想、行动升到无比崇高的境界。生活中极其细致的部分，也充满了可歌可泣的高尚情操。

这些年来，林彪等人，这些政治骗子，把我们的党，我们的国家，我们的干部和人民，践踏成了什么样子！他们的所作所为，反映到我脑子里，是虚伪和罪恶。这种东西太多了，它们排挤、压抑，直至销毁我头脑中固有的，真善美的思想和感情。这就像风沙摧毁了花树，粪便污染了河流，鹰枭吞噬了飞鸟。善良的人们，不要再责怪花儿不开、鸟儿不叫吧！它受的伤太重了，它要休养生息，它要重新思考，它要观察气候，它要审视周围。

我重游白洋淀，当然想到了抗日战争。但是这一战争，在我心里好像是很久很久以前的事了。它好像是在前一生经历的，也好像是在昨夜梦中经历的。许多兄弟，在战争中死去了，他们或者要渐渐被人遗忘。另有一部分兄弟，是在前几年含恨死去的，他们临死之前，一定也想到过抗日战争。

世事的变化，常常是出于人们意料之外的。每个时代，有每个时代的血和泪。

坐在我面前的女战士，她的鬓发已经白了，她的脸上，有很深的皱纹，她的心灵之上，有很重的创伤。

假如我把这些感受写成小说，那将是另一种面貌，另一种风格。我不愿意改变我原来的风格，因此，我暂时决定不写小说。

但是现在，我身不由主，我不得不参加这个京剧脚本的讨论。我们回到天津，又讨论了很久，还是没有结果。我想出一个金蝉脱壳之计：自己写一个简单脚本，交上去，声明此外已无能为力。

我对京剧是外行，又从不礼拜甚至从不理睬那企图支配整个民族文化的"样板戏"，剧团当然一字一句也没有采用我的剧本。

1979 年 5 月 25 日

夜　思

　　最近为张冠伦同志开追悼会，我只送了一个花圈，没有去。近几年来，凡是为老朋友开追悼会，我都没有参加。知道我的身体、精神情况的死者家属，都能理解原谅，事后，还都带着后生晚辈，来看望我。这种情景，常常使我热泪盈眶。

　　这次也同样。张冠伦同志的家属又来了，他的儿子和孙子，还有他的妻妹。

　　一进门，这位白发的老太太就说：

　　"你还记得我吗？"

　　"呵，要是走在街上……"我确实一时想不起来，只好嗫嚅着回答。

　　"常智，你还记得吧？"

　　"这就记起来了，这就记起来了！"我兴奋起来，热情地招扶她坐下。

　　她是常智同志的爱人。一九四二年，我在山地华北联大高中班教书时，常智是数学教员。一九四三年冬，我们在繁峙高山上，坚持了整整三个月的反"扫荡"。第二年初，刚刚下得山来，就奉命作去延安的准备。

　　我在出发前一天的晚上，忽然听说常智的媳妇来了，我也赶去看了看。那时她正在青春，又是通过敌占区过来，穿着鲜艳，容貌美丽。我们当时都惋惜，我们当时所住的，山地农民家的柴草棚子，床上连张席子也没有，怎样来留住这样花朵般的客人。女客人恐怕还没吃晚饭，我们也没有开水，只是从老乡那里买了些红枣，来招待她。

第二天，当我们站队出发时，她居然也换上我们新发的那种月白色土布服装，和女学生们站在一起，跟随我们出发了。一路上，她很能耐劳苦，走得很好。她是冀中平原的地主家庭出身吧，从小娇生惯养，这已经很不容易了。

比翼而飞，对常智来说，老婆赶来，一同赴圣地，这该是很幸福的了。但在当时，同事们并不很羡慕他。当时确实顾不上这些，以为是累赘。

这些同事，按照当时社会风习，都已结婚，但因为家庭、孩子的拖累，是不能都带家眷的，虽然大家并不是不思念家乡的。

这样，我们就一同到了延安，她同常智在那里学自然科学。现在常智同她在武汉工作，也谈了谈这些年来经历的坎坷。

至于张冠伦同志，则是我一九四五年抗日战争结束后，回到冀中认识的。当时，杨循同志是《冀中导报》的秘书长，我常常到他那里食宿，因此也认识了他手下的人马。在他领导下，报社有一个供销社，还有一个造纸厂，张冠伦同志是厂长。

纸厂设在饶阳县张岗。张冠伦同志是一位热情、厚道的人，在外表上又像农民又像商人，又像知识分子，三者优点兼而有之，所以很能和我接近。我那时四下游击，也常到他的纸厂住宿吃饭。管理伙食的是张翔同志。

他的纸厂是一个土纸厂，专供《冀中导报》用。在一家大场院里，设有两盘高大的石碾，用骡拉。收来的烂纸旧书，堆放在场院西南方向的一间大厦子里。

我对破书烂纸最有兴趣，每次到那里，我都要蹲在厦子里，刨拣一番。我记得在那里我曾得到一本石印的《王圣教》和一本石印的《书谱》。

解放战争后期，是在河间吧，张冠伦同志当了冀中邮政局的负责人。他告诉我，土改时各县交上的书，堆放在他们的仓库里面。我高兴地去看了看，书倒不少，只是残缺不全。我只拣了几本亚东印的小说，都是半部。

这次来访的张冠伦的儿子，已经四十多岁了，他说：

"在张岗，我上小学，是孙伯伯带去的。"

这可能是在土改期间。那时，我们的工作组驻在张岗，我和小学的校长、教师都很熟。

土改期间，我因为家庭成分，又因为所谓"客里空"问题，在报纸上受过批判，在工作组并不负重要责任，有点像后来的靠边站。土改会议后，我冒着风雪，到了张岗。我先到理发店，把长头发剪了去。理发店胖胖的女老板很是奇怪，不明白我当时剪去这一团烦恼丝的心情。后来我又在集市上，买了一双大草鞋，向房东老大娘要了两块破毡条垫在里面，穿在脚下，每天蹒跚漫步于冰冻泥泞的张岗大街之上，和那里的农民，建立了非常难能可贵的情谊。

农村风俗淳厚，对我并不歧视。同志之间，更没有像后来的所谓划清界限之说。我在张岗的半年时间里，每逢纸厂请客、过集日吃好的，张冠伦同志，总是把我叫去解馋。

现在想来，那时的同志关系，也不过如此。我觉得这样也就可以了，留下的印象是很深的，值得追念的。进城以后，相互之间的印象，就淡漠了。"文化大革命"期间，我们的命运大致相同。他后来死去了。

看到有这么多好同志死去，不知为何，我忽然感慨起来：

在那些年月，我没有贴出一张揭发检举老战友的大字报，这要感谢造反派对我的宽容。他们也明白：我足不出户，从我这里确实挖不出什么新的材料。我也不想使自己舒服一些，去向造反派投递那种卖友求荣的小报告，也不曾向我曾经认识的当时非常煊赫的权威，新贵，请求他们的援助与哀怜，我觉得那都是可耻的，没有用处的。

我忍受自己在劫的种种苦难，只是按部就班地写我自己的检查，写得也很少很慢。现在，有些文艺评论家，赞美我在文字上惜墨如金。在当时却不是这样，因为我每天只交一张字大行稀的交代材料，屡遭管理人的大声责骂，并扯着那一页稿纸，当场示众。后来干脆把我单独隔离，面前放一马蹄表，计时索字。

古人说，一死一生，乃见交情。其实，这是不够的。又说，使生者死，死者复生，大家相见，能无愧于心，能不脸红就好了。朋友之道，此似近之。我对朋友，能做到这一点吗？我相信，我的大多数朋友，对我是这样做了。

我曾告诉我的孩子们：

"你们看见了，我因为身体不好，不能去参加朋友们的追悼会，等我死后，人家不来，你们也不要难过。朋友之交，不在形式。"

新近，和《文艺报》的记者谈了一次话，很快就收到一封青年读者来信，责难我不愿回忆和不愿意写"文化大革命"的事，是一种推诿。文章是难以写得周全的，果真是如此吗？我的身体、精神的条件，这位远地的青年，是不能完全了解的。我也想到，对于事物，认识相同，因为年纪和当时处境的差异，有些感受和想法，也不会完全相似的。很多老年人，受害最深，但很少接触这一重大主题，我是能够理解的。我也理解，接触这一主题最多的青年同志们的良好用心。

但是，年老者逐渐凋谢，年少者有待成熟，这一历史事件在文学史上的完整而准确的反映，恐怕还需要一段时间吧？

一九八〇年元月三十日夜有所思，凌晨起床写讫

悼念李季同志

已经是春天了，忽然又飘起雪来。十日下午，我一个人正在后面房间，对存放的柴米油盐，作季节性的调度。外面送来了电报。我老眼昏花，脑子迟钝，看到电报纸上李季同志的名字，一刹那间，还以为是他要到天津来，像往常一样，预先通知我一下。

绝没想到，他竟然逝去了。前不久，冯牧同志到舍下，我特别问起他的身体，冯还说：有时不好，工作一忙，反倒好起来了。我当时听了很高兴。

李季同志死于心脏病。诗人患有心脏病，这就是致命所在。患心脏病的人，不一定都是热情人；而热情人最怕得这种病。特别是诗人。诗人的心，本来就比平常的人跳动得快速、急骤、多变、失调。如果自己再不注意控制，原是很危险的。

一九七八年秋季，李季同志亲自到天津来，邀我到北京去参加一个会。我有感于他的热情，不只答应，而且坚持一个星期，把会开了下来。当我刚到旅馆，还没有进入房间，已经是晚上八点多钟了，就听到李季同志在狭窄嘈杂的旅馆走道里，边走边大声说：

"我把孙犁请了来，不能叫他守空房啊，我来和他作伴！"

他穿着一件又脏又旧的军大衣，右腿好像有了些毛病，但走路很快，谈笑风生。

在会议期间，我听了他一次发言。内容我现在忘了，他讲话的神情，却深深印在我的记忆里。他很激动，好像和人争论什么，忽然，他脸色苍白，要倒下去。他吞服了两片药，还是把话讲完了。

第二天，他就病了。

在会上，他还安排了我的发言。我讲得很短，开头就对他进行规劝。我说，大激动、大悲哀、大兴奋、大欢乐，都是对身体不利的。但不如此，又何以作诗？

在我离京的前一天晚上，他还带病到食堂和我告别，我又以注意身体为赠言。

这竟成最后一别。李季同志是死于工作繁重，易动感情的。

李季同志的诗作《王贵与李香香》，开一代诗风，改编为唱词剧本，家喻户晓，可以说是不朽之作。他开辟的这一条路，不能说后继无人，但没有人能超越他。他后来写的很多诗，虽也影响很大，但究竟不能与这一处女作相比拟。这不足为怪，是有很多原因，也可以说是有很多条件使然的。

《王贵与李香香》，绝不是单纯的陕北民歌的编排，而是李季的创作，在文学史上，这是完全新的东西，是长篇乐府。这也绝不是单凭采风所能形成的，它包括集中了时代精神和深刻的社会面貌。李季幼年参加革命，在根据地，是真正与当地群众，血肉相连，呼吸相通的。是认真地研究了民间文学的内容和形式的。他不是天生之才，而是地造之才，是大地和人民之子。

很多年来，他主要是担任文艺行政工作，而且逐渐提级，越来越繁重。这对工作来说，自然是需要，是不得已；对文艺来说，总是一个损失。当然，各行各业，都要有领导，并且需要精通业务的人去领导。不过，实践也证明，长期以来，把作家放在行政岗位，常常是得不偿失的。当然，这也只是一种估计。李季同志，是能做行政工作，成绩显著，颇孚众望的。在文艺界，号称郭、李。郭就是郭小川同志。

据我看来，无论是小川，还是李季同志，他们的领导行政，究竟还是一种诗人的领导，或者说是天才的领导。他的出任领导，并不一定是想，把自己的"道"或"志"，布行于天下。只是当别人都推托不愿干时，担负起这个任务来。而诗人气质不好改，有时还是容易感情用事。适时应变的才干，究竟有限。

因为文艺行政工作，是很难做好，使得人人满意的。作家、诗人，自己虽无领导才干，也无领导兴趣，却常常苛求于人，评头论足。热心人一旦参加领导行列，又多遇理论是非之争，欲罢不能，愈卷愈脱不出身来，更无法进行创作。当然也有人，拿红铅笔，打电话惯了，尝到了行政的甜头，也就不愿再去从事那种消耗神经，煎熬心血，常常是费力不讨好的创作了。如果一帆风顺，这些人也就正式改行，从文途走上仕途。有时不顺利，也许就又弃官重操旧业。这都是正常现象。

李季做得还算够好的，难能可贵的。他的特点是，心怀比较开朗，少畛域观念，十分热情，能够团结人，在诗这一文艺领域里，有他自己广泛的影响。

自得噩耗，感情抑郁，心区也时时感到压迫和疼痛。为了驱赶这种悲伤，我想回忆一下同李季在青年时期的交往。

可惜，我同他是在五十年代初期，一次集体出国时，才真正熟起来。那时，我已经是中年了。对于出国之行，我既没有兴趣，并感到非常劳累。那种紧张，我曾比之于抗日战争时期的反"扫荡"。特别是一早起，团部传出：服装、礼节等等应注意事项。起床、漱洗、用饭，都很紧迫。我生性疏懒，动作迟缓，越紧张越慌乱。而李季同志，能从容不迫，好整以暇。他能利用蹲马桶时间：刷牙，刮脸，穿袜子，结鞋带。有一天，忽然通知：一律西服，我却不会结领带，早早起来，面对镜子，正在为难之际，李季同志忽然推门进来，衣冠楚楚，笑着说：

"怎么样，我就知道你弄不好这个。"

然后熟练地代我结好了，就像在战争时代，替一个新兵打好被包一样。

人之相知，贵相知心。对于李季同志，我不敢说是相知，更不敢说是知己。但他对于我，有一点最值得感念，就是他深深知道我的缺点和弱点。我一向不怕别人不知道我的长处，因为这是无足轻重的。我最担心的是别人不知道我的短处，因为这就谈不上真正的了解。在国外，有时不外出参观，他会把旅馆的房门一关，向同伴们提议：请孙犁唱一段京戏。在这个代表团里，好像我是唯一能唱京戏的人。

每逢有人要我唱京戏，我就兴奋起来，也随之而激动起来。李季又说：

"不要激动，你把脸对着窗外。"

他如此郑重其事，真是欣赏我的唱腔吗？人要有自知之明，直到现在我也不敢这样相信。他不过是看着我，终日一言不发，落落寡合，找机会叫我高兴一下，大家也跟着欢笑一场而已。

他是完全出于真诚的，正像他前年要我去开会时说的：

"非我来，你是不肯出山的！"

难道他这是访求山野草泽，志在举逸民吗？他不过是要我出去活动活动，与多年不见面的朋友们会会而已。

在会上，他又说：

"你不常参加这种场合，人家不知道你是什么观点，讲一讲吧。"

也是这个道理。

他是了解我的，了解我当时的思想、感情的，他是真正关心我的。

他有一颗坚强的心，他对工作是兢兢业业的，对创作是孜孜不倦的。他有一颗热烈的心，对同志，是视如手足，亲如兄弟的。他所有的，是一颗诗人的赤子之心，天真无邪之心。这是他幼年参加革命时的初心，是他从根据地的烽烟炮火里带来的。因此，我可以说，他的这颗心从来没有变过，也是永远不会停止跳动的。

1980 年 3 月 14 日

我的二十四史

一九四九年初进城时，旧货充斥，海河两岸及墙子河两岸，接连都是席棚，木器估衣，到处都是，旧书摊也很多，随处可以见到。但集中的地方是天祥市场二楼，那些书贩用木板搭一书架，或放一床板，上面插列书籍，安装一盏照明灯，就算是一家。各家排列起来，就构成了一个很大的书肆。也有几家有铺面的，藏书较富。

那一年是天津社会生活大变动的时期，物资在默默地进行再分配，但进城的人们，都是穷八路，当时注意的是添置几件衣物，并没有多少钱去买书，人们也没有买书的习惯。

那一时期，书籍是很便宜的，一部白纸的四部丛刊，带箱带套，也不过一二百元，很多拆散，流落到旧纸店去，各种二十四史，也没人买，带樟木大漆盒子的，带专用书橱的，就风吹日晒的，堆在墙子河边街道上。

书贩们见到这种情景，见到这么容易得手的货源，都跃跃欲试，但他们本钱有限，货物周转也不灵，只能望洋兴叹，不敢多收。

我是穷学生出身，又在解放区多年，进城后携家带口，除谋划一家衣食，不暇他顾。但幼年养成的爱书积习，又滋长起来。最初，只是在荒摊野市，买一两本旧书，放在自己的书桌上。后来有了一些稿费，才敢于购置一些成套的书，这已经是一九五四年以后的事了。

　　　　　　青春余梦　孙犁散文精选集

最初，我从天祥书肆，买了一部涵芬楼影印本的《史记》，是据武英殿本。本子较小，字体也不太清晰。涵芬楼影印的这部二十四史，后来我见过全套，是用小木箱分代函装，然后砌成一面小影壁，上面还有瓦檐的装饰。但纸张较劣，本子较小是它的缺点，因此，并不为藏书家所珍爱。很长一段时间，人们喜爱同文书局石印的二十四史，它也是根据武英殿本，但纸张洁白而厚，字大行稀，看起来醒目，也是用各式小木箱分装，然后堆叠起来，自成一面墙，很是大方。我只买了一部《梁书》而已。

有一次，天祥一位人瘦小而本亦薄的商人，买了一套中华书局印的前四史，很洁整，当时我还是胸无大志，以为买了前四史读读，也就可以了，用十元钱买了下来。因为开了这个头，以后就陆续买了不少中华书局的二十四史零种。其实中华书局的四部备要本二十四史，并不佳。即以前四史而言，名为仿宋，字也够大，但以字体扁而行紧密，看起来，还是很不清楚。以下各史，行格虽稀，但所用纸张，无论黑白，都是洋纸，吸墨不良，多有油渍。中华书局的二十四史，也是据武英殿本重排，校刊只能说还可以，总之，并不引人喜爱。清末，有几处官书局，分印二十四史，金陵书局出的包括《史记》在内的几种，很有名，我也曾在天祥见过，以本子太大，携带不便，失之交臂之间。

我的《南史》和《周书》，是光绪年间，上海图书集成印书局校印本，字体并不小，然字扁而行密，看起来字体连成一线，很费目力。清末民初，用这种字体印的书很不少，如《东华录》、《纪事本末》等。这种书，用木板夹起，"文化大革命"中，抄书发还，院中小儿，视为奇观，亦可纪也。

我的《陈书》是商务印书馆四部丛刊的百衲本。这种本子在版本学术上很有价值，但读起来并不方便。我的《新五代史》，是刘氏玉海堂的覆宋本，共十二册，印制颇精。

国家标点的二十四史，可谓善本，读起来也方便。因为有了以上那些近似古董的书，后来只买了《魏书》、《辽史》。发见这种新书，厚重得很，反不及线装书，便利老年人阅读。

这样东拼西凑，我的二十四史，也可以说是百衲本了。

1980 年 12 月

同口旧事

《琴和箫》代序

一

　　我是一九三六年暑假后，到同口小学教书的。去以前，我在老家失业闲住。有一天，县邮政局，送来一封挂号信，是中学同学黄振宗和侯士珍写的。信中说：已经给我找到一个教书的位子，开学在即，希望刻日赴保定。并说上次来信，寄我父亲店铺，因地址不确被退回，现从同学录查到我的籍贯。我于见信之次日，先到安国，告知父亲，又次日雇骡车赴保定，住在南关一小店内。当晚见到黄侯二同学。黄即拉我到娱乐场所一游，要我请客。

　　在保定住了两日，即同侯和他的妻子，还有新聘请的两位女教员，雇了一辆大车到同口。侯的职务是这个小学的教务主任，他的妻子和那两位女性，在同村女子小学教书。

二

　　黄振宗是我初中时同班，保定旧家子弟，长得白皙漂亮，人亦聪明。在学校时，常演话剧饰女角，文章写得也不错，有时在校刊发表。并能演说，有一次，张继到我校讲演，讲毕，黄即上台，大加驳斥，声色俱厉。他那时，好像已经参加共产党。有一天晚上，他约我到操场散步，谈了很久，意思是要我也参加。我那时觉悟不高，一心要读书，又记着父亲嘱咐的话：不要参加任何党派，所以没有答应，他也没有表示什么不满。又对我说，读书要读名著，不要只读杂志报刊，书本上的知识是完整的、系统的，而报章杂志上的文章，是零碎的、纷杂的。他的这一劝告，我一直记在心中，受到益处。当时我正埋头在报纸文学副刊和社会科学的杂志里。有一种叫《读书杂志》，每期都很厚，占去不少时间。

他毕业后，考入北平中国大学，住在西安门外一家公寓里面，我在东城象鼻子中坑小学当事务员，时常见面。他那时好喝酒，讲名士风流，有时喝醉了，居然躺在大街上，我们只好把他拉起来。大学没有毕业，他回到保定培德中学教国文，风流如故，除经常去妓院，还交接着天华商场说大鼓书的一位女艺人。

一九三九年，我在晋察冀通讯社工作。冬季，李公朴到边区参观，黄是他的秘书，骑着瞎了一只眼的日本大洋马，走在李公朴的前面。在通讯社我和他见了面。那时不知李公朴来意，机关颇有戒心，他也没有和我多谈。我见他口袋里插的钢笔不错，很想要了他的，以为他回到大后方，钢笔有的是。他却不肯给。下午，我到他的驻地看望他，他却自动把钢笔给了我。以后就没有见过面。

解放以后，我只是在一个京剧的演出广告上，见到他的笔名，好像是编剧。不知为什么，我现在总感觉他已经不在人世了。他体质不好，又很放纵。交游也杂乱。至于他当初不肯给我钢笔，那不能算吝啬，正如太平年月，千金之子，肥马轻裘之赠，不能算作慷慨一样。那时物质条件困难，为一支蘸水钢笔尖，或一个不漏水的空墨水瓶，也发生过争吵、争夺。

三

侯士珍，定县人，育德中学师范专修班毕业。在校时，任平民学校校长，与一女生恋爱结婚。毕业后，由育德中学校方介绍到保定第二女子师范当职员。后又到南方从军，不久回保定，失业，募捐办一小报。记得一年暑假，我们同住在育德中学的小招待楼里，他时常给我们唱《国际歌》和《少年先锋歌》。

到同口小学后，他兼音乐课和体操课。他在校外租了一间房，闲时就和同事们打小牌。他精于牌术，赢一些钱，补助家用。我是一次也没有参加过的。我住在校内，有一天中午，我从课堂上下来，在我的宿舍里，他正和一位常到学校卖书的小贩谈话。小贩态度庄严，侯肃然站立在他的面前聆听着。抗日以后，这位书贩，当了区党委的组织部长。使我想起，当时在我的屋子里，他大概是在向侯传达党的任务吧。侯在同口有了一个女孩，要我给起个名儿，我查了查字典，取了"茜茜"二字。

侯为人聪明外露，善于交际，读书不求甚解，好弄一些小权术，颇得校长信任。一天夜里，有人在院中贴了一张大传单，说侯是共产党。侯说是姓陈的训育主任陷害他，要求校长召集会议，声称有姓陈的就没有姓侯的。我忘记校长是怎样处置这个事件的，好像是谁也没有离开吧。不知为什么，我当时颇有些不相信是那位姓陈的干的，倒觉得是侯的一种先发制人的权谋。不久，学校也就放暑假，芦沟桥事变也发生了。

暑假以后，因为天下大乱，家乡又发了大水，我就没有到学校去。侯在同口、冯村一带，同孟庆山，组织抗日游击队，成立河北游击军，侯当了政治部主任。听说他扣押了同口二班的一个地主，随军带着，勒索军饷。

冬季，由我县抗日政府转来侯的一封信，叫我去肃宁看看。家里不放心，叫堂弟同我去。我在安平县城，见到县政指导员李子寿，他说司令部电话，让我随新收编的杨团长的队伍去。杨系土匪出身，队伍更不堪言，长袍、袖手、无枪者甚众。杨团长给了我一匹马，一路上队伍散漫无章，至晚才到了肃宁，其实只有七十里路。司令部有令：杨团暂住城外。我只好只身进城，被城门岗兵用刺刀格住。经联系，先见到政治部宣传科刘科长。很晚才见到侯。那时的肃宁城内大街，灯火明亮，人来人往，抗日队伍歌声雄壮，饭铺酒馆，家家客满，锅勺相击，人声喧腾。

侯同他的爱人带着茜茜，住在一家地主很深的宅子里，他把盒子枪上好子弹，放在身边。

第二天，他对我说："这里太乱，你不习惯。"正好有人民自卫军司令部的一辆卡车，要回安国，他托吕正操的阎参谋长，把我带去。上车时风很大，他又去取了一件旧羊皮军大衣，叫我路上御寒。到了安国，我见到阎肃、陈乔、李之琏等过去的同学同事，他们都在吕的政治部工作。

一九三八年春天，人民自卫军司令部，驻扎安平一带，我参加了抗日工作。一天，侯同家属、警卫，骑着肥壮高大的马匹来到安平，说是要调到山里学习，我尽地主之谊，请他们到家里吃了一顿饭。侯没有谈什么，他的妻子精神有些不佳。

一九三九年，我调到山里，不久就听说，侯因政治问题，已经不在人间。详细情形，谁也说不清楚。

今年，有另一位中学同学的女儿从保定来，是为她的父亲谋求平反的。说侯的妻子女儿，也都不在了。他的内弟刘韵波，是在晋东南抗日战场上牺牲的。这人我曾在保定见过，在同口，侯还为他举行过音乐会，美术方面也有才能。

当时代变革之期，青年人走在前面，充当搏击风云的前锋。时代赖青年推动而前，青年亦乘时代风云冲天高举。从事政治、军事活动者，最得风气之先。但是，我们的国家，封建历史的黑暗影响，积压很重。患难相处时，大家一片天真，尚能共济，一旦有了名利权势之争，很多人就要暴露其缺点，有时就死非其命或死非其所了。热心于学术者，表现虽稍落后，但就保全身命来说，所处境地，危险还小些。当然遇到"文化大革命"，虽是不问政治的书呆子，也就难以逃脱其不幸了。

四

一九四七年，我又到白洋淀一行。我虽然在《冀中导报》吃饭，并不是这家报纸的正式记者。到了安新县，就没有按照采访惯例，到县委宣传部报到，而是住在端村冀中隆昌商店。商店的经理是刘纪，原是新世纪剧社的指导员，为人忠诚热情，是个典型的农村知识分子。在他那里，我写了几篇关于席民生活的文章，因为是商店，吃得也比较好。

刘纪在"三反"、"五反"运动中，受到批评，也受到一些委屈，精神有很长时间失常。现在完全好了，家在天津，还是不忘旧交，常来看我。他好写诗，有新有旧，订成许多大本子，也常登台朗诵。

他的记忆力，自从那次运动以来，显然是很不好，常常丢失东西。"文化大革命"后期，我在佟楼谪所，他从王林处来看我，坐了一会走了，随即有于雁军追来，说是刘纪错骑了她的车子。我说他已经走了老半天，你快去追吧。于雁军刚走，刘纪的儿子又来了，说他爸爸的眼镜丢了，是不是在我这里。我说："你爸爸在我这里，他携带什么东西，走时我都提醒他，眼镜确实没丢在这里，你到王林那里去找吧！"他儿子说："你提醒他也不解决问题，他前些日子去北京，住在刘光人叔叔那里，都知道他丢三拉四，临走叔叔阿姨都替他打点什物，送他出门，在路上还不断问他拉下东西没有，他说，这次可带全了，什么也没拉下。到了车站，才发现他忘了带车票！"

我一直感念刘纪，对我那段生活和工作，热情的帮助和鼓励。那次在佟楼见面，我送了他三部书：一、石印《授时通考》，二、石印《南巡大典》，三、影印《云笈七笺》。其实都不是什么贵重之物。那时发还了抄家物品，我正为书多房子小发愁，也担心火警。每逢去了抽烟的朋友，我总是手托着烟盘，侍立在旁边，以免火星飞到破烂的旧书上。送给他一些书，是减去一些负担，也减去一些担惊受怕。但他并不嫌弃这些东西，表示很高兴要。在那时，我的命运尚未最后定论，书也还被认为是四旧之一，我上赶送别人几本，有时也会遭到拒绝。所以我觉得刘确是个忠厚的人。

这就使我联想到另一个忠厚的人，刘纪的高小老师，名叫刘通庸。抗日时我认识了他，教了一辈子书，读了一辈子进步的书，教出了许多革命有为的学生，本身朴实得像个农民，对人非常热情，坦率。

我在蠡县的时候，常常路过他的家，他那时已经患了神经方面的病症，我每次去看他，他总不在家，不是砍草拾粪，就是放羊去了，他的书很多，堆放在东间炕头上，我每次去了，总要上炕去翻看一阵子，合适的就带走。他的老伴，在西间纺线，知道是我，从来也不闻不问，只管干她的活。

五

既然到了安新，我就想到同口去看看，说实在话，我想去那里，并不是基于什么怀旧之情。到了那里，也没有找过去的同事熟人，我知道很多人到外面工作去了。我投宿在老朋友陈乔的家里，这也是抗日战争期间养成的习惯，住在有些关系的户，在生活上可以得到一些特殊照顾。抗日期间，是统一战线政策，找房子住，也不注意阶级成分，住在地主、富农家里，房间、被褥、饮食，也方便些。

但这一次却因为我在《一别十年同口镇》这篇文章的结尾，说了几句朋友交情的话，其实也是那时党的政策，连同《新安游记》等篇，在同年冬季土地会议上，受到了批判。这两篇文章，前者的结尾，后者的开头，后来结集出版时，都作过修改。此次淮舟从报纸复制编入，一字未动，算是复其旧观。也看不出有什么问题，这是因为时过境迁，人的观点就随着改变了。当时弄得那么严重，主要是因为我的家庭成分，赶上了时候，并非文字之过。同时，山东师范学院，也发现了《冀中导报》上的批判文章，也函请他们复制寄来，以存历史实际。

我是老冀中，认识人也不少，那里的同志们，大体对我还算是客气的。有时受批，那是因为我不知趣。土改以后，我在深县工作半年，初去时还背着一点黑锅，但那时同志间，毕竟是宽容的，在我离开那里的时候，县委组织部长穆涛，给我的鉴定是：知识分子与工农干部相结合的模范！这绝不是我造谣，穆涛还健在。

当然，我不能承担这么高的评语。但我在战争年代，和群众相处，也确实还合得来。在那种环境，如果像目前这样生活，我就会吃不上饭，穿不上鞋袜，也保全不住性命。这么说，也有些可以总结的经验吗？有的。对工农干部的团结接近，我的经验有两条：一、无所不谈；二、烟酒不分。在深县时，县长、公安局长、妇联主任都和我谈得来。对于群众，到了一处，我是先从接近老太太们开始，一旦使她们对我有了好感，全村的男女老少，也就对我有了好感。直到现在，还有人说我善于拍老太太们的马屁。此外，因为我一向不是官儿，不担任具体职务，群众就会对我无所要求，也无所顾忌。对他们来说，我就像山水花鸟画一样，无益也无害。这样说个家常里短的，就很方便。此外，为人处世，就没有什么好的经验可以总结了。对于领导我的人，我都是很尊重的，但又不愿多去接近；对于和文艺工作有些关系的人，虽不一定是领导，文化修养也不一定高，却有些实权，好摆点官架，并能承上启下，汇报情况的人，我却常常应付不得其当。

六

话已经扯得很远，还是回到同口来吧。听说，我教书的那所小学校，楼房拆去了上层，下层现在是公社的仓库。当年同事，有死亡的，也有健在的。在天津，近几年，发见两个当年的学生，一个是六年级的刘学海，现任水利局局长，前几天给我送来一条很大的鱼。一个是五年级的陈继乐，在军队任通讯处长，前些时给我送来一瓶香油。刘学海还说，我那时教国文，不根据课本，是讲一些革命的文艺作品。对于这些，我听起来很新鲜，但都忘记了。查《善闇室纪年》，关于同口，还有这样的记载："'五四'纪念，作讲演。学生演出之话剧，系我所作，深夜突击，吃冷馒头、熬小鱼，甚香。"

　　淮舟在编我的作品目录时，忽然想编一本书，包括我写的关于白洋淀的全部作品。最初，我是一点兴趣也没有的，也不好打他的兴头。又要我写序，因此联想起很多旧事，写起来很吃力，有时也并不是很愉快的。因为对于这一带人民的贡献和牺牲来说，在文艺作品中的反映，是太薄弱了。

1981 年 6 月 17 日雨后写讫

报纸的故事

一九三五年的春季，我失业家居。在外面读书看报惯了，忽然想订一份报纸看看。这在当时确实近于一种幻想，因为我的村庄，非常小又非常偏僻，文化教育也很落后。例如村里虽然有一所小学校，历来就没有想到订一份报纸。村公所就更谈不上了。而且，我想要订的还不是一种小报，是想要订一份大报，当时有名的《大公报》。这种报纸，我们的县城，是否有人订阅，我不敢断言，但我敢说，我们这个区，即子文镇上是没人订阅过的。

我在北京住过，在保定学习过，都是看的《大公报》。现在我失业了，住在一个小村庄，我还想看这份报纸。我认为这是一份严肃的报纸，是一些有学问的，有事业心的，有责任感的人，编辑的报纸。至于当时也是北方出版的报纸，例如《益世报》、《庸报》，都是不学无术的失意政客们办的，我是不屑一顾的。

我认为《大公报》上的文章好，它的社论是有名的，我在中学时，老师经常选来给我们当课文讲。通讯也好，有长江等人写的地方通讯，还有赵望云的风俗画。最吸引我的还是它的副刊，它有一个文艺副刊，是沈从文编辑的，经常登载青年作家的小说和散文。还有小公园，还有艺术副刊。

说实在的，我是想在失业之时，给《大公报》投投稿，而投了稿子去，又看不到报纸，这是使人苦恼的。因此，我异想天开地想订一份《大公报》。

我首先，把这个意图和我结婚不久的妻子说了说。以下是我们的对话实录：

"我想订份报纸。"

"订那个干什么？"

"我在家里闲着很闷，想看看报。"

"你去订吧。"

"我没有钱。"

"要多少钱？"

"订一月，要三块钱。"

"啊！"

"你能不能借给我三块钱？"

"你花钱应该向咱爹去要，我哪里来的钱？"

谈话就这样中断了。这很难说是愉快，还是不愉快，但是我不能再往下说了。因为我的自尊心，确实受了一点损伤。是啊，我失业在家里呆着，这证明书就是已经白念了。白念了，就安心在家里种地过日子吧，还要订报。特别是最后这一句："我哪里来的钱？"这对于作为男子汉大丈夫的我，确实是千钧之重的责难之词！

其实，我知道她还是有些钱的，作个最保守的估计，她可能有十五元钱。当然她这十五元钱，也是来之不易的。是在我们结婚的大喜之日，她的"拜钱"。每个长辈，赏给她一元钱，或者几毛钱，她都要拜三拜，叩三叩。你计算一下，十五元钱，她一共要起来跪下，跪下起来多少次啊。

她把这些钱，包在一个红布小包里，放在立柜顶上的陪嫁大箱里，箱子落了锁。每年春节闲暇的时候，她就取出来，在手里数一数，然后再包好放进去。

在妻子面前碰了钉子，我只好硬着头皮去向父亲要，父亲沉吟了一下说：

"订一份《小实报》不行吗？"

我对书籍、报章，欣赏的起点很高，向来是取法乎上的。《小实报》是北平出版的一种低级市民小报，属于我不屑一顾之类。我没有说话，就退出来了。

父亲还是爱子心切，晚上看见我，就说：

"愿意订就订一个月看看吧，集响多粜一斗麦子也就是了。长了可订不起。"

在镇上集日那天，父亲给了我三块钱，我转手交给邮政代办所，汇到天津去。同时还寄去两篇稿子。我原以为报纸也像取信一样，要走三里路来自取的，过了不久，居然有一个专人，骑着自行车来给我送报了，这三块钱花得真是气派。他每隔三天，就骑着车子，从县城来到这个小村，然后又通过弯弯曲曲的，两旁都是黄土围墙的小胡同，送到我家那个堆满柴草农具的小院，把报纸交到我的手里。上下打量我两眼，就转身骑上车走了。

我坐在柴草上，读着报纸。先读社论，然后是通讯、地方版、国际版、副刊，甚至广告、行情，都一字不漏地读过以后，才珍重地把报纸叠好，放到屋里去。

我的妻子，好像是因为没有借给我钱，有些过意不去，对于报纸一事，从来也不闻不问。只有一次，带着略有嘲弄的神情，问道：

"有了吗？"

"有了什么？"

"你写的那个。"

"还没有。"我说。其实我知道，她从心里是断定不会有的。

直到一个月的报纸看完，我的稿子也没有登出来，证实了她的想法。

　　这一年夏天雨水大，我们住的屋子，结婚时裱糊过的顶棚、壁纸，都脱落了。别人家，都是到集上去买旧报纸，重新糊一下。那时日本侵略中国，无微不至，他们的旧报，如《朝日新闻》、《读卖新闻》，都倾销到这偏僻的乡村来了。妻子和我商议，我们是不是也把屋子糊一下，就用我那些报纸，她说：

　　"你已经看过好多遍了，老看还有什么意思？这样我们就可以省下块数来钱，你订报的钱，也算没有白花。"

　　我听她讲的很有道理，我们就开始裱糊房屋了，因为这是我们的幸福的窝巢呀。妻刷浆糊我糊墙。我把报纸按日期排列起来，把有社论和副刊的一面，糊在外面，把广告部分糊在顶棚上。

　　这样，在天气晴朗，或是下雨刮风不能出门的日子里，我就可以脱去鞋子，上到炕上，或仰或卧，或立或坐，重新阅读我所喜爱的文章了。

1982 年 2 月 9 日

书　信

　　自古以来书信作为一种文体，常常编入作家们的文集之中。书与信字相连，可知这一文体的严肃性。它的主要特点，是传达一种真实的信息。

　　古代的历史著作，也常常把一个人物的重要信件，编入他的传记之内。

　　古代，书信的名号很多，有上书，有启，有笺，有书……各有讲究。《昭明文选》用了几卷的篇幅收录了这些文章。历代文学总集，也无不如此。

　　如此说来，书信一体，实在是不可玩忽的一种文学读物了。过去书市中也有供人学习应酬文字的尺牍大观，那当然不在此列。

　　在中学读书时，我读过一本高语罕编的《白话书信》，内容已经记不清。还读过一本《八贤手札》，则是清朝咸同时期，镇压太平天国的那些大人物的往来信札，内容也记不清了。只记得那些信的称呼，很复杂也很难懂。

　　书信这一文体，我可以说是幼而习之的。在外面读书做事，总是要给家中写信的。所用的文字当然是解放了的白话。这些家信无非是报告平安，没有什么特殊的内容。经过几次变乱，可以说是只字不存了。

　　在保定读书时，我认识了本城一个女孩子，她家住在白衣庵一个大杂院里。我每星期总要给她写一封信，用的都是时兴的粉色布纹纸信封。我的信写得都很长，不知道从哪里

　　　　　　　　青春余梦　孙犁散文精选集

来的那么多热情的话。她家生活很困难，我有时还在信里给她附一些寄回信的邮票。但她常常接不到我寄给她的信，却常常听到邮递员对她说的一些不三不四的话。我并不了解她的家庭，我曾几次在那个大杂院的门口徘徊，终于没有进去。我也曾到邮政局的无法投递的信柜里去寻找，也见不到失落的信件。我估计一定是邮递员搞的鬼。我忘记我给她写了多少封信，信里尽倾诉了什么感情。她也不会保存这些信。至于她的命运，她的生存，已经过去五十年，就更难推测了。

在晋察冀边区工作，我曾给通讯员和文学爱好者，写过不少信，文字很长，数量很大，但现在一封也找不到了。

一九四四年秋天，我在延安窑洞里，用从笔记本撕下的一片纸，写了一封万金家书。我离家已经六七年了，听人说父亲健康情况不好，长子不幸夭折，我心里很沉重。家乡还被敌人占据着，寄信很危险。但我实在控制不住对家庭的思念，我在这片白纸的正面，给父亲写了一封短信；在背面，给妻子写了几句话。她不认识字，父亲会念给她听。

这封信我先寄给在晋察冀工作的周小舟同志，烦他转交我的家中。一九四六年，我回到家里，妻子告诉我，收到了这封信。在一家人正要吃午饭的时候收到的这封信，父亲站在屋门口念了，一家人都哭了。我很感谢我们的交通站和周小舟同志，我不知道千里迢迢，关山阻隔，敌人封锁得那么紧，他们怎样把这封信送到了我的家。

这封信的内容，我是记得的，它的每句话都是有用的，有千斤重量的，也没保存下来。

一九七〇年十月起，至一九七二年四月，经人介绍，我与远在江西的一位女同志通信。发信频繁，一天一封，或两天一封或一天两封。查记录：一九七一年八月，我寄出去的信，已达一百一十二封。信，本来保存得很好，并由我装订成册，共为五册。后因变故，我都用来升火炉了。

这些信件，真实地记录了我那几年动荡不安的生活，无法倾诉的悲愤，以及只能向尚未见面的近似虚无飘渺的异性表露的内心。一旦毁弃了是很可惜的，但当时也只有这样付之一炬，心里才觉得干净。潮水一样的感情，几乎是无目的地倾泻而去，现在已经无法解释了。

自从"文化大革命"开始，断绝了写作的机会，从与她通讯，才又开始了我的文字生活，这是可以纪念的。这些信，训练了我久已放下了的笔，使我后来能够写文章时，手和脑并没有完全生疏、迟钝。这也可以说是失之东隅、收之桑榆吧。至于解放前后，我写给朋友们的信件，经过"文化大革命"，已所剩无几。这很难怪，我向来也不大保存朋友们的来信，但在"文化大革命"以前，曾在书柜里保存康濯同志的来信，有两大捆，约二百余封。"文化大革命"期间，接连不断地抄家，小女儿竟把这些信件烧毁了。太平以后，我很觉得对不起康濯同志，把详情告诉了他。而我写给他的信，被抄走，又送了回来，虽略有损失，听说还有一百多封。这可以说是迄今保存的我的书信的大宗了。他怎样处理这些信件，因为上述原因，我一直不好意思去过问。

先哲有言，信件较文章更能传达人的真实感情，更能表现本来面目。看来，信件的能否保存，远不及文章可靠。文章如能发表，即使是油印、石印，也是此失彼存，有希望找到的。而信件寄出，保存与否，已非作者所能处置。遇有变故，最易遭灾，求其幸存，已经不易，况时过境迁，交游萍水，难以求其究竟乎！

一九八三年十月十六日

告　别

新年试笔

书　籍

我同书籍，即将分离。我虽非英雄，颇有垓下之感，即无可奈何。

这些书，都是在全国解放以后，来到我家的。最初零零碎碎，中间成套成批。有的来自京沪，有的来自苏杭。最初，我囊中羞涩，也曾交臂相失。中间也曾一掷百金，稍有豪气。总之，时历三十余年，我同它们，可称故旧。

十年浩劫，我自顾不暇，无心也无力顾及它们。但它们辗转多处，经受折磨、潮湿、践踏、撞破，终于还是回来了。失去了一些，我有些惋惜，但也不愿再去寻觅它们，因为我失去的东西，比起它们，更多也更重要。

它们回到寒舍以后，我对它们的情感如故。书无分大小、贵贱、古今、新旧，只要是我想保存的，因之也同我共过患难的，一视同仁。洗尘，安置，抚慰，唏嘘，它们大概是已经体味到了。

近几年，又为它们添加了一些新伙伴。当这些新书，进入我的书架，我不再打印章，写名字，只是给它们包裹一层新装，记下到此的岁月。

这是因为，我意识到，我不久就会同它们告别了。我的命运是注定了的。但它们各自的命运，我是不能预知，也不能担保的。

字　画

　　我有几张字画，无非是吴、齐、陈的作品，也即近代世俗之所爱，说不上什么稀世的珍品。这些画，是六十年代初，我心血来潮，托陈乔同志在北京代购的，那时他任中国历史博物馆副馆长，据说是带了几位专家到画店选购的，当然是不错的了。去年陈乔来家，还问起这几张画来。我告诉他"文化大革命"时，抄是抄去了，但人家给保存得很好，值得感谢。这些年一直放在柜子里，也不知潮湿了没有，因为我对这些东西，早已经一点兴趣也没有了。陈说：不要糟蹋了，一幅画现在要上千上万啊！我笑了笑。什么东西，一到奇货可居，万人争购之时，我对它的兴趣就索然了。我不大看洛阳纸贵之书，不赴争相参观之地，不信喧嚣一时之论。

　　当代画家，黄胄同志，送给过我两张毛驴，吴作人同志给我画过一张骆驼，老朋友彦涵给我画了一张朱顶红，是因为我请他向画家们求画，他说，自从批"黑画展"以后，画家们都搁笔不画了，我给你画一张吧。近些年，因为画价昂贵，我也不敢再求人作画，和彦涵的联系也少了。

　　值得感谢的，是许麟庐同志，他先送我一张芭蕉，"四人帮"倒台以后，又主动给我画了一张螃蟹、酒壶、白菜和菊花。不过那四只螃蟹，形象实在丑恶，肢体分解，八只大腿，画得像一群小雏鸡。上书：孙犁同志，见之大笑。

　　天津画家刘止庸，给我写了一幅对联，虽然词儿高了一些，有些过奖，我还是装裱好了，张挂室内，以答谢他的厚意。

　　我向字画告别，也就意味着，向这些书画家告别。

瓶 罐

进城后，我在早市和商场，买了不少旧磁器，其中有一些是日本磁器。可能有些假古董，真古董肯定是没有的。因为经过抄家，经过专家看过，每个瓶底上，都贴有鉴定标签，没有一件是古磁。

不过，有一个青花松竹的磁罐，原是老伴外婆家物，祖辈相传，搬家来天津时，已为叔父家拿去，后来听说我好这些东西，又给我送来了。抄家时，它装着糖，放在厨架上，未被拿走。经我鉴定，虽然无款，至少是一件明磁。可惜盖子早就丢失了。

这些瓶瓶罐罐，除去孩子们糟蹋的以外，尚有两筐，堆放在闲屋里。

字 帖

原拓只有三希堂。丙寅岁拓，并非最佳之本。然装潢华贵，花梨护板，樟木书箱，似是达官或银行家物。尚有写好的洒金题签，只贴好一张，其余放在箱内。我买来也没来得及贴好，抄家时丢失了。此外原拓，只有张猛龙碑、龙门二十品等数种，其余都是珂罗版。

汉碑、魏碑。我是按照《艺舟双楫》和《广艺舟双楫》介绍购置的，大体齐备。此外有淳化阁帖半套及晋唐小楷若干种。唐隶唐楷及唐人写经若干种。

罗振玉印的书，我很喜欢，当做字帖购买的有：《祝京兆法书》，《水拓鹤铭》，《世说新书》，《智永千文》，《六朝墓志菁华》等。以他的《六朝墓志》，校其他六朝帖，就会发现，因墓志字小形微，造假者多有。

我本来不会写字，近年也为人写了不少，现在很后悔。愿今后一笔一画，规规矩矩，写些楷字，再有人要，就给他这个，以示真象。他们拿去，会以为是小学生习字，不屑一顾，也就不再来找我了。人本非书家，强写狂乱古怪字体，以邀书家之名；本来写不好文章，强写得稀奇荒诞，以邀作家之名；本来没有什么新见解，故作高深惊人之词，以邀理论家之名，皆不足取。时运一过，随即消亡。一个时代，如果艺术，也允许作假冒充，社会情态，尚可问乎。

印 章

还有印章数枚，且有名家作品。一名章，阳文，钱君匋刻，葛文同志代求，石为青田，白色，马纽；一名章，阴文，金禹民作，陈肇同志代求，石为寿山；一藏书章，大卣作，陈乔同志代求，石为青田，酱色。

近几年，一些青年篆刻爱好者，也为我刻了一些图章。

其实，我除了写字，偶尔打个印，壮壮门面外，在书籍上，是很少盖印了，前面已经提到。古人达观者，用"曾在某斋"等印，其实还有恋恋之意，以为身后，还是会有些影响，这同好在书上用印者，只有五十步之差。不过，也有一点经验。在"文化大革命"时，我有一部《金瓶梅》被抄去，很多人觊觎它，终于是归还了，就是因为每本封面上，都盖有我的名章。印之为物，可小觑乎？

镇 纸

我还有几件镇纸。其中，张志民送我一副人造大理石的，色彩形制很好。柳溪送我一只大理出的，很淡雅。最近杨润身又送我一只，是他的家乡平山做的，很朴厚。

我自己有一副旧玉镇纸，是用六角钱从南市小摊上得到的。每只上刻四个篆字，我认不好。陈乔同志描下来，带回北京，请人辨认。说是："不惜寸阴，而惜尺璧"八个字。陈说，不要用了。

其实，我也很少用这些玩意儿，都是放在柜子里。写字时，随便用块木头，压住纸角也就行了。我之珍惜东西，向有乡下佬吝啬之誉。凡所收藏，皆完整如新，如未触手。后人得之，可证我言。所以有眷恋之情，意亦在此。

以上所记，说明我是玩物丧志吗？不好回答。我就是喜爱这些东西，它们陪伴我几十年。一切适情怡性之物，非必在大而华贵也。要在主客默契，时机相当。心情恶劣，虽名山胜水，不能增一分之快，有时反更添愁闷之情。心情寂寞，虽一草一木也可破闷解忧，如获佳侣。我之于以上长物，关系正是如此。现在分别了，不是小别，而是大别，我无动于衷吗？也不好回答。"文化大革命"时，这些东西，被视为"四旧"，扫荡无余。近年，又有废除一切旧传统之论，倡言者，追随者，被认为新派人物。后果如何，临别之际，也就顾不得那么许多了。

一九八七年一月七日记

黄　叶

又届深秋，黄叶在飘落。我坐在门前有阳光的地方。邻居老李下班回来，望了望我，想说什么，又走过去。但终于转回来，告诉我：一位老朋友，死在马路上了。很久才有人认出来，送到医院，已经没法抢救了。

我听了很难过。这位朋友，是老熟人，老同事。一九四六年，我在河间认识他。

他原是一个乡村教师，爱好文学，在《大公报》文艺版发表过小说。抗战后，先在冀中七分区办油印小报，负责通讯工作。敌人"五一"大扫荡以后，转入地下。白天钻进地道里，点着小油灯，给通讯员写信，夜晚，背上稿件转移。

他长得高大、白净，作风温文，谈吐谨慎。在河间，我们常到野外散步。进城后，在一家报社共事多年。

他喜欢散步。当乡村教师时，黄昏放学以后，他好到田野里散步。抗日期间，夜晚行军，也算是散步吧。现在年老退休，他好到马路上散步，终于跌了一跤，死在马路上。

马路上车水马龙，行人熙熙攘攘，但没有人认识他。不知他来自何方，家在何处？躺了很久，才有一个认识他的人。

那条马路上树木很多，黄叶也在飘落，落在他的身边，落在他的脸上。

他走的路，可以说是很多很长了，他终于死在走路上。这里的路好走呢，还是夜晚行军时的路好走呢？当然是前者。

这里既平坦又光明，但他终于跌了一跤。如果他是一个舞场名花，或是时装模特，早就被人认出来了。可惜他只是一个退休老人，普普通通，已经很少有人认识他了。

我很难过。除去悼念他的死，我对他还有一点遗憾。

他当过报社的总编，当过市委的宣传部长，但到老来，他愿意出一本小书——文艺作品。老年人，总是愿意留下一本书。一天黄昏，他带着稿子到我家里，从纸袋里取出一封原已写好的，给我的信。然后慢慢地说：

"我看，还是亲自来一趟。"

这是表示郑重。他要我给他的书，写一篇序言。

我拒绝了。这很出乎他的意料，他的脸沉了下来。

我向他解释说：我正在为写序的事苦恼，也可以说是正在生气。前不久，给一位诗人，也是老朋友，写了一篇序。结果，我那篇序，从已经铸版的刊物上，硬挖下来。而这家刊物，远在福州，是我连夜打电报，请人家这样办的。因为那位诗人，无论如何不要这篇序。

其实，我只是说了说，他写的诗过于雕琢。因此，我已经写了文章声明，不再给人写序了。

对面的老朋友，好像并不理解我的话，拿起书稿，告辞走了。并从此没有来过。

而我那篇声明文章，在上海一家报社，放了很长时间，又把小样，转给了南方一家报社，也放了很久。终于要了回来，在自家报纸发表了。这已经在老朋友告辞之后，所以还是不能挽回这一点点遗憾。

不久，出版那本书的地方，就传出我不近人情，连老朋友的情面都不顾的话。

给人写序，不好。不给人写序，也不好。我心里很别扭。

我终觉是对不起老朋友的。对于他的死，我备觉难过。

　　北风很紧，树上的黄叶，已经所剩无几了。太阳转了过去，外面很冷，我掩门回到屋里。

　　　　　　　　　　　　　　　一九八七年十月十九日

我的金石美术图画书

初进城时，我住在这个大院后面一排小房里，原是旧房主杂佣所居。旁边是打字室，女打字员昼夜不停地工作，不得安静。我在附近小摊上，买了几本旧书，其中有一部叶昌炽著的《语石》，商务国学基本丛书版，共两册。

我对这种学问，原来毫无所知，却一字一句地读下去，兴趣很浓。现在想来：一是专家著作，确实有根柢。而作者一生，酷爱此道，文字于客观叙述之中，颇带主观情趣，所以引人入胜。二是我当时处境，已近于身心交瘁，有些病态。远离尘世，既不可能，把心沉到渺不可寻的残碑断碣之中，如同徜徉在荒山野寺，求得一时的解脱与安静。此好古者之通病欤？

叶昌炽是清末的一名翰林，放过一任学政，后为别人校书印书。不久，我又买了他著的《藏书纪事诗》和《缘督庐日记摘钞》，都认真地读了。

我有一部用小木匣装着的《金石索》，是石印本，共二十册，金索石索各半。我最初不大喜欢这部书，原因是鲁迅先生的书账上，没有它。那时我死死认为：鲁迅既然不买《金石索》，而买了《金石苑》，一定是因为它的价值不高。这是很可笑的。后来知道，鲁迅提到过这部书，对它又有些好感，一一给它们包装了书皮。"文革"结束，我曾提着它送给一位老朋友，请他看着解闷。这是我以己度人，老朋友也许无闷可解，过了不久，就叫小孩，又给我提回来，说是"看完了"。我只好收起。那时，害怕"四旧"的观念，尚未消除，人们是不愿接受这种礼物的。

也好，目前，它顶着一个花瓶，屹立在四匣《三希堂法帖》之上，三个彩绿隶体字，熠熠生辉，成为我书房的壮观一景。还有人叫我站在它的旁边，照过相。可以说，它又赶上好时光、好运气了，当然，这种好景，也不一定会很长。

大型的书，我买了一部《金石粹编》。这是一部权威性著作，很有名。鲁迅书账有之，是原刻本。我买的是扫叶山房石印本，附有续编补编，四函共三十二册。正编系据原刻缩小，字体不大清楚，通读不便，只能像用工具书，偶尔查阅。续编以下是写印，字比较清楚，读了一遍。

有一部小书，叫《石墨镌华》，是知不足斋丛书的零种。书小而名大，常常有人称引。读起来很有兴趣，文字的确好。同样有兴趣的，是一本叫《金石三例》的书，商务万有文库本，也通读过了。因为对这种学问，实在没有根基，见过的实物又少，虽然用心读过，内容也记不清楚。

原刻的书，有一部《金石文编》，书很新，字大悦目，所收碑版文字，据说校写精确，鲁迅先生也买了一部。我没有很好地读，因为内容和孙星衍校印的《古文苑》差不多，后者我曾经读过了。

读这些书，最好配备一些碑版，我购置了一些珂罗版复制品，聊胜于无而已。知识终于也没有得到长进，所收碑名从略。

钱币也属于金石之学。这方面的书，我买过《古泉拓本》，《古泉杂记》，《古泉丛话》，《续泉说》等，都是刻本线装，印刷精致。还有一本丁福保编的《古钱学纲要》，附有历代古钱图样，并标明当时市价，可知其是否珍异。

我虽然置备了这些关于古钱的书，但我并没有一枚古钱。进城后，我曾在附近夜市，花三角钱，买了一枚大钱，"文革"中遗失了，也忘了是什么名号。我只是从书中，看收藏家的趣味和癖好。

大概是前年，一青年友人，用一本旧杂志，卷着四十枚古钱，寄给我，叫我消遣。都是出土宋钱，斑绿可爱。为了欣赏，我不只打开《历代纪元编》认清钱的年代，还打开《古钱学纲要》，一一辨认了它们的行情，都是属于五分、一角之例，并非稀有。但我心里还是有些不安，小大属于文物的东西，我没有欲望去占有。我对古董没有兴趣。它们的复制品、模仿品，或是照片，对我来说，就足够了。我只是想从中得到一点常识，并没有条件和精力，去进行认真的研究。我决定把这几十枚古钱，交还给那位青年友人。并说明：我已经欣赏过了。我的时光有限，自己的长物，还要处理。别人的东西，交还本人。你们来日方长，去放着玩吧。

我还买了一些印谱，其中有陈簠斋所藏玉印，手拓古印；丁、黄、赵名家印谱，陈师曾印谱，汉铜印丛等，大都先后送给了画家和给我刻过印章的人。

关于铜镜的书，则有簠斋藏镜，以及各地近年出土的铜镜选集。

关于汉画石刻，则有《汉代绘画选集》、《陕北东汉画像石刻选集》；还有较早出版的线装《汉画》二册一函，《南阳汉画像汇存》一册、《南阳汉画像集》一册。都是精印本。

《摹印砖画》、《专门名家》，则是古砖的拓本。

我不会画，却买了不少论画的书。余绍宋辑的《画论丛刊》、《画法要录》，都买了。记载历代名画的《历代名画记》、

《图画见闻志》、《宣和画谱》，以及大型的《佩文斋书画谱》，也都买了。《佩文斋书画谱》，坊间石印本很多，阅读也方便，我却从外地邮购了一部木刻本，洋洋六十四册，古色古香。实际到我这里，一直尘封未动，没有看过。此又好古之过也。

古人鉴定书画的书，我买了《江村消夏录》、《庚子消夏记》。后来是写刻本，字体极佳。我还在早市，买了一部《清河书画舫》，有竹人家藏版，木刻本十二册，通读一过。因为未见真迹，只是像读故事一样。另有《平生壮观》一部，近年影印，未读。

文章书画，虽都称做艺术，其性质实有很大不同。书法绘画，就其本质来说，属于工艺。即有工才有艺，要点在于习练。当然也要有理论，然其理论，只有内行人，才能领会，外行人常常不易通晓，难得要领。我读有关书画之论，只能就其文字，领会其意，不能从实践之中，证其当否。陆机《文赋》虽玄妙，我细读尚能理解，此因多少有些写作经验。至于孙过庭的《书谱》，我虽于几种拓本之外，备有排印注疏本，仍只能顺绎其文字，不能通书法之妙诀。画论"成竹在胸"，"意在笔先"之说，一听颇有道理，自无异议，但执笔为画，则又常常顾此失彼，忘其所以。书法之论亦然："永字八法"，"如锥画沙"之论，确认为经验之谈，然当提笔拂笺，反增慌乱。因知艺术一事，必从习练，悟出道理，以为己用。不能以他人道理，代替自身苦工。更不能为那些"纯理论家"的皇皇言论所迷惑。

我还买了一些画册，珂罗版的居多。如：《离骚图》、《无双谱》、《水浒全传插图》、《梅花喜神谱》、《陈老莲水浒叶子》、《宋人画册》等。

水浒叶子系病中，老伴于某日黄昏之时，陪我到劝业场对过古籍书店购得。此外还有《石涛画册》,《华新罗画册》,《仇文合制西厢图册》等,都是三十年代出版物,纸墨印刷较精。

木刻水印者,有《十竹斋画谱》,已为张的女孩拿去,同时拿去的,还有一部《芥子园画传》(近年印本)。另有一部木刻山水画册,忘记作者名字,系刘姓军阀藏书,已送画家彦涵。现存手下的,还有一部《芥子园画传》,共四集,均系旧本,陆续购得。其中梅菊部分,系乾隆年间印刷,价值尤昂。今年春节,大女儿来家,谈起她退休后,偶画小鸟,并带来一张叫我看。我说,画画没有画谱不行,遂把芥子园花鸟之部取出给她,画册系蝴蝶装,亦多年旧物也。大女儿幼年受苦,十六岁入纱厂上班,未得上学读书。她晚年有所爱好,我心中十分高兴。

一九八七年九月十五日写讫

附记

一九四八年秋季,我到深县,任宣传部副部长,算是下乡。时父亲已去世,老区土改尚未结束,一家老小的生活前途,萦系我心。在深县结识了一位中学老师,叫康迈千。他住在一座小楼上。有一天我去看他,登完楼梯,在迎面挂着的大镜子里,看到我的头部,不断颤动。这是我第一次发见自己的病症,当时并未在意,以为是上楼梯走得太急了,遂即忘去。

本文开头,说我进城初期,已近于身心交瘁状态,殆非夸大之辞。

一九五六年,大病之后,结发之妻,虽常常独自饮泣,但她终不知我何以得病。还是老母知子,她曾对妻子说:

"你别看他不说不道，这些年，什么事情，不打他心里过？"

那些年，我买了那么多破旧书，终日孜孜，又缝又补。有一天，我问妻子："你看我买的这些书好吗？"

她停了一下才说：

"喜欢什么，什么就好。"

好不识字，即使识字，也不会喜欢这些破旧东西的。

有时，她还陪我到旧书店买书。有一次，买回一本宣纸印刷的《陈老莲水浒叶子》，我翻着对她说：

"这就是我们老家，玩的纸牌上的老千、老万。不过，画法有些不一样。"

她笑着，站在我身边，看了一会儿。这是她第一次，也是仅有的一次，同我一起，欣赏书籍。平时，她知道我的毛病，从来也不动我的书。

我买旧书，多系照书店寄给我的目录邮购，所谓布袋里买猫，难得善本。版本知识又差，遇见好书，也难免失之交臂。人弃我取，为书店清理货底，是我买书的一个特色。

但这些书，在这些年，确给了我难以言传的精神慰藉。母亲、妻子的亲情，也难以代替。因此，我曾想把我的室名，改称娱老书屋。

看过了不少人的传记材料，使我感到，中国人的行为和心理，也只能借助中国的书来解释和解决。至于作家，一般的规律为：青年时期是浪漫主义；老年时期是现实主义。中年时期，是浪漫和现实的矛盾冲突阶段，弄不好就会出事，或者得病。书无论如何，是一种医治心灵的方剂。

九月十七日

记邹明

　　我和邹明，是一九四九年进城以后认识的。天津日报，由冀中和冀东两家报纸组成。邹明是冀东来的，他原来给首长当过一段秘书，到报社，分配到副刊科。我从冀中来，是副刊科的副科长。这是我参加革命十多年后，履历表上的第一个官衔。

　　在旧社会，很重视履历。我记得青年时，在北平市政府工务局，弄到一个书记的职位，消息传到岳父家，曾在外面混过事的岳叔说："唉！虽然也是个职位，可写在履历上，以后就很难长进了。"

　　我的妻子，把这句话，原原本本地向我转述了。当时她既不知道，什么叫做履历，我也不通世故宦情，根本没往心里去想。

　　及至晚年，才知道履历的重要。曾有传说，有人对我的级别，发生了疑问，差一点没有定为处级。此时，我的儿子，也已经该是处级了。

　　我虽然当了副刊科的副科长，心里也根本没有把它当成一个什么官儿。在旧社会，我见过科长，那是很威风的。科长穿的是西装，他下面有两位股长，穿的是绸子长衫。科长到各室视察，谁要是不规矩，比如我对面一位姓方的小职员，正在打瞌睡，科长就可以用皮鞋踢他的桌子。但那是旧衙门，是旧北平市政府的工务局，同时，那里也没有副科长。科长，我也只见过那一次。

　　既是官职，必有等级。我的上面有：科长、编辑部正副主任、正副总编、正副社长。这还只是在报社，如连上市里，则又有宣传部的处长、部长、文教书记等等。这就像过去北京厂甸卖的大串山里红，即使你也算是这串上的一个吧，也是最下面，最小最干瘪的那一个了。但我当时并未在意。

　　我这副科长，分管《文艺周刊》，手下还有一个兵，这就是邹明。他是我的第一个下级，我对他的特殊感情，就可想而知了。

　　但是除去工作，我很少和他闲谈。他很拘谨，我那时也很忙。我印象里，他是福建人，他父亲晚年得子，从小也很娇惯。后来爱好文学，写一些评论文字，参加了革命。这道路，和我大致是相同的。

　　他的文章，写得也很拘谨，不开展，出手很慢，后来也就很少写了。他写的东西，我都仔细给他修改。

　　进城时，他已经有爱人孩子。我记得，我的家眷初来，还是住的他住过的房子。

　　那是一间楼下临街的，大而无当的房子，好像是一家商店的门脸。我们搬进去时，厕所内粪便堆积，我用了很大力气掏洗，才弄干净。我的老伴见我勇于干这种脏活儿，曾大为惊异。我当时确是为一大家子人，能有个栖身之处，奋力操劳。"文化大革命"时，一些势利小人，编造无耻谰言，以为我一进报社，就享受什么特殊的待遇，是别有用心的。当时我的职位和待遇，比任何一个同类干部都低。对于这一点，我从来不会特别去感激谁，当然也不会去抱怨谁。

　　关于在一起工作时的一些细节，我都忘记了。可能相互之间，也有过一些不愉快。但邹明一直对我很尊重。在我病了以后，帮过我一些忙。我们家里，也不把他当做外人。当我在外养病三年，回家以后，老伴曾向我说过：她有一次到报社去找邹明，看见他拿着刨子，从木工室出来，她差一点没有哭了。又说：我女儿的朝鲜同学，送了很多鱿鱼，她不会做，都送给邹明了。

等到"文化大革命"开始，她在公共汽车上，碰到邹明，流着泪向他诉说家里的遭遇，邹明却大笑起来，她回来向我表示不解。

我向她解释说：你这是古时所谓妇人之恩，浅薄之见。你在汽车上，和他谈论这些事，他不笑，还能跟着你哭吗？我也有这个经验。一九五三年，我去安国下乡，看望了胡家干娘。她向我诉说了土改以后的生活，我当时也是大笑。后来觉得在老人面前，这样笑不好，可当时也没有别的方式来表示。我想，胡家干娘也会不高兴的。

从我病了以后，邹明的工作，他受反右的牵连，他的调离报社，我都不大清楚。"文化大革命"后期，有一次我从干校回来，在报社附近等汽车，邹明看见我，跑过来说了几句话。后来，我搬回多伦道，他还在山西路住，又遇见过几次，我约他到家来，他也总没来过。

"四人帮"倒台以后，报社筹备出文艺双月刊，人手不够。我对当时的总编辑石坚同志说，邹明在师范学院，因为口音，长期不能开课，把他调回来吧！很快他就调来了，实际是刊物的主编。

我有时办事莽撞，有一次回答丁玲的信，写了一句：我们小小的编辑部，于是外人以为我是文艺双月刊的主编。这可能使邹明很为难，每期还送稿子，征求我的意见，我又认为不必要，是负担。等到我明白过来，才在一篇文章中声明：

我不是任何刊物的主编，也不是编委。这已经是几年以后了。

在我当选市作协主席后，我还推荐他去当副秘书长。后来，我不愿干了，不久，他也就被免掉了。

"文革"以后，有那么几年，每逢春季，我想到郊区农村转转，邹明他们总是要一辆车，陪我去。有人说我是去观赏桃花，那太风雅了。去了以后，我发见总是惊动区、村干部，又乱照像，也玩不好，大失本意，后来就不愿去了。最后一次，是到邹明下放过的农村去。到那里，村干部大摆宴席，喝起酒来，我不喝酒，也陪坐在炕上，很不自在。临行时，村干部装了三包大米，连司机，送我们每人一包。我严肃地对邹明说，这样不行。结果退了回去，当然弄得大家都不高兴，回来的路上，谁也没有说话。以后就再没有一同出过门。

邹明好看秘籍禁书，进城不久，他就借来了《金瓶梅》。他买的《宋人评话八种》，包括金主亮荒淫那一篇。他还有这方面的运气，我从街头买了一部《今古奇观》，因是旧书，没有细看就送给他了。他后来对我说，这部书你可错出手了，其中好些篇，是按古本《三言二拍》排印的，没有删节，非一般版本可比。说时非常得意。前些日子，山东一位青年，寄我一本五角丛书本的中外禁书目录，我也托人带给他了。在我大量买书那些年，有了重本，我总是送他的。

曾有一次，邹明当面怏怏地说我不帮助人。当时，我不明白他指的什么方面，就没有说话。他说的是事实，在一些大问题上，我没有能帮助他。但我也并不因此自责。我的一生，不只不能在大事件上帮助朋友，同样也不能帮助我的儿女，甚至不能自助。因为我一直没有这种能力，并不是因为我没有这种感情。

这些年，我写了东西，自己拿不准，总是请他给看一看。

"老邹，你看行吗？有什么问题吗？"我对他的看文字的能力，是完全信赖的。

他总是说好，没有提过反对的意见。其实，我知道，他对文、对事、对人，意见并不和我完全相同。他所以不提反对意见，是在他的印象里，我可能是个听不进批评的人。这怨自己道德修养不够，不能怪他。有一次，有一篇比较麻烦的作品，我请他看过，又像上面那样问他，他只是沉了沉脸说："好，这是总结性的！"

我终于不明白，他是赞成，还是反对，最后还是把那篇文章发表了。

另有一次，我几次托他打电话，给北京的一个朋友，要回一篇稿子。我说得很坚决，但就是要不回来，终于使我和那位朋友之间，发生了不愉快。我后来想，他在打电话时，可能变通了我的语气。因为他和那位同志，也是要好的朋友。

邹明喜欢洋玩艺，他劝我买过一支派克水笔，在"文革"时，我专门为此挨了一次批斗。我老伴病了，他又给买了一部袖珍收音机，使病人卧床收听。他有机会就兴致勃勃地给我介绍新兴的商品，后来，弄得我总是笑而不答。

邹明除去上班，还要回家做饭，每逢临近做饭时间，他就告辞，我也总是说一句："又该回去做饭了？"

他就不再言语，红着脸走了，很不好意思似的。以后，我就不再说这句话了。

有一家出版社委托他编一本我谈编辑工作的书。在书后，他愿附上他早年写的经过我修改的一篇文章。我劝他留着，以后编到他自己的书里。我总是劝他多写一些文章，他就是不愿动笔，偶尔写一点，文风改进也不大。

他的资历、影响，他对作家的感情和尊重，他在编辑工作上的认真正直，在文艺界得到了承认。大批中青年作家，都是他的朋友。丁玲、舒群、康濯、魏巍对他都很尊重，评上了高级职称，还得到了全国老编辑荣誉奖，奖品是一个花岗岩大花瓶，足有五公斤重。评委诸公不知如何设计的，既可作为装饰，又可运动手臂，还能显示老年人的沉稳持重。难为市作协的李中，从北京运回三个来，我和万力，亦各得其一。

邹明病了以后，正值他主编的刊物创刊十周年。他要我写一点意见，我写了。他愿意寄到《人民日报》先登一下，我也同意了。我愿意他病中高兴一下。

自从他病了以后，我长时间心情抑郁，若有所失。回顾四十年交往，虽说不上深交，也算是互相了解的了。他是我最接近的朋友，最亲近的同事。我们之间，初交以淡，后来也没有大起大落的波折变异。他不顺利时，我不在家。"文革"期间，他已不在报社。没有机会面对面地相互进行批判。也没有发见他在别的地方，用别的方式对我进行侮辱攻击。这就是很不容易，值得纪念的了。

我老了，记忆力差，对人对事，也不愿再多用感情。以上所记，杂乱无章，与其说是记朋友，不如说是记我本人。是哀邹明，也是哀我自己。我们的一生，这样短暂，却充满了风雨、冰雹、雷电，经历了哀伤、凄楚、挣扎，看到了那么多的卑鄙、无耻和丑恶，这是一场无可奈何的人生大梦，它的觉醒，常常在瞑目临终之时。

我和邹明，都不是强者，而是弱者；不是成功者，而是失败者。我们从哪一方面，都谈不上功成名遂，心满意足。但也不必自叹弗如，怨天尤人。有很多事情，是本身条件和错误所造成。我常对邹明说：我们还是相信命运吧！这样可以减少很多苦恼。邹明不一定同意我的人生观，但他也不反驳我。

我发现，邹明有时确是想匡正我的一些过失；我有时也确是把他当做一位老朋友、知心人，想听听他对我的总的印象和评价。但总是错过这种机会，得不到实现。原因主要在我不能使他免除顾虑。如果邹明从此不能再说话，就成了我终生的一大遗憾。此时此刻，朋友之间，像他这样了解我的人，实在不太多了。

邹明一生，官运也不亨通。我在小汤山养病时，有报社一位老服务员跟随我，他曾对我老伴说：报社很多人，都不喜欢邹明，就是孙犁喜欢他。他的官运不通，可能和他的性格有关，他脾气不好。在报社，第一阶段，混到了文艺部副主任，和我那副科长，差不多。第二阶段，编一本默默无闻，只能销几千份的刊物，直到今年十月一期上，才正式标明他是主编，随后他就病倒了。人不信命，可乎！

邹明好喝酒，饮浓茶，抽劣质烟。到我那里，我给他较好的烟，他总是说：那个没劲儿。显然，烟酒对他的病也都不利。

二三十年代，有那么多的青年，因为爱好文艺，从而走上了革命征途。这是当时社会大潮中的一种壮观景象。为此，不少人曾付出各式各样的代价，有些人也因此在不同程度上误了自身。幸运者少，悲剧者多。我现在想，如果邹明一直给首长当秘书，从那时就弃文从政、从军，虽不一定就位至显要，在精神和物质生活方面，总会比现在更功德圆满一些吧。我之想起这些，是因为也曾有一位首长，要我去给他当秘书，别人先替我回绝了，失去了做官的一次机会，为此常常耿耿于怀的缘故。

现在有的人，就聪明多了。即使已经进入文艺圈的人，也多已弃文从商，或文商结合。或以文沽名，而后从政；或政余弄文，以邀名声。因而文场芜杂，士林斑驳。干预生活，是干预政治的先声；摆脱政治，是醉心政治的烟幕。文艺便日渐商贾化、政客化、青皮化。

邹明比我可能好一些，但也不是一个聪明人。在一些问题上，在生活行动上，有些旧观念。他不会投政治之机，渔时代之利，因此也不会得风气之先。他一直不能成为一个时代的宠儿，耀眼的明星。他常常有点畸零之感，有些消极的想法。然又不甘把时间浪费，总想做些力所能及的事情。考核他几十年所作所为，我以为还都是于国家于人民有益的。但像这种工作方式，特别在目前局势来说，是吃不开的，不受重视的。除去业务，他没有其他野心；自幼家境富裕，也不把金钱看得那么重。他既不能攀援权要以自显，也不屑借重明星以自高。因此，他将永远是默默无闻的，再过些年，也许会被人忘记的。

很多外人，把邹明说成是我的"嫡系"，这当然有些过分。但长期以来，我确把他看作是自己的一个帮手。进入晚年，我还常想，他能够帮助我的孩子们，处理我的后事。现在他的情况如此，我的心情，是不用诉说的。

写于一九八九年十二月十一日

记老邵

一

阅报，老邵已于四月二日逝世，遗嘱不开追悼会，不留骨灰。噫！到底是看破红尘了。

我和老邵，也是进城以后才认识的。我们都是这家报纸的编委，一次开会，老邵曾提出，我写的长篇小说，是否不要在报纸上连载了，因为占版面太多。我告他，小说就要登完了。他就没有再说什么。

这可以说是我们第一次打交道。平日，我们虽然住在一个院里，是很少接近的。我不好接近人。

这样过了一二年，老邵要升任总编辑了。有一天上午，他邀我到劝业场附近，吃了一顿饭，然后又到冷饮店，吃了冰糕。结果，回来我就大泻一通，从此，就再也不敢吃冷食。

我来自农村，老邵来自上海。战争期间，我们也不在一个山头。性格上的差异，就更不用说了。不过，他请我吃饭，这点人情，我还是领会得来的。他是希望我们继续合作，我不要到别处去。

其实，我并没有走的想法。那一个时期，不知为什么，我总感觉，我已经身心交瘁，就要不久于人世了。又拉扯着一大家子人，有个地方安身，有个地方吃饭，也就是了。

另外，对于谁当领导，我也有了一点经验：都差不多。如果我想做官，那确是要认真想一下。但我不想做官，只想做客，只要主人欢迎我，留我，那就不管是谁领导，都是一样的。

　　不久，我就病了。最初，老邵还给我开了不少介绍信，并介绍了各地的小吃，叫我去南方旅行。谁知道，我的病越来越重，结果在外面整整疗养了三年，才又回来。

二

　　一回到家，我们已经是紧邻。老邵过来看了我一下，我已经从老伴嘴里知道，他犯了什么"错误"，正在家里"反省"，轻易是不出来的。

　　不多日子，就又听说，老邵要下放搬家，我想我也应该去看看他。我走到他屋里，他正在收拾东西，迎面对我说："你要住这房子吗？"

　　我听了心里不大高兴，就说："我是来看你，我住这房子干什么？"

　　他的爱人也说："人家是来看你！"

　　老邵无可奈何地说："这房子好！"

　　我明白他的意思。这房子是总编辑住的，他不愿接任他的人住进来，宁可希望我住。我哪里有这种资格。

　　这时，有一位总务科的女同志，正在他的门口，监视着他搬家。老邵出来，说了一句什么，那位女同志就声色俱厉地说："这是我的责任！"

　　我先后看到过三任总编辑从这里搬家。两任是升迁，其中一位，所用的家具全部搬走。另一位，也是全部搬走，事先付了象征性的价钱，都有成群的人来帮忙。老邵是下放，情况当然就不同了。

三

其实，老邵在任上，是很威风的，人们都怕他。据说：他当通讯部长的时候，如果和两个科长商量稿件，就从来不是拿着稿子，走到他们那里去；而是坐在办公桌前，呼唤他们的名字，叫他们过来。升任总编以后，那派头就更大了。报社新盖了五层大楼，宿舍距大楼，步行不过五分钟。他上下班，总是坐卧车。那时卧车很少，不管车停在哪里，都很引人注目。大楼盖得很讲究，门窗一律菲律宾木。老邵的办公室，铺着大红地毯。墙上挂着名人字画。编辑记者的骨干，都是他这些年亲手训练出来的那批学生。据说，一听到走廊里老邵的脚步声，都急速各归本位，屏息肃然起来。

老邵是想做官，能做官，会做官的。行政能力，业务能力，都很强。谁都看出来，他不能久居人下。他的升任总编，据我想，可能和当时的一位市长有关。在一个场合，我曾看见老邵对这位市长，很熟识，也很尊敬，他们可能来自一个山头。至于老邵的犯"错误"，我因为养病在外，一直闹不清楚，也不愿去仔细打听。我想升官降职，总和上面有人无人，是有很大关系的。

四

自从老邵搬走以后，听说他在自行车厂工作，就没有见过面。"文化大革命"时，有一天晚上，报社又开批斗会，我和一些人，低头弯腰在前面站着，忽然听到了老邵回答问题的声音。那声音，还是那么响亮、干脆，并带有一些上海滩的韵味。最令人惊异的是，他的回答，完全不像批斗会上的那种单方认输的样子，而是像在自由讲坛上，那么理直气壮。有些话，不只是针锋相对，而且是以牙还牙的。一个革命群众把批判桌移到舞台上面去，想居高临下，压服他。说："你回答：为什么，我写的通讯，就不如某某人写得好？"

老邵的回答是："直到现在，我还是认为，你写的文章，不如某某！"

"有你这样回答问题的吗？"革命群众吼叫着。

于是武斗开始。这是预先组织、训练的一支小型武斗队，都是年轻人。一共八个人，小打扮，一律握拳卷袖，两臂抬起内弯，踏步前进。他们围着老邵转圈子，拳打脚踢，不断把老邵推倒。有一次，一个打手故意发坏，把老邵推到我身上，把我压在下面，一箭双雕。一刹时，会场烟尘腾起，噼啪之声不断。这是报社最火炽的一次武斗。老邵一直紧闭着嘴，一言不发。大会散了以后，我们又被带到三楼会议室，一个打手把食指塞到老邵的嘴里，用力抠拉，大概太痛苦了，我看见老邵的眼里，含着泪水。

还是自行车厂来了人，才把老邵带回去了。后来我想，老邵早调离报社，焉知非福？如果留在这里，以他的刚烈，会出什么事，是谁也不敢说的。这家报社，地处大码头，经过敌、伪、我三个时期，人员情况是非常复杂的。我都后悔，滞留在这个地方之非策了。

五

"文革"以后，老邵曾患半身不遂，他顽强锻炼，后来能携杖走路了。我还住在老地方，他的两位大弟子，也住在那里，当他去看望他们的时候，也顺便到我屋里坐坐。这时我已经搬到他住过的那间房里，不是我升任了总编，而是当时的总编，不愿意在那里住了。

谈话间，老邵还时常流露愿意做些事，甚至有时表示，愿意回报社。作为老朋友、老同事，我直截了当地对他说："算了吧，好好养养身体吧。五十年代，你当总编，培养了不少人，建立了机关秩序，作出了不少成绩。那是托人民的福，托党的福，托时代的福。那一个时期，是我们党，我们国家和我们报社的全盛时期。现在不同了。你以为你进报社，当总编，还能像过去一样，说一不二，实现你那一套家长式的统治吗？我保险你玩不转，谁也玩不转，谁也没办法。"

他也不和我争论，甚至有时称我说得对，听我的话等等。这就证明他已经不是过去的老邵了。

后来，又听说他犯了病，去外地疗养了一个时期。去年秋季，他回来后，又到我的新居，看望我一次，谈话间，又发牢骚，并责备我软弱，不敢写文章了。我说："我们还是睁一只眼，闭一只眼吧！"

他说："我正是这样做的。"

说完就大笑起来，他的爱人也笑了起来。我才知道，他的左眼，已经失明。我笑不出来，我心里很难过。

芸斋曰：老邵为人，心直口快，恃才傲物，一生人缘不太好。但工作负责严谨，在新闻界颇有名望，其所培养，不少报界英才。我谈不上对他有所了解，然近年他多次枉顾，相对以坦诚。他的逝世，使我黯然神伤，并愿意写点印象云。

一九九〇年四月十日写讫

朋友的彩笔

　　老季，是我在土改期间结识的朋友。我把这些已经为数不多的朋友，称作进城以前的朋友，对他们有一种较深的感情。因为虽不能说都共过患难，但还是共过艰苦的。

　　我在饶阳县某村做土改工作时，常到村里的小学校去玩。老季，我不清楚，他那时在做什么，也好到学校去。他穿着军装，脾气憨厚，像个农民，好写东西，因此接近。

　　进城以后，他是作家，在几家出版社当过编辑，也经受过政治上的坎坷。

　　我对他的印象加深，是在"文革"以后。他不断写一些关于我的文章，在征求我的意见时，我总对他说：

　　"不要写成报告文学，更不要写成小说，不要添枝加叶，不要吹捧。"

　　老季都同意，态度是很诚实的。但他写出东西来，我一看，总是觉得路子不对头。第一次是他写到我写小说时，我的老伴，如何给我端茶水、送牛奶，如何在夜深时，在我身上加一件衣服。

　　那时，我们还都没有老，说话没顾忌，我说："老季，这些情景，你都看见了吗？怎么有这么多的描写呢？那时，我同老伴，并不住在一处，她也没有这种习惯，虽然她对我很有感情。你这些描写，用到电影、戏剧的表演上去，是很合适的。用到我身上，我就觉得别扭，因为我实际上，没有享受过这种福分。"

老季只是笑笑完事，也不反驳。我以为我的劝告会奏效，其实不然。

他不断在报刊上写这类文字，甚至在题为写别人的文章里，也总是写到我。叫人看了以后，不知他到底在写谁。能够叫我心折的，实在不多。另外，大家都老了，我说话，也不能像过去那样直率了。最近一次，我是这样和他谈的："老季，读了你写的关于我的文章，总有这样一种感觉：说它没有根据吧，根据还是有的；说它真实吧，里面又总有一些地方不那么真实。举个例子吧，比如你在日报写的文章，说我在长仕下乡的时候，与一匹马同住一个屋子，其实，是一匹驴。和马同住一个屋子，是在于村的时候。"

"有机会，我可以改正。"老季说。

我说："这不是什么大问题，改不改没有关系，我是告诉你当时真实的情况。"

过了不久，我又在晚报上看到他写的一篇，还是日报上那个内容，故事里讲的还是马，结尾处，马却变作驴。

我叹息一声：这就是老季改过的文章了，还不如不改。这一改，真成了驴唇不对马嘴。

我有些后悔和他谈这些琐事了。

还有，就是他在每篇文章里，都提到我在喝粥，在纵情大笑，并推演到医学上去，说这是我的养生之道。他把稿子投给老年人的刊物。

我能活到现在，难道是因为喝粥？是因为乐观？是因为会养生？这真是天知道了。

老季的一片热心，我是领会的。惟有他这种创作方法，我很不同意。他好像也不认真、仔细地去读我的自述。自己的材料写完了，就用别人谈的材料，道听途说。

就在上面提到的那篇文章里，他还写到：在长仕，我见朋友问尼姑的年纪，就大笑起来。并告诫朋友，尼姑是最忌讳别人问她的年岁的，等等。先不用说，这种作风，非敝人所有，就是这点知识，也是看了他这篇文章才有的，过去并无所知。

前几天，他陪另一位朋友来看我。那天，我想到自己来日无多，这两位朋友，虽也是因时而交，来往至今，实属不易，动了感情。我说的话很多。其中也说到老季写的这种文章，大大小小，重复的，不重复的，都能发出去，不简单。

那位朋友说："老季人缘好。再说，别人也写不出来呀！"

芸斋曰：庸材劣质，忧患余生。蒙新旧友人不弃，每每以如椽之笔，对单薄之躯，施加重彩，以冀流传。稍知人情，理应感奋。然此交友之道也。如论艺术，当更有议。

艺术所重，为真实。真实所存，在细节。无细节之真实，即无整体之真实。今有人，常常忽视细节真实，而侈论"大体真实"，此空谈也，伪说也。

每一时代，有其风尚，人物言论随之。魏晋风度，存于《世说新语》。以后之作，多为模仿，失其精神，强作可人。此无他，非其时代，而强求其人，不可得也。

今春无事，曾作《读〈史记〉记》长文一篇，反复议论此旨，惜季君未曾读，或读之而未得其意也。

我想得到的，只是一幅朴素的，真实的，恰如其分的炭笔素描。

一九九〇年八月二十三日记

悼康濯

　　整整一个冬季，我被疾病折磨着，人很瘦弱，精神也不好，家人也很紧张。前些日子，柳溪从北京回来说：康濯犯病住院，人瘦得不成样子了。叫她把情况告诉我。我当即写了一封信，请他安心治疗，到了春暖，他的病就会好的。但因为我的病一直不见好，有点悲观，前几天忽然有一种预感：康濯是否能熬过这个漫长的冬季？

　　昨天，张学新来了，进门就说：告诉你一个不幸的消息，我没等他说完，就知道是康濯了。我的眼里，立刻充满了泪水。我很少流泪，这也许是因为我近来太衰弱了。

　　从一九三九年春季和康濯认识，到一九四四年春季，我离开晋察冀边区，五年时间，我们差不多是朝夕相处的。那时在边区，从事文学工作的，也就是那么几个人。

　　康濯很聪明，很活跃，有办事能力，也能团结人，那时就受到沙可夫、田间同志等领导人的重视。他在组织工作上的才能，以后也为周扬、丁玲等同志所赏识。

　　他和我是很亲密的。我的很多作品，发表后就不管了，自己贪轻省，不记得书包里保存过。他都替我保存着，不管是单行本，还是登我的作品的刊物。例如油印的《区村和连队的文学写作课本》、《晋察冀文艺》等，"文革"以后，他都交给了我，我却不拿着值重，又都糟蹋了。我记得这些书的封面上，都盖有他的藏书印章。实在可惜。

"文革"以前，我写给他的很多信件，他都保存着，虽然被抄去，后来发还，还是洋洋大观。而他写给我的那两大捆信，因为不断抄家，孩子们都给烧了，当时我并不知道。我总觉得，在这件事情上，对不住他。所以也不好意思过问，我那些信件，他如何处理。

一九五六年，我大病之后，他为我编了《白洋淀纪事》一书，怕我从此不起。他编书的习惯，是把时间倒排，早年写的编在后面。我不大赞赏这种编法，但并没有向他说过。

他和我的老伴，也说得来。孩子们也都知道他。一九五五年，全国清查什么"集团"，我的大女儿，在石家庄一家纱厂做工。厂里有人问她：你父亲和谁来往最多？女儿不知道是怎么回子事，想了想说：和康濯。康濯不是"分子"，她也因此平安无事。

他在晋察冀边区，做了很多工作，写了不少作品。那时的创作，现在，我可以毫不含糊地说，是像李延寿说的：潜思于战争之间，挥翰于锋镝之下。是不寻常的。它是当国家危亡之际，一代青年志士的献身之作，将与民族解放斗争史光辉永存，绝不会被数典忘祖的后生狂徒轻易抹掉。

至于全国解放之后，他在工作上，容有失误；在写作上，或有浮夸；待人处事，或有进退失据。这些都应该放在时代和环境中考虑。要知人论世，论世知人。

近些年，我们来往少了，也很少通信，有时康濯对天津去的人说：回去告诉孙犁给我写信，明信片也好。但我很少给他写信，总觉得没话可说，乏善可述。他也就很少给我写信，有事叫邹明转告。康濯记忆很好，比如抗日时期，我们何年何月，住在什么村庄，我都忘记了，他却记得很清楚。他所知文艺界事甚多，又很细心，是个难得的可备咨询的人才。

耕堂曰：战争时相扶相助，胜利后各奔前程，相濡相忘，时势使然。自建国以来，数十年间，晋察冀文学同人，已先后失去邵子南、侯金镜、田间、曼晴。今康濯又逝，环顾四野，几有风流云散之感矣！

一九九一年一月十九日下午

我的绿色书

我自幼喜欢植物，不喜欢动物。进入学校，也是对植物学有兴趣。在我的藏书中，有不少是关于植物的书，如《群芳谱》、《广群芳谱》、《花镜》、《花经》。其中《植物名实图考长编》，是一部大著作；它的姊妹篇，是《植物名实图考》，都是图，白描工笔，比看植物标本，还有味道，就不用说照片了。

我喜欢植物，和我的生活经历有关：我幼年在农村庄稼地里度过，后来又在山林中，游击八年。那时，农村的树木很多，村边，房后，农民都栽树。旧戏有段念白：看前边，黑压压，雾沉沉，不是村庄，便是庙宇。最能形容过去农村树木繁盛的景象。

幼年时，我只有看见农民种植树木，修剪树木的印象，没有看见有人砍伐树木的印象。

"文化大革命"以后，我曾亲眼看到一个花园式庭院毁灭的经过：先是私人，为了私利，把院中名贵的、高大的花木砍伐了；然后是公家，为了方便，把假山、小河，夷为平地，抹上洋灰，使它寸草不生，成了停车场。

在"干校"劳动时，那里是个农场，却看不到一棵成材的树。村边有一棵孤零零的小柳树，我整天为它的前途担心，结果，长到茶杯粗，夜里就叫人砍去，拴栅栏门了。

我的家乡，也不再是村村杨柳围绕，一眼望去，赤地千里，成了无遮拦的光杆村庄。

这是怎么回事？

有人说，这是素质不高；有人说，这是道德欠缺；有人说是因没有文化；有人说是因为穷。

当然，这都是前些年的事，现在的景象如何，我不得而知，因为我已经很久不出门了。

但从楼上往下看，还到处是揪下的柳枝、踏平的草地。藤萝种了多年，爬不到架上去，蔷薇本来长得很好，不知为什么，又被住户铲去了。

有人说这是管理不善；有人说这是法制观念淡薄；有人说，如果是私人的，就不会是这样了。这问题更难说清楚了。

我不知道，我过去走过的山坡、山道，现在的情景如何，恐怕也有很大变化吧！泉水还那样清吗？果子还那样甜吗？花儿还那样红吗？

见不到了，也不想再去打游击了。闭门读书吧。这些植物书，特别是其中的各种植物图，的确给老年人，增添无限安静的感觉。

一九九二年八月十二日清晨

《善闇室纪年》摘抄

一九一三年——一九四九年

一九一三年（旧历癸丑），即民国二年，阴历四月初六日，生于河北省安平县东辽城村。村一百余户，东至县城十八里，西南至子文镇三里。子文四、九日有集，三、十月有药王庙会，农民买卖，都在此地。

我上有兄、姐五人，下有弟弟一人，都殇。听母亲说，家境很不好，一次产后，外祖母拆一破鸡笼为她煮饭。我出生时，家已稍裕。父亲幼年，由招赘在本村的一个山西人，吴姓，介绍到安国县学徒，后来吃上了股份，买了一些田，又买了牲口车辆，叫叔父和二舅父拉脚。家境渐渐好转。

我出生后，母亲无奶。母亲说，被一怀孕堂婶进屋"沾"了去，喂以糊。体弱，且有惊风疾，母亲为我终年烧香还愿。惊风病到十岁时，由叔父带我至伍仁桥一人家，针刺手腕（清明日，连三年），乃愈。

一九一九年，六岁，入本村小学。冬季，并上夜学。父亲给我买了一盏小玻璃煤油灯，放学路上，提灯甚乐。我家每年请先生二次，席间，叔父嘱以不要打，因我有病。

一九二四年，十一岁，随父亲至安国县上高级小学。初读文学刊物、书籍，多商务印。

一九二六年，十三岁，考入保定育德中学。保定距安国一百二十里，乘骡车。父亲送考，初考第二师范未取，不得已改考中学，中学费大。

一九二七年，十四岁。休学一年，从寒假起。实系年幼想家，不愿远离。这一年，革命军北伐，影响保定，学校有学潮，我均未见，是大损失。父亲寄家《三民主义》一册，咸与维新之意。是年定婚黄城王氏。越明年，遂与结婚。

一九二八年，十五岁。寒假后复学，见学校大会堂已写上总理遗嘱等标语。作文课，得国文老师称许，并屡次在校刊发表，有小说，有短剧。初中四年期间，除一般课程外，在图书馆借读文学作品。

一九三一年，十八岁。升入本校高中，为普通科第一部，类似文科。其课程有：中国文化史、欧洲文艺思潮史、名学纲要、中国伦理学史、中国哲学史、社会科学概论、科学概论、生物学精义等，知识大进。

读《政治经济学批判》等经典著作，并作笔记。习作文艺批评，并向刊物投稿，均未用。那时的报刊杂志，多以马列主义标榜，有真有假。真的也太幼稚、教条。然其开拓之功甚大。保定有地下印刷厂，翻印各类革命书籍，其价甚廉，便于穷苦学子。开始购书。

攻读英文，又习作古文，均得佳评。

"九一八"事变。

一九三三年，二十岁，高中毕业。"一二八"事变。

高中读书时，同班张砚方为平民学校校长，聘我为女高二级任。学生有名王淑珍者，形体矮小，左腮有疤陷，反增其娇媚。眼大而黑，口小而唇肥，声音温柔动听，我很爱她。遂与通信，当时学校检查信件甚严，她的来信，被训育主任查出，我被免职。

平校与我读书之大楼，隔一大操场，每当课间休息时，我凭栏南向，她也总是拉一同学，站立在她们的教室台阶上，凝目北视。

她家住在保定城内白衣庵巷，母亲系教民，寡而眇一目，曾到学校找我一次。

以上是三十年代，读书时期，国难当头，思想苦闷，于苦雨愁城中，一段无结果的初恋故事。一九三六年，我在同口教书，同事侯君给我一张保定所出小报，上有此女随一军官，离家潜逃，于小清河舟中，被人追回消息，读之惘然。从此，不知其下落。

一九三四年，二十一岁，春间赴北平谋事，与张砚方同住天仙庵公寓。张雄县人，已在中大读书。父亲托人代谋市政府工务局一雇员职。不适应，屡请假，局长易人，乃被免职。后又经父亲托人，在象鼻子中坑小学任事务员，一年后辞。

在此期间，继续读书，投稿略被采用。目空一切，失业后曾挟新出《死魂灵》一册，扬扬去黑龙潭访友，不为衣食愁，盖家有数十亩田，退有后路也。

有时家居，有时在北平，手不释卷，练习作文，以妻之衣柜为书柜，以场院树荫为读书地，订《大公报》一份。

一九三六年，二十三岁。暑假后，经同学侯士珍、黄振宗介绍，到安新县同口小学教书。同口系一大镇，在白洋淀边。镇上多军阀，小学设备很好。我住学校楼上，面临大街。有余钱托邮政代办所从上海购新书，深夜读之。暇时到淀边散步，长堤垂柳，颇舒心目。

同事阎素、宋寿昌，现尚有来往。在津亦时遇生徒，回忆彼时授课，课文之外，多选进步作品，"五四"纪念，曾作讲演，并编剧演出。深夜突击剧本，吃凉馒头，熬小鱼，甚香。

是年，"双十二"事变。

一九八五年八月三十日抄

一九三七年，二十四岁。暑假归家，"七七"事变起，又值大水，不能返校（原在同口小学任教）。国民党政权南逃。我将长发剪去，农民打扮，每日在村北堤上，望茫茫水流，逃难群众，散勇逃兵。曾想南下，苦无路费，并无头绪。从同口捎回服装，在安国父亲店铺，被乱兵抢去。冬季，地方大乱。一夜，村长被独橛枪打倒于东头土地庙前。

一日，忽接同事侯聘之一信，由县政府转来。谓彼现任河北游击军政治部主任，叫我去肃宁。我次日束装赴县城，见县政指导员李子寿。他说司令部电话，让我随杨队长队伍前去。杨队长系土匪出身，他的队伍，实不整饬。给我一匹马，至晚抵肃宁。有令：不准杨队长的队伍进城。我只好自己去，被城门岗兵刺刀格拒。经联系见到宣传科刘科长，晚上见到侯。

次日，侯托吕正操一参谋长，阎姓，带我到安国县，乘大卡车。风大，侯送我一件旧羊皮军大衣。

至安国，见到阎肃、陈乔、李之琏等过去朋友，他们都在吕的政治部，有的住在父亲店铺内。父亲见我披军装，以为已投八路军，甚为不安。

随父亲回家，吕之司令部亦移我县黄城一带。李之琏，陈乔到家来访，并作动员。识王林于子文街头，王曾发表作品于《大公报·文艺》，正在子文集上张贴广告，招收剧团团员。

编诗集《海燕之歌》（国内外进步诗人作品），后在安平铅印出版，主持其事者，受到黄敬的批评，认为非当务之急。后又在路一主编的《红星》杂志上，发表论文：《现实主义文学论》、《战斗的文艺形式论》，在《冀中导报》发表《鲁迅论》。均属不看对象，大而无当。然竟以此扬名，路一誉之为"冀中的吉尔波丁"云。

一九三八年，二十五岁。春，冀中成立人民武装自卫会，史立德主任，我任宣传部长。李之琏介绍，算是正式参加抗日工作。李原介绍我做政权工作，见到了当时在安平筹备冀中行署的仇友文。后又想叫我帮路一工作，我均不愿。至高阳等县组织分会，同行者有任志远、胡磊。

八月，冀中于深县成立抗战学院，院长杨秀峰，秘书长吴砚农，教导主任陈乔、吴立人、刘禹。我被任为教官，讲抗战文艺及中国近代革命史。为学院作院歌一首。学院办两期，年终，敌人占据主要县城，学院分散，我带一流动剧团北去，随冀中各团体行动。

大力疏散，我同陈肇又南下，一望肃杀，路无行人，草木皆兵，且行且避。晚至一村，闻陈之二弟在本村教民兵武术，叫门不应，且有多人上房开枪。我二人急推车出村，十分狼狈。

至一分区，见到赵司令员，并有熟人张孟旭，他给我们一大收音机，让抄新闻简报。陈颇负责，每夜深，即开机收抄，而我好京戏，耽误抄写，时受彼之责言。

后，我两隐蔽在深县一大村庄地主家，村长为我们做饭，吃得很好。地主的儿子曾讽刺说："八路军在前方努力抗日，我们在后方努力碾米。"

曾冒险回家，敌人"扫荡"我村刚刚走，我先在店子头表姐家稍停留，夜晚到家睡下，又闻枪声，乃同妻子至一堂伯家躲避。这一夜，本村孙山源被绑出枪毙，孙为前县教育局长，随张荫梧南逃，近又北来活动。

时，刁之安为我县特委，刁即前述我至京郊黑龙潭所访之育德同学。刁深县人，外祖家为安平，所以认我们为老乡。为人和蔼，重同乡同学之谊。但我不知他何时参加党组织，并何由担任此重职。

一九三九年，二十六岁。王林与区党委联系，送我与陈肇过路西。当即把车子交给刁，每车与五元之代价，因当时车子在冀中已无用。我的介绍信，由七地委书记签名，由王林起草。我见信上对我过多吹嘘，以为既是抗日，到处通行，何劳他人代为先容，竟将信毁弃。过路后，因无此信，迟迟不能分配工作，迂之甚矣。

同行者，尚有董逸峰，及安平一区干部安姓。夜晚过路时，遇大雨，冒雨爬了一夜山，冀中平原的鞋底，为之洞穿。

过路后见到刘炳彦，刘是我中学下一级同学，原亦好文学，现任团长，很能打仗，送我银白色手枪一支。

在一小山村，等候分配。刘仁骑马来，谈话一次。陈以遇到熟人，先分配。我又等了若干日，黄敬过路西，才说清楚。

分配到晋察冀通讯社，在城南庄（阜平大镇）。负责人为刘平。刘中等个儿，吸烟斗，好写胡风那种很长句子的欧化文章，系地下党员，坐过牢。

通讯社新成立，成员多是抗大来的学生，我和陈肇，算是年岁最大的了。在通讯社，我写了《论通讯员及通讯写作诸问题》小册子，题集体讨论，实系一人所为，铅印出版。此书惜无存者。在通讯指导科工作，每日写指导信数十封。今已不忆都是些什么词句。编刊物《文艺通讯》，油印，发表创作《一天的工作》、《识字班》等。

识西北战地服务团及华北联大文艺学院的一些同志。

生活条件很苦。我带来大夹袄一件，剪分为二，与陈肇各缝褥子一条，以砖代枕。时常到枣林，饱食红枣。或以石掷树上遗留黑枣食之。

冬，由三人组织记者团赴雁北，其中有董逸峰，得识雁北风光，并得尝辣椒杂面。雁北专员为王斐然，即育德中学之图书管理员也。遇"扫荡"，我发烧，一日转移到一村，从窗口望见敌人下山坡，急渡冰河，出水裤成冰棍。

一九四〇年，二十七岁。晋察冀边区文联成立，沙可夫主任。我调边区文协工作，田间负责，同人有康濯、邓康、曼晴。

编辑期刊《山》（油印）、《鼓》（《晋察冀日报》副刊）。发表作品《邢兰》等，冬季反扫荡期间，在报纸发表战地通讯：《冬天，战斗的外围》等。

写论文评介边区作者之作。当时，田间的短促锋利的诗，魏巍的感叹调子的诗，邵子南的富有意象而无韵脚的诗，以及曼晴、方冰朴实有含蕴的诗，王林、康濯的小说，我都热情鼓吹过。

识《抗敌报》（晋察冀军区报纸）负责人丘岗，摄影家沙飞等。

辩论民族形式问题，我倾向洋化。

一九四一年，二十八岁。在此期间，我除患疟疾，犯失眠症一次，住过边区的医院。秋季，路一过路西，遂请假同他们回冀中，傅铎同行。路一有一匹小驴。至郝村，当日下午，王林、路一陪我至家，妻正在大门过道吃饭，荆钗布裙，望见我们，迅速站起回屋。

冀中总部在郝村一带，我帮助王林编《冀中一日》，工作告竣，利用材料，写《区村、连队文学写作课本》一册，此书后在各抗日根据地翻印，即后来铅印本《文艺学习》也。

妻怀孕，后生小达，王林所谓《冀中一日》另一副产品也。

在冀中期间，一同活动者，有梁斌、远千里、杨循、李英儒等。

一九四二年，二十九岁。春末回路西文联岗位。此年冀中敌人"五一大扫荡"，冬季，文联解散，田间下乡。我到《晋察冀日报》编副刊，时间不长，又调到联大教育学院高中班教国文。

教育学院院长为李常青，他原在北方分局宣传部负责，自我到边区以后，对我很关心。抗战期间，我所教学生，多系短期训练性质，唯此高中班，相处时间较长，接触较多，感情亦较深，并在反扫荡中共过患难。所以在去延安途中和到达延安以后，我都得到过这些男女同学的关怀和帮助。

时达来信说，带来家庭消息，往返六日去听这一消息，说长子因盲肠炎，战乱无好医生，不幸夭折，闻之伤痛。此子名普，殇时十二岁。

一九四三年，三十岁。冬季，敌人扫荡三个月，我在繁峙，因借老乡剪刀剪发，项背生水泡疮，发烧，坚壁在五台山北台顶一小村，即蒿儿梁。年底，反扫荡结束下山，行山路一日，黄昏至山脚。小桥人家，即在目前，河面铺雪，以为平地，兴奋一跃，滑出丈远，脑受震荡，晕过去。同行康医生、刘护士抬至大寺成果庵热炕上，乃苏。

食僧人所做莜麦，与五台山衲子同床。次日参观佛寺，真壮观也。

一九四四年，三十一岁。返至学院，立即通知：明日去延安。（此节已发表，从略。）

一九四五年，三十二岁，八月，日本投降，当晚狂欢。我很早就睡下了。

束装赴前方。我为华北队，负责人艾青、江丰。派我同凌风等打前站，后为女同志赶毛驴。路上大军多路，人欢马腾，胜利景象。小孩置于荆筐，一马驮两个，如两只小燕。

过同蒲路，所带女队掉队，后赶上。

至浑源，观北岳。

至张家口，晋察冀熟人多在，敌人所遗物资甚多，同志们困难久，多捡废白纸备写画之用。邓康、康濯都穿上洋布衣装。邓约我到他住处，洗日本浴。又给我一些钱，在野市购西北皮帽一顶，蚕绸衬衣一件，日本长丝巾一幅，作围巾。

要求回冀中写作，获准。同行一人中途折回，遂一人行。乘火车至宣化，与邓康在车站同食葡萄，取王炜日本斗篷、军毯各一件。从下花园奔涿鹿，经易县过平汉路，插入清苑西，南行，共十四日到家。黄昏进家时，正值老父掩外院柴门，看见我，回身抹泪。进屋后，妻子抱小儿向我，说：这就是你爹！这个孩子生下来还没见过我。

一九八五年八月一日抄

一九四六年，三十三岁。在家住数日，到黄城访王林。同到县城，见到县委书记张根生等。为烈士纪念塔题字并撰写一碑文，古文形式，甚可笑。以上工作，均系王林拉去所为。

到蠡县见梁斌，梁任县委宣传部长，杨崴为书记，杨志昌为副书记，周刚为组织部长。梁愿我在蠡县下乡，并定在刘村。刘村朱家有一女名银花，在县委组织部工作，后与周刚结婚。她有一妹名锡花，在村任干部。梁认为她可以照料我。

到冀中区党委接关系。宣传部长阎子元系同乡，同意我在蠡县下乡。在招待所遇潘之汀，携带爱人和孩子，路经这里，回山东老家。他系鲁艺同人，他的爱人张云芳是延安有名的美人。潘为人彬彬谦和。

又回家一次。去蠡县时，芒种送我一程。寒雾塞天，严霜结衣，仍是战时行动情景。到滹沱河畔，始见阳光。

刘村为一大村，先到朱家，见到锡花和她爷爷、父亲。锡花十七岁，额上还有胎发，颇稚嫩。说话很畅快，见的干部多了。她父亲不务正业，但外表很安静。她爷爷则有些江湖味道，好唱昆曲。

我并没有住在她家。村北头有一家地主，本人同女儿早已参加抗日，在外工作。他的女人，也常到外边住，家里只留一个长工看门。我住在北屋东间，实际是占据了这个宅院，那个长工帮我做饭。他叫白旦，四十多岁，盲一目，不断流泪，他也不断用手背去擦。看来缺个心眼，其实，人是很精细的。对主人忠心耿耿，认真看守家门。

村长常来看望，这是县委的关照。锡花也来过几次，很规矩懂事。附近的女孩子们，也常成群结伴的来玩。现在想起来，我也奇怪，那些年在乡下的群众关系，远非目前可比。

妇救会主任，住在对门，似非正经。她婆婆很势利眼，最初对我很巴结，日子长了，见我既不干预村里事务，又不开会讲话，而且走来走去，连辆自行车也没有，对我就很冷淡了。

在这里，我写了《碑》、《钟》、《"藏"》几个短篇小说。

曾将妻和两个孩子接来同住几日，白旦甚不耐烦。在送回她们的途中，坐在大车上，天冷，妻把一双手，插入我棉袄的口袋里。夕阳照耀，她显得很幸福。她脸上皮肤，已变得粗糙。战斗分割，八年时间，她即将四十岁了。

刘村有集，我买过白鲢鱼，白旦给做，味甚佳。

杨循的村子，是隋东，离刘村数里，我去过他家，他的原配正在炕上纺线。梁斌的村子，叫小梁庄，距离更近，他丈人家就在刘村。有一次，传说他的原配回娘家来了，人们怂恿我去看，我没有去。

　　到河间，因找杨循，住冀中导报社，识王亢之、力麦等。此前，我在延安写的几个短篇，在张家口广播，《晋察冀日报》转载，并加按语。我到冀中后，《冀中导报》登一短讯，称我为"名作家"，致使一些人感到"骗人听闻"。当我再去白洋淀，写了《一别十年同口镇》、《新安游记》几篇短文，因写错新安街道等事，土改时，联系家庭出身，竟遭批判，定为"客里空"的典型。消息传至乡里，人们不知"客里空"为何物，不只加深老母对我的挂念，也加重了对家庭的斗争。此事之发生，一、在我之率尔操笔，缺乏调查；二、去新安时，未至县委联系。那里的通讯干事，出面写了这篇批判文章，并因此升任冀中导报记者。三、报纸吹嘘之"名"，引起人之不平。这是写文章的人，应该永远记取的教训。

　　我恋熟怕生，到地方好找熟人，在白洋淀即住在刘纪处。刘过去是新世纪剧社书记，为人好交朋友，对我很热情，当时在这一带办苇席合作社。进城后曾得病，但有机会还是来看我，并称赞我在白洋淀时的"信手拈来"，使我惭愧。在同口，宿于陈乔家。

　　六月，在河间。父亲病，立增叔来叫我。到家，父亲病甚重，说是構地傍楼，出汗受风。发烧，血尿，血痰。我到安国县，九地委代请一医生，也不高明，遂不起。

　　父亲自幼学徒，勤奋谨慎，在安国县城内一家店铺工作，直到老年。一生所得，除买地五十亩外，在村北盖新房一所。场院设备：牲口棚、草棚、磨棚俱全。为子孙置下产业，死而后已，这是他们这一代人的哲学。另，即供我读书，愿我能考上邮政局，我未能如命，父亲对我是很失望的。

父亲死后，我才感到我对家庭的责任。过去，我一直像母亲说的，是个"大松心"。

我有很多旧观念。父亲死后，还想给他立个碑。写信请陈肇写了一篇简朴的墓志，其中有"弦歌不断，卒以成名"等词名，并同李黑到店子头石匠家，看了一次石头。后因"土改"，遂成泡影。

一九四七年，三十四岁。春，随吴立人、孟庆山，在安平一带检查工作，我是记者。他二人骑马，我骑一辆破车，像是他们的通讯员。写短文若干篇，发表于《冀中导报》副刊《平原》，即《帅府巡礼》等。

夏，随工作团，在博野县作土改试点，我在大西章村，住小红家，其母寡居，其弟名小金。一家人对我甚好。我搬到别人家住时，大娘还常叫小金，给我送些吃食，如烙白面饼，腊肉炒鸡蛋等，小红给我缝制花缎钢笔套一个。工作团结束，我对这一家恋恋不舍，又单独搬回她家住了几天。大娘似很为难，我即离去。据说，以后大娘曾带小金到某村找我，并带了一双新做的鞋，未遇而返。进城后，我到安国，曾徒步去博野访问过一次。不知何故，大娘对我已大非昔比，勉强吃了顿饭，还是我掏钱买的菜。归来，我写了一篇《访旧》，非记实也。农民在运动期间，对工作人员表示热情，要之不得尽往自己身上拉。工作组一撤，脸色有变，亦不得谓对自己有什么恶感。后数年，因小金教书，讲我写的课文，写信来，并寄赠大娘照片。我复信，并寄小说一册。自衡感情，已很淡漠，难责他人。不久，"文化大革命"起，与这一家人的联系，遂断。

在此村，识王香菊一家，写两篇短文。

当进行试点时，一日下午，我在村外树林散步，忽见贫农团用骡子拖拉地主，急避开。上级指示：对地主阶级，"一打一拉"，意谓政策之灵活性。不知何人，竟作如此解释。越是"左"的行动，群众心中虽不愿，亦不敢说话反对。只能照搬照抄，蔓延很广。

与王林骑车南行，我要回家。王说："现在正土改试点，不知你为什么还老是回家？"意恐我通风报信。我无此意。我回家是因为家中有老婆孩子，无人照料。

冬，土改会议，气氛甚左。王林组长，本拟先谈孔厥。我以没有政治经验，不知此次会议的严重性，又急于想知道自己家庭是什么成分，要求先讨论自己，遂陷重围。有些意见，不能接受，说了些感情用事的话。会议僵持不下，遂被"搬石头"，静坐于他室，即隔离也。

会议有期，仓促结束。我分配到饶阳张岗小区，去时遇大风，飞沙扑面，俯身而行。到村，先把头上长发剪去，理发店夫妇很奇怪。时值严冬，街道满是冰雪，集日，我买了一双大草鞋，每日往返踯躅于张岗大街之上，吃派饭，发动群众。大概有三个月的样子。

《冀中导报》发表批判我的文章。初被歧视，后亦无它。

识王昆于工作组，她系深泽旧家，王晓楼近族。小姐气重，置身于贫下中农间，每日抱膝坐在房东台阶上，若有所思，很少讲话。对我很同情，但没有表示过。半年后，我回家听妻说，王昆回深泽时，曾绕道到我家看望，此情可念也。进城后尚有信。

十数年后，我回故乡，同立增叔在菜园闲话，他在博野城东村打过油。他说大西章是尹嘉铨的老家，即鲁迅《买小学大全记》所记清代文字狱中之迂夫子也。

一九四八年，三十五岁。春，由小区分配到大官亭掌握工作。情节可参看《石猴》、《女保管》等篇，不赘。

麦收时，始得回家。自土地会议后，干部家庭成分不好者，必须回避。颇以老母妻子为念。到家后，取自用衣物，请贫农团派人监临，衣物均封于柜中。

夏季大水。工作组结束，留在张岗写了几篇小说。常吃不饱，又写文章，对身体大有害。

秋，到石家庄参加文艺会议，方纪同行。至束鹿辛集镇观京剧，演员为九阵风，系武旦。到石家庄，遇敌机轰炸。一次观夜戏，突发警报，剧场大乱，我从后台逸出。有本地同志，路熟，临危不肯相顾。

在饭馆吃腐败牛肉，患腹泻。时饭馆尚有旧式女招待，不讲卫生。

华北文艺会议，参加者寥寥。有人提出我的作品曾受批评，为之不平。我默默。有意识正确的同志说：冀中的批评，也可能有道理。我亦默默。

初识吕剑。

为妻买红糖半斤，她要在秋后生产。归途在方纪家吃豆豉捞面，甚佳。

调深县县委任宣传部副部长，区党委决定，为让我有机会接触实际也。书记刘，组织部长穆，公安局长吴，县长李。与县干部相处甚融洽，此因我一不过问工作，二烟酒不分，三平日说说笑笑。穆部长在临别时鉴定：知识分子与工农干部相结合的模范。

与深县中学诸老师游，康迈千最熟。

在深县时，经常回家，路经店子头，看望杜姓表姊。表姊幼失怙恃，养于我家，我自幼得其照料。彼姑颇恶，我到